SIRENS OF THE ABYSS

SIRENS OF THE ABYSS

FINNEGAN JONES

CONTENTS

1 Prolog: Der Reiz des Abgrunds   1

2 Kapitel 1: Der Ruf des Ozeans   5

3 Kapitel 2: Echos der Vergangenheit   27

4 Kapitel 3: Die erste Begegnung   47

5 Kapitel 4: Das Lied der Sirene   69

6 Kapitel 5: Versuchungen aus der Tiefe   91

7 Kapitel 6: Der Preis der Neugier   113

8 Kapitel 7: In den Abgrund   137

9 Kapitel 8: Die Wahrheit der Sirenen   159

10 Kapitel 9: Die letzte Versuchung   183

11 Kapitel 10: Den Fluch brechen   205

12 Kapitel 11: Die Folgen   229

13 Epilog: Die ewige Wache   255

Copyright © 2024 by Finnegan Jones
All rights reserved. No part of this book may be reproduced in any manner whatsoever without written permission except in the case of brief quotations embodied in critical articles and reviews.
First Printing, 2024

CHAPTER 1

Prolog: Der Reiz des Abgrunds

Das Meer war ein ruheloses Tier, dessen Wellen sich an der felsigen Küste verkrallten, als wollten sie das Land selbst zurückerobern. Die Nacht war neblig, der Mond schwebte wie ein blasser Geist über dem Horizont, dessen Licht von der riesigen, tintenschwarzen Dunkelheit des Ozeans verschluckt wurde. In der Luft lag der schwere Geruch von Salz und Seetang, und ein kalter Wind pfiff durch die engen Gassen der kleinen Küstenstadt und trug eine uralte, eindringliche Melodie mit sich.

Im Herzen der Stadt stand eine einsame Gestalt am Rand der Klippen und blickte auf das tosende Wasser unter ihnen. Der alte Mann, dessen Gesicht von der Zeit und der rauen Seeluft gezeichnet war, hatte einen abgenutzten Wollmantel fest um seine zerbrechlichen Schultern gewickelt. Seine Augen, obwohl vom Alter getrübt, waren mit einer Mischung aus Angst und Ehrfurcht auf das Meer gerichtet. Er hatte sein ganzes Leben am Meer verbracht, hatte sein Flüstern gehört und seine Anziehungskraft gespürt, aber diese Nacht war anders. Heute Nacht war das Meer von etwas mehr belebt als dem üblichen Auf und Ab – heute Nacht sangen die Sirenen.

Er hatte die Geschichten gehört, die über Generationen weitergegeben wurden, von wunderschönen, außerweltlichen Kreaturen, die in den Tiefen des Abgrunds lebten. Sie besaßen angeblich so bezaubernde Stimmen, dass niemand ihrem Ruf widerstehen konnte. Wer den Gesang der Sirenen hörte, war dazu verdammt, ihm zu folgen und in die Tiefen des Ozeans gezogen zu werden, um nie wieder gesehen zu werden. Viele hatten diese Geschichten als nichts weiter als Aberglauben abgetan, als phantasievolle Einbildungen von Seeleuten und Fischern, aber der alte Mann wusste es besser. Er hatte in seinem langen Leben zu viel gesehen, hatte den Hunger des Meeres aus erster Hand miterlebt.

Es war ein Hunger, der im Laufe der Jahre viele Männer der Stadt dahingerafft hatte – starke, fähige Männer, die sich aufs Meer hinauswagten und nie wieder zurückkehrten. Ihr Verschwinden blieb immer ein Geheimnis, aber die Stadtbewohner kannten die Wahrheit, auch wenn sie es nicht wagten, sie laut auszusprechen. Die Sirenen waren real, und ihr Gesang war ein Todesurteil für jeden, der ihn hörte.

Die Gedanken des alten Mannes wurden von einer plötzlichen, frostigen Brise unterbrochen, die ihm einen Schauer über den Rücken jagte. Die Melodie wurde lauter, eindringlicher, bahnte sich ihren Weg durch den Nebel und erfüllte die Nacht mit einem unheimlichen, hypnotischen Rhythmus. Er konnte ihren Sog tief in seinen Knochen spüren, einen urtümlichen Drang, näher an den Rand zu treten und sich der dunklen Umarmung des Meeres hinzugeben.

Aber er widerstand, stemmte seine Fersen in die Erde und umklammerte mit den Händen den rauen Stein der Klippen. Er hatte vor langer Zeit gelernt, den Gesang der Sirenen auszublenden und sich auf den festen Boden unter seinen Füßen zu konzentrieren, statt auf den verführerischen Ruf der Tiefe. Er hatte so lange überlebt, weil er die Gefahren kannte, die unter den Wellen lauerten, und er hatte nicht die Absicht, das nächste Opfer des Ozeans zu werden.

Doch als der alte Mann dort stand und das Lied wie ein lebendiges Wesen um ihn herumwirbelte, konnte er nicht anders, als einen Stich der Trauer für diejenigen zu empfinden, die in der Tiefe verloren gegangen waren. Sie waren gute Männer gewesen, tapfere Männer, die die Macht des Meeres einfach unterschätzt hatten. Und jetzt, als der Nebel dichter wurde und die Melodie ihren Höhepunkt erreichte, wusste er, dass bald eine weitere Seele von der grausamen Herrin des Ozeans geholt werden würde.

Der alte Mann wandte sich von den Klippen ab, sein Herz war schwer von der Last der Vergangenheit. Als er sich auf den Weg zurück in die Sicherheit seines Zuhauses machte, warf er einen letzten Blick über die Schulter auf das dunkle, aufgewühlte Wasser. Das Meer hatte ihm so viel genommen – seine Freunde, seine Familie, seinen Seelenfrieden. Aber es würde ihn nicht nehmen. Nicht heute Nacht.

Und doch, als er in den Schatten der Stadt verschwand, lag der Gesang der Sirenen in der Luft, eine eindringliche Erinnerung daran, dass der Ozean immer wartete, immer hungrig.

Denjenigen, die es wagten, zuzuhören, würde der Abgrund seine Versuchungen anbieten, und der Preis der Kapitulation wäre ihre Seele.

CHAPTER 2

Kapitel 1: Der Ruf des Ozeans

Rückkehr in die Heimatstadt
Die Sonne stand tief am Himmel und warf einen goldenen Schimmer auf die kleine Küstenstadt, als Amelia Greene die schmale, kurvenreiche Straße entlangfuhr, die zu ihrem Elternhaus führte. Die Stadt mit ihren verwitterten Schindelhäusern und salzverkrusteten Fenstern sah fast genauso aus, wie sie sie in Erinnerung hatte, als hätte die Zeit beschlossen, diesen Ort unberührt zu lassen. Doch als sie um die letzte Kurve fuhr und zum ersten Mal einen Blick auf das Meer erhaschte, überkam sie eine Welle des Unbehagens.

Das Meer war hier allgegenwärtig, seine Weite war von fast jeder Straße und jedem Fenster aus sichtbar. Es war ebenso ein Teil der Stadt wie die Menschen, die dort lebten, und prägte ihr Leben mit seinen Gezeiten, seinen Stürmen und seinem endlosen Rhythmus. Für Amelia war es immer wie ein alter Freund gewesen – einer, der Trost spendete, vertraut und doch irgendwie unberechenbar war. Doch jetzt, als sie auf das dunkle, aufgewühlte Wasser in der Ferne blickte, konnte sie das Gefühl nicht abschütteln, dass sich etwas verändert hatte. Oder vielleicht war sie es, die sich verändert hatte.

Ihre Hände umklammerten das Lenkrad fester, als sie an vertrauten Sehenswürdigkeiten vorbeifuhr – dem verwitterten Leuchtturm, der Wache am Rand der Klippen stand, dem kleinen Gemischtwarenladen, in dem sie früher billige Süßigkeiten kaufte, der alten Kirche, deren Glocke noch immer die Stunden schlug. Alles war gleich, doch es lag eine Schwere in der Luft, ein Gefühl, dass direkt unter der Oberfläche etwas wartete.

Amelia schüttelte den Kopf und versuchte, die beunruhigenden Gedanken zu vertreiben. Es war nur die Nostalgie , sagte sie sich. Es war Jahre her, seit sie zurückgekommen war, und sie ließ sich von den Erinnerungen überwältigen. Die Stadt hatte immer eine unheimliche Atmosphäre gehabt, besonders im schwindenden Tageslicht. Aber das war nur ein Teil ihres Charmes, nicht wahr?

Als sie in die Straße einbog, in der sie aufgewachsen war, kamen die Erinnerungen wieder hoch. Sie konnte sich fast vorstellen, wie sie als jüngeres Ich barfuß den Bürgersteig entlanglief, mit wehendem Haar im Wind, während sie mit ihren Freundinnen zum Strand rannte. Der Klang ihres Lachens, vermischt mit dem Rauschen der Wellen, schien gespenstisch und fern in ihren Ohren zu hallen.

Sie verlangsamte das Auto, als sie sich dem Haus näherte, und ihr Herz begann zu zittern, als sie es sah. Das alte viktorianische Haus mit seiner abblätternden Farbe und der durchhängenden Veranda sah genauso aus wie damals, als sie ein Kind war. Die Hortensien im Vorgarten standen noch in voller Blüte, ihre blauen Blütenblätter leuchteten sanft in der Dämmerung. Aber das Haus, einst so voller Leben, wirkte jetzt verlassen, die Fenster waren dunkel und leer.

Amelia parkte das Auto und saß einen Moment da, starrte auf das Haus, während ihr Kopf von Gefühlen überflutete, die sie nicht genau benennen konnte. Hierher zurückzukommen war eine schwierige Entscheidung gewesen, mit der sie monatelang gerungen hatte. Aber tief in ihrem Inneren hatte sie gewusst, dass sie es tun musste. Es gab zu viele offene Fragen, zu viele Fragen, die sie im Laufe der Jahre verfolgt hatten. Und da war natürlich das Meer. Das Meer, das sie immer angezogen hatte, selbst aus meilenweiter Entfernung.

Amelia holte tief Luft, öffnete die Autotür und stieg aus. Die kühle Abendluft umhüllte sie und trug den Duft von Salz und Seetang mit sich. Sie schloss für einen Moment die Augen und ließ die Geräusche und Gerüche der Stadt über sich hinwegströmen. Es fühlte sich an, als wäre sie in der Zeit zurückgereist, als wäre sie nie weg gewesen.

Doch als sie dort stand, kehrte das Unbehagen zurück, jetzt noch stärker, und nagte an den Rändern ihres Verstandes. Das Meer war nah – so nah, dass sie die Wellen gegen die Felsen schlagen hören konnte, das Geräusch tief und rhythmisch, wie ein Herzschlag. Und darunter, schwach, aber beharrlich, war etwas anderes. Eine Melodie vielleicht, oder nur das Flüstern des Windes. Sie konnte es nicht genau sagen, aber es jagte ihr einen Schauer über den Rücken.

Amelia öffnete die Augen und blickte zum Meer, einer dunklen Linie am Horizont. Es war wunderschön, wie immer, aber irgendetwas daran fühlte sich jetzt anders an. Es war, als würde das Meer sie beobachten und auf etwas warten. Sie schüttelte den Gedanken ab und zwang sich, auf das Haus zuzugehen. Sie war hier, um Antworten zu finden, nicht um alten Ängsten nachzugeben. Aber als sie nach der Haustür griff, konnte sie nicht anders, als noch einmal einen Blick auf das Meer zu werfen.

Es war genauso wie immer, und doch schien im schwindenden Tageslicht ein Eigenleben darin zu pulsieren. Ein Leben, das aus Gründen, die sie noch nicht verstand, nach ihr rief.

Wiederkontakt mit Lucas

Die Klingel über der Cafétür klingelte leise, als Amelia sie öffnete und in die Wärme des kleinen, gemütlichen Raums trat. Der Duft von frisch gebrühtem Kaffee und Gebäck umhüllte sie und versetzte sie sofort zurück in ihre Teenagerjahre. Dieser Ort hatte sich kein bisschen verändert. Dieselben abgenutzten Holztische, dieselbe verblasste nautische Einrichtung und sogar derselbe alte Mann hinter der Theke, der mit geübter Leichtigkeit die Espressomaschine abwischte.

Amelia blickte sich um, suchte nach einem vertrauten Gesicht, und da war er – Lucas, der an einem Ecktisch am Fenster saß, mit dem Rücken zum Meer. Er sah auf, als sie näher kam, und ein breites Grinsen breitete sich auf seinem Gesicht aus. Einen Moment lang starrten sie einander einfach nur an, und die Jahre der Trennung verschwanden im Handumdrehen.

„Amelia Greene in Fleisch und Blut", sagte Lucas und stand von seinem Stuhl auf, um sie fest an sich zu ziehen. „Ich hätte es fast nicht geglaubt, als du gesagt hast, dass du zurückkommst."

„Glaub es", antwortete Amelia und erwiderte die Umarmung mit gleicher Wärme. „Es ist schön, dich zu sehen, Lucas. Wirklich gut."

Er ließ sie los und hielt sie auf Armeslänge von sich weg, um besser sehen zu können. „Du hast dich kein bisschen verändert. Immer noch das gleiche Mädchen, das mich bei jedem Strandrennen geschlagen hat."

Amelia lachte und schüttelte den Kopf. „Das sagst du nur, weil ich gerade auf den Zehenspitzen stehe. Du hingegen hast dich definitiv verändert. Sieh dich an – groß, gutaussehend, ganz erwachsen."

Lucas zuckte mit den Schultern und seine Augen funkelten neckisch. „Ich musste etwas tun, um mit dir mitzuhalten. Komm, setz dich. Ich habe dein Lieblingsgericht bestellt."

Amelia ließ sich auf den Stuhl ihm gegenüber gleiten und betrachtete die dampfende Tasse Kaffee und das Stück Zitronenkuchen auf dem Tisch. „Du hast daran gedacht", sagte sie, gerührt von der kleinen Geste.

„Natürlich habe ich das. Manche Dinge vergisst man nicht, egal wie viele Jahre vergehen." Er lehnte sich in seinem Stuhl zurück und musterte sie lächelnd. „Also, wie ist es, wieder hier zu sein?"

„Es ist ... seltsam", gab Amelia zu und rührte geistesabwesend ihren Kaffee um. „Alles sieht gleich aus, aber es fühlt sich anders an. Oder vielleicht liegt es nur an mir. Ich weiß es nicht."

Lucas nickte und sein Gesichtsausdruck wurde sanfter. „Es geht nicht nur dir so. Die Stadt hat viel durchgemacht, seit du gegangen bist. Mehr Verschwinden, mehr Gerüchte ... mehr Leute, die gehen. Es ist, als ob sich ein Schatten über diesen Ort gelegt hätte."

Amelias Blick wanderte zum Fenster, wo sich das Meer bis zum Horizont erstreckte und seine Oberfläche in der Nachmittagssonne glitzerte. „Ich habe von dem Fischer gehört, der vor kurzem verschwunden ist. Ist das der Grund, warum alle so nervös sind?"

„Teilweise", antwortete Lucas, und sein Tonfall wurde dunkler. „Aber es ist mehr als das. Da ist dieses ... Gefühl in der Luft. Als wäre der Ozean unruhig oder wütend oder so. Die Alten sagen, es seien wieder die Sirenen, und sie würden immer dreister. Und immer mehr Leute fangen an, es zu glauben."

Amelia runzelte die Stirn und nippte an ihrem Kaffee. „ Das glaubst du doch nicht wirklich, oder? Ich meine, Sirenen? Das ist doch nur ein Mythos, oder?"

Lucas zögerte, und sein Blick begegnete ihrem mit einer Ernsthaftigkeit, die sie überraschte. „Ich weiß nicht mehr, was ich glauben soll, Amelia. Ich habe zu viele gute Männer spurlos verschwinden sehen, ihre Boote wurden leer aufgefunden und ziellos auf dem Meer treibend. Und ich habe Dinge gehört ... da draußen auf dem Wasser. Dinge, die ich nicht erklären kann."

Amelia lief ein kalter Schauer über den Rücken, aber sie zwang sich, bei ihrer Vernunft zu bleiben. „Wahrscheinlich ist es nur der Stress, Lucas. Diese Stadt kann einem schon mal unter die Haut gehen, besonders wenn man eine Weile weg war. Die Leute fangen an, Dinge zu sehen, die gar nicht da sind."

„Vielleicht", sagte Lucas, obwohl er nicht überzeugt klang. „Aber du solltest vorsichtig sein, Amelia. Du warst schon immer mehr vom Meer angezogen als alle anderen. Aber lass dich nicht zu tief hineinziehen."

Sie lächelte, obwohl ihr Blick nicht ganz bis in ihre Augen reichte. „Ich bin kein kleines Mädchen mehr, Lucas. Ich weiß, wie ich auf mich aufpassen muss."

„Das weiß ich", sagte er leise und ließ seinen Blick auf ihr ruhen. „Aber versprich mir, dass du trotzdem vorsichtig bist. Es gibt Dinge da draußen ... Dinge, die keinen Sinn ergeben, egal wie sehr du versuchst, sie zu erklären."

Amelia wollte gerade antworten, aber die Worte blieben ihr im Hals stecken. In Lucas' Stimme lag etwas, eine stille Verzweiflung, die sie verunsicherte. Dann wurde ihr klar, dass er nicht nur aus Sorge sprach – er hatte wirklich Angst. Wovor, wusste sie nicht genau, aber die Angst war echt.

„Okay", sagte sie schließlich, ihre Stimme kaum mehr als ein Flüstern. „Ich werde vorsichtig sein."

Lucas entspannte sich ein wenig und sein Lächeln kehrte zurück. „Gut. Das ist alles, was ich hören wollte."

Sie saßen einige Augenblicke in freundschaftlichem Schweigen da, tranken ihren Kaffee und sahen den heranrollenden Wellen zu. Draußen wirkte das Meer ruhig, beinahe friedlich, aber Amelia konnte das Gefühl nicht loswerden, dass Lucas recht hatte. Irgendetwas war anders an diesem Ort, etwas, das ihr Herz rasen ließ und ihre Gedanken vor Fragen wirbeln ließ.

Aber sie wollte sich nicht von der Angst leiten lassen. Sie war aus einem bestimmten Grund zurückgekommen und sie würde sich nicht von alten Legenden oder ominösen Warnungen aufhalten lassen. Was auch immer unter der Oberfläche lauerte – ob in der Stadt, im Meer oder in ihr selbst – sie war entschlossen, sich ihm direkt zu stellen.

Dennoch überkam sie ein mulmiges Gefühl, als sie aufs Meer hinausblickte. Das Meer war immer ihr Zufluchtsort gewesen, ihre Fluchtmöglichkeit. Doch jetzt kam es ihr wie ein Fremder vor, etwas Wildes und Unberechenbares, mit Geheimnissen, die es nicht preisgeben wollte. Und zum ersten Mal in ihrem Leben fragte sich Amelia, ob der Ruf des Meeres vielleicht, nur vielleicht, nicht etwas war, auf das sie eine Antwort finden musste.

Die Anziehungskraft des Ozeans

Die Sonne begann langsam hinter dem Horizont zu versinken, während Amelia den vertrauten Strandabschnitt entlangschlenderte, den Sand unter ihren Füßen kühl. Der Himmel war in Orange- und Rosatönen gefärbt und warf einen warmen Schimmer auf die sich kräuselnden Wellen. Über ihnen kreischten die Möwen, und ihre Schreie vermischten sich mit dem gleichmäßigen Rhythmus des Ozeans. Es war ein Bilderbuchabend, von dem sie während ihrer Jahre fern von diesem Ort oft geträumt hatte. Aber jetzt, da sie hier war und am Wasser stand, wollte das Unbehagen von vorhin nicht verschwinden.

Amelia hielt inne, zog ihre Sandalen aus und ließ das kalte Wasser an ihre Zehen schwappen. Das Meer war immer ihr Zufluchtsort gewesen, ein Ort, an dem sie sich in seiner Unendlichkeit verlieren konnte, wo die Sorgen der Welt mit der Flut zu schmelzen schienen. Aber heute Abend fühlte es sich anders an. Es lag eine unterschwellige Spannung in der Luft, eine Schwere, die ihr die Nackenhaare zu Berge stehen ließ.

Sie holte tief Luft und versuchte, das Gefühl abzuschütteln. Es war nur Einbildung, sagte sie sich. Sie ließ sich von Lucas' Worten beeinflussen und ließ den Aberglauben der Stadt in ihre Gedanken eindringen. Sie war immer die Vernünftige gewesen, die Geistergeschichten und Legenden als nichts weiter als phantasievolle Geschichten abtat. Aber jetzt, als sie dort stand und sich der Ozean wie ein endloser, dunkler Abgrund vor ihr ausbreitete, war sie sich nicht mehr so sicher.

Die Anziehungskraft des Wassers war unübersehbar, eine magnetische Kraft, die sie mit jedem Schritt näher heranzuziehen schien. Sie merkte, wie sie sich vorwärts bewegte, der nasse Sand unter ihren Füßen versank, als sie tiefer in die Brandung vordrang. Die Wellen flüsterten ihr zu, ihr rhythmisches Auf und Ab wie ein Lied, das nur sie hören konnte. Es war eindringlich und wunderschön und ließ ihr einen Schauer über den Rücken laufen.

Amelia blieb stehen, als ihr das Wasser bis zu den Knien reichte. Die Kälte drang durch ihre Jeans und ließ ihre Haut taub werden. Sie starrte auf den Horizont, wo der Himmel in einem nahtlosen Farbverlauf auf das Meer traf. Die Welt um sie herum war still, bis auf das leise Rauschen der Wellen und den fernen Ruf der Möwen. Doch unter all dem war da noch etwas anderes – eine Melodie, schwach und fast unmerklich, die von der Brise herübergetragen wurde.

Sie runzelte die Stirn und lauschte angestrengt. Die Melodie war schwer zu fassen, gerade außer Reichweite, aber sie berührte sie zutiefst und erfüllte sie mit einer seltsamen Mischung aus Sehnsucht und Furcht. Es war, als würde der Ozean sie rufen und sie auffordern, tiefer in seine Tiefen vorzudringen, sich in seiner Umarmung zu verlieren.

Einen Moment lang war sie versucht, genau das zu tun. Sich vom Wasser mitreißen zu lassen, dem Gesang der Sirene zu folgen, wohin auch immer er sie führen mochte. Der Sog war so stark, so unwiderstehlich, dass es ihr Angst machte. Sie spürte, wie ihr Puls schneller wurde, ihr Atem kam in flachen Stößen, während sie dem Drang, weiterzugehen, entgegen kämpfte.

„Nein", flüsterte sie vor sich hin und schüttelte den Kopf, als wolle sie ihn frei bekommen. „Es ist nur der Wind, nur die Wellen. Da draußen ist nichts."

Doch schon als sie die Worte aussprach, wusste sie, dass sie hohl klangen. Da draußen war etwas, etwas, das knapp jenseits ihrer Wahrnehmung wartete. Es war ein Gefühl, das sie nicht erklären konnte, eine Gewissheit, die ihr einen Schauer über den Rücken jagte. Der Ozean war voller Energie, summte vor Energie, die sie zugleich faszinierte und erschreckte.

Amelia zwang sich, einen Schritt zurückzutreten, dann noch einen, bis sie auf dem nassen Sand stand und das Wasser nicht mehr an ihre Beine schwappte. Der Sog ließ nach, aber er verschwand nicht. Er war immer noch da, ein hartnäckiges Flüstern in ihrem Hinterkopf, das sie drängte, zum Meer zurückzukehren.

Sie schlang die Arme um sich und versuchte, die Kälte abzuwehren, die sich in ihren Knochen festgesetzt hatte. Der Himmel verdunkelte sich jetzt, die Sonne sank unter den Horizont und warf lange Schatten über den Strand. Sie wusste, dass sie umkehren sollte, wusste, dass das Verweilen hier ihre Angst nur noch verstärkte. Aber sie konnte ihre Augen nicht vom Meer abwenden, konnte das Gefühl nicht abschütteln, dass es ihren Namen rief.

Amelia stand eine gefühlte Ewigkeit da und starrte auf die weite Wasserfläche, bis das letzte Tageslicht in die Nacht überging. Die Sterne begannen am Himmel zu funkeln, und ihr Spiegelbild schimmerte wie kleine Leuchtfeuer auf der Meeresoberfläche. Das Meer war jetzt ruhig, die Wellen sanft und beruhigend, aber das Gefühl, dass etwas unter der Oberfläche lauerte, blieb.

Schließlich wandte sie sich mit einem tiefen Seufzer vom Wasser ab und begann den langsamen Rückweg zur Hütte. Der Sand knirschte unter ihren Füßen, das Geräusch war in der Stille der Nacht seltsam laut. Die Melodie, die sie zuvor verfolgt hatte, war verschwunden und durch das stetige Dröhnen ihres Herzschlags in ihren Ohren ersetzt worden.

Als sie den Weg erreichte, der zu ihrem vorübergehenden Zuhause führte, warf sie einen letzten Blick über die Schulter auf das Meer. Es sah friedlich aus, geradezu heiter, aber sie wusste es besser. Da war etwas, etwas, das auf sie wartete. Und obwohl sie nicht wusste, was es war, wurde sie das Gefühl nicht los, dass es nur eine Frage der Zeit war, bis sie es herausfand.

Mit einem letzten Schauder wandte Amelia sich vom Meer ab und ging hinein. Die Tür schloss sich mit einem leisen Klicken hinter ihr. Doch selbst als sie an diesem Abend im Bett lag, blieb die Anziehungskraft des Ozeans in ihrem Hinterkopf, eine ständige, unerbittliche Präsenz, die sich nicht ignorieren ließ.

Albträume der Tiefe

In der Hütte war es still, die einzigen Geräusche waren das gelegentliche Knarren der alten Holzdielen und das ferne Krachen der Wellen am Ufer. Amelia lag im Bett, ihr Körper in die weiche Wärme der Decken gehüllt, doch sie wollte nicht einschlafen. Sie starrte an die Decke, und in Gedanken ging ihr der Tag wie eine kaputte Schallplatte immer und immer wieder durch den Kopf. Die beunruhigende Anziehungskraft des Ozeans, die seltsame Melodie, die gerade außerhalb ihrer Reichweite zu tanzen schien – all das kam ihr zu real vor, um es als bloße Einbildung abzutun.

Sie drehte sich auf die Seite und versuchte, sich zu entspannen, doch ihre Gedanken hörten nicht auf zu rasen. Die Schatten in den Ecken des Zimmers schienen sich zu bewegen und Formen anzunehmen, die sie an das Meer erinnerten, an dunkle Wellen und die Kreaturen, die darunter lauerten. Sie kniff die Augen zusammen und verdrängte die Bilder. Es war nur die Dunkelheit, die ihr Streiche spielte, nur ihr müder Verstand, der Ängste heraufbeschwor, die es gar nicht gab.

Doch das Unbehagen wollte nicht verschwinden, es nagte an ihr wie ein hartnäckiger Juckreiz, den sie nicht kratzen konnte. Sie zog die Decke enger um sich und versuchte, das Gefühl zu verdrängen, aber es war sinnlos. Ihre Gedanken wanderten immer wieder zurück zum Meer, zu der Art, wie es sie angezogen hatte, mit einer Kraft, die sie nicht verstand.

Amelia atmete langsam aus und öffnete die Augen im schwachen Licht des Zimmers. Das sanfte Leuchten der Nachttischlampe warf einen warmen Lichtkreis auf den alten Holzboden und bot etwas Trost im Vergleich zu den Schatten, die an den Wänden entlangkrochen. Sie warf einen Blick auf die Uhr auf dem Nachttisch – 3:17 Uhr. Die Nacht zog sich endlos hin, die Stunden dehnten sich aus wie die weite, leere Fläche des Meeres.

Plötzlich hallte ein scharfes Klopfen durch das Haus und ließ sie hochschrecken. Ihr Herz klopfte wie wild, als es noch einmal klopfte, diesmal lauter. Jemand war an der Tür.

Amelia zögerte, jeder Nerv in ihrem Körper war angespannt. Wer konnte es zu dieser Stunde sein? Ihr Kopf raste vor Möglichkeiten, von denen keine beruhigend war. Doch dann klopfte es erneut, hartnäckig und fordernd, und sie wusste, dass sie keine andere Wahl hatte, als zu antworten.

Sie warf die Decken weg, rutschte aus dem Bett und trottete durch das Zimmer. Der Boden war kalt unter ihren Füßen, ein starker Kontrast zur Wärme des Bettes, und sie fröstelte, als sie die Tür erreichte. Sie hielt einen Moment inne, ihre Hand schwebte über der Türklinke, bevor sie sie langsam drehte und die Tür öffnete.

Die Nachtluft strömte herein, kühl und frisch, mit dem Duft von Salz und Seetang. Aber da war niemand. Die Veranda war leer, der Weg zum Strand menschenleer. Sie trat hinaus, die alten Holzplanken knarrten unter ihrem Gewicht, und spähte in die Dunkelheit. Nichts. Nur das ferne Rauschen der Wellen und das Rascheln der Blätter im Wind.

Ein Gefühl des Unbehagens überkam sie, jetzt tiefer, greifbarer. Sie wusste, dass sie sich das Klopfen nicht eingebildet hatte. Es war echt gewesen, zu echt, um es zu ignorieren. Aber woher kam es?

Gerade als sie wieder hineingehen wollte, fiel ihr etwas auf – eine Bewegung im Schatten am Rand des Hofes, in der Nähe des Weges, der zum Strand führte. Amelia kniff die Augen zusammen und versuchte, die Gestalt zu erkennen, aber es war zu dunkel. Sie trat einen Schritt vor, ihr Herz klopfte bis zum Hals, aber in dem Moment verschwand die Gestalt und verschmolz mit der Dunkelheit, als wäre sie nie da gewesen.

Ein Schauer lief ihr über den Rücken, aber sie zwang sich, ruhig zu bleiben. Sie durfte nicht zulassen, dass ihr Verstand ihr einen Streich spielte, sie durfte nicht zulassen, dass die Angst die Oberhand gewann. Doch als sie sich umdrehte, um wieder hineinzugehen, schlug die Tür hinter ihr zu und sie zuckte zusammen. Der Wind, sagte sie sich, nur der Wind. Doch ihre Hände zitterten, als sie nach der Türklinke griff.

Zurück in der Sicherheit des Häuschens lehnte sich Amelia gegen die Tür und versuchte, ihre Atmung zu beruhigen. Im Haus war es wieder still, die Stille war beinahe bedrückend. Sie konnte das Gewicht der Stille auf sich spüren, das sie mit seiner Präsenz erstickte. Sie schloss die Augen und versuchte, die Angst abzuschütteln, aber das Klopfen hallte in ihrem Kopf wider, eine unerbittliche Erinnerung daran, dass etwas nicht stimmt.

Sie stieß sich von der Tür ab und ging zum Fenster, das auf den Strand hinausging. Das Meer war eine dunkle, bedrohliche Präsenz in der Nacht, die Wellen rollten in einem gleichmäßigen Rhythmus heran, der im Takt ihres rasenden Herzens zu pulsieren schien. Einen Moment lang glaubte sie, einen Schatten am Ufer entlanglaufen zu sehen, aber als sie blinzelte, war er verschwunden und hinterließ nur den leeren Strand.

Amelia wich vom Fenster zurück, ihr Puls raste. Das Cottage, einst ein Zufluchtsort, kam ihr jetzt wie eine Falle vor. Die Wände schienen sich um sie herum zu schließen, die Dunkelheit drängte von allen Seiten auf sie ein. Sie musste raus, um der erstickenden Stille zu entkommen, die sie erstickte.

Aber wohin sollte sie gehen? Der Gedanke, sich wieder nach draußen zu wagen, jagte ihr einen Schauer der Angst ein, aber drinnen zu bleiben, kam ihr genauso gefährlich vor. Sie war in einem Netz gefangen, das sie selbst geknüpft hatte, gefangen zwischen den unbekannten Gefahren draußen und der schleichenden Angst drinnen.

Da sie keine andere Wahl hatte, kroch Amelia zurück ins Bett und zog die Decke bis zum Kinn hoch, als könnte sie sie vor der Angst schützen, die an ihr nagte. Sie lag hellwach da und starrte an die Decke, während die Stunden verstrichen. In der Hütte war es still, aber das Meer war es nicht. Sein unerbittliches Tosen erfüllte den Raum und erinnerte ihn ständig daran, welche Macht es über sie, über diese Stadt, über alles hatte.

Und als sie schließlich in einen unruhigen Schlaf glitt, kamen die Albträume. Dunkle, wirbelnde Visionen aus der Tiefe, von schattenhaften Gestalten mit kalten, starren Augen, von Stimmen, die ihren Namen mit eindringlicher Vertrautheit flüsterten. Der Ozean streckte sich in ihren Träumen nach ihr aus, seine kalten Finger schlangen sich um sie und zogen sie in den Abgrund hinab. Sie kämpfte dagegen an, aber je mehr sie kämpfte, desto stärker wurde der Sog und zog sie immer tiefer in die Dunkelheit.

Als Amelia schließlich schweißgebadet und nach Luft schnappend aufwachte, brach gerade die Dämmerung an. Das Licht des neuen Tages konnte die Schatten, die an ihr klebten, kaum vertreiben. Die Erinnerung an den Albtraum war noch immer lebendig in ihrem Kopf. Sie setzte sich zitternd auf und blickte aus dem Fenster auf das Meer.

Jetzt sah es so ruhig und friedlich aus, aber sie wusste es besser. Der Ozean barg dunkle und gefährliche Geheimnisse, und er war noch nicht fertig mit ihr.

Das ausgegrabene Relikt

Das Morgenlicht fiel durch die dünnen Vorhänge und warf sanfte Strahlen auf den Holzboden des Häuschens. Amelia saß am kleinen Küchentisch und trank eine Tasse lauwarmen Kaffee. Die Tasse fühlte sich schwer in ihren Händen an, ein schwacher Trost gegen das Unbehagen, das sich seit der vergangenen Nacht in ihrer Brust festgesetzt hatte. Sie hatte kaum geschlafen, die Überreste ihres Albtraums hingen wie eine dunkle Wolke, die sie nicht abschütteln konnte, am Rande ihres Bewusstseins.

Sie blickte aus dem Fenster und beobachtete, wie die Wellen träge ans Ufer rollten. Das Meer war trügerisch ruhig, seine Oberfläche glitzerte in der frühen Morgensonne. Es war schwer, diesen heiteren Anblick mit den schrecklichen Visionen in Einklang zu bringen, die sie in ihren Träumen verfolgt hatten. Aber sie konnte das wachsende Gefühl der Vorahnung nicht leugnen, das sich wie ein Schraubstock um sie legte. Irgendetwas stimmte nicht, und sie spürte es bis in ihre Knochen.

Amelia zwang sich, einen Schluck Kaffee zu trinken, der bittere Geschmack beruhigte sie für einen Moment. Sie war nach Seabrook zurückgekehrt, um Frieden zu finden und dem Chaos ihres Lebens in der Stadt zu entfliehen, aber alles, was sie gefunden hatte, war ein wachsendes Gefühl der Angst, das mit jedem Tag zuzunehmen schien. Der logische Teil ihres Verstandes sagte ihr, dass sie irrational handelte und dass sie sich von alten Ängsten und lokalem Aberglauben überwältigen ließ. Aber der andere Teil, der Teil, der immer auf seine Instinkte vertraut hatte, wusste, dass mehr dahintersteckte.

Das Klopfen an der Tür schreckte sie aus ihren Gedanken und vor Überraschung hätte sie beinahe ihren Kaffee verschüttet. Es war ein sanftes, zögerliches Klopfen, ganz anders als das hartnäckige Klopfen am Abend zuvor. Sie stellte die Tasse ab und stand auf, ihr Herz raste, als sie sich der Tür näherte.

Als sie öffnete, stand auf ihrer Veranda ein älterer Mann, dessen wettergegerbtes Gesicht von einer weißen Haarpracht umrahmt wurde. Er trug ein verwaschenes Flanellhemd und Jeans, die schon bessere Tage gesehen hatten, und seine blauen Augen musterten sie scharf und mit einer Intensität, die ihr Unbehagen bereitete.

„Morgen", sagte er und lüftete zur Begrüßung leicht seinen Hut. Seine Stimme war rau, wie Kies, der über Steine kratzt, aber in seinen Augen lag eine Freundlichkeit, die sie ein wenig beruhigte. „Du musst Amelia sein."

„Ja, das stimmt", antwortete sie und trat zur Seite, um ihn hereinzulassen. „Und Sie sind?"

„Mein Name ist Samuel. Ich wohne ein Stück die Straße runter. Ich kannte deine Großmutter. Ich dachte, ich schaue mal vorbei und schaue, wie du dich eingelebt hast."

Amelia nickte, lächelte ihn leicht an und deutete auf den Tisch. „Möchten Sie einen Kaffee?"

„Nein, danke", sagte Samuel und winkte ab. „Ich werde nicht viel von deiner Zeit in Anspruch nehmen. Ich wollte dir nur etwas mitbringen."

Er griff in seine Tasche und zog ein kleines, eingewickeltes Bündel heraus. Das Tuch war alt und an den Rändern ausgefranst, und es war mit einem dünnen Stück Schnur zusammengebunden. Amelia runzelte die Stirn, als sie es entgegennahm, das Gewicht des Gegenstandes überraschte sie.

„Was ist das?", fragte sie und packte das Bündel vorsichtig aus.

Als das Tuch abfiel, schnappte sie nach Luft. In ihren Händen lag ein kunstvoll geschnitzter Anhänger aus einem tiefgrünlich-schwarzen Stein, der im Licht schimmerte. Das Muster war anders als alles, was sie je gesehen hatte, ein wirbelndes Muster, das sich zu verschieben und zu verändern schien, als sie es im Licht bewegte. Es war wunderschön, aber es hatte etwas Beunruhigendes an sich, etwas, das ihre Haut vor Unbehagen kribbeln ließ.

„Es gehörte deiner Großmutter", sagte Samuel mit sanfter, beinahe ehrfürchtiger Stimme. „Sie hat es vor vielen Jahren an den Strand gespült gefunden und seitdem aufbewahrt. Dachte, es könnte für dich von Interesse sein, da du mit ihr verwandt bist."

Amelia ließ ihre Finger über die Oberfläche des Anhängers gleiten und spürte die kühle, glatte Textur des Steins. Er fühlte sich seltsam warm in ihrer Hand an, fast so, als wäre er lebendig. Ein seltsames Gefühl durchströmte sie, wie ein leises Summen, das tief in ihrer Brust widerhallte. Sie konnte die Anziehungskraft des Ozeans wieder spüren, jetzt stärker, eindringlicher.

„Danke", brachte sie mit kaum mehr als einem Flüstern hervor. „Es ist ... wunderschön."

„Wunderschön, ja", stimmte Samuel zu, obwohl sein Tonfall etwas Dunkleres, etwas Vorsichtiges enthielt. „Aber sei vorsichtig damit, Amelia. Dieser Anhänger hat eine Geschichte, die mit dieser Stadt, mit dem Meer verbunden ist. Deine Großmutter sagte immer, er sei ein Geschenk des Meeres, aber ich bin mir da nicht so sicher."

„Was meinst du?", fragte Amelia und runzelte die Stirn, als sie zu ihm aufsah.

Samuel zögerte, sein Blick wanderte zum Fenster, hinter dem sich der Ozean erstreckte. „Es gibt Dinge in diesem Ozean, Miss Amelia. Dinge, die wir nicht vollständig verstehen, Dinge, die nicht zu unserer Welt gehören. Ihre Großmutter sagte immer, das Meer habe seine Geheimnisse, und manchmal finden diese Geheimnisse ihren Weg ans Ufer."

Amelias Griff um den Anhänger wurde fester, der kühle Stein drückte sich in ihre Handfläche. „Willst du damit sagen, dieser Anhänger ist ... verflucht?"

„Verflucht? So weit würde ich nicht gehen", sagte Samuel mit einem ironischen Lächeln. „Aber es ist auch nicht gerade gesegnet. Sei einfach vorsichtig, das ist alles. Das Meer macht keine Geschenke leichtfertig und erwartet immer etwas dafür."

Ein Schauer lief Amelia über den Rücken, als sie seinen Worten lauschte. Das Unbehagen, das sie seit ihrer Ankunft verspürt hatte, ergab nun einen Sinn, und die seltsame Anziehungskraft des Ozeans fühlte sich realer an als je zuvor. Sie konnte es in dem Anhänger spüren, konnte die Verbindung spüren, die er mit den tiefen, dunklen Gewässern dahinter hatte.

„Danke, dass Sie mir das gebracht haben", sagte sie mit nun festerer Stimme, als sie den Anhänger zurück in das Tuch legte und ihn sorgfältig einwickelte.

Samuel nickte und tippte erneut an seinen Hut. „Passen Sie gut auf sich auf, Miss Amelia. Und wenn Sie jemals etwas brauchen, zögern Sie nicht, vorbeizukommen. Meine Tür steht immer offen."

Sie sah ihm nach, als er ging. Seine langsamen, bedachten Schritte trugen ihn den Weg hinunter und außer Sichtweite. Als sich die Tür hinter ihm schloss, lehnte sich Amelia dagegen, und in ihren Gedanken rasten die Gedanken an den Anhänger und die seltsame Geschichte, die Samuel angedeutet hatte. Sie war hierhergekommen, um Frieden zu suchen, aber stattdessen war sie in etwas viel Größeres verwickelt worden, etwas, das seine Wurzeln tief in den Tiefen des Ozeans hatte.

Sie packte den Anhänger erneut aus und hielt ihn gegen das Licht. Der Stein schien zu pulsieren, fast so, als würde er atmen, und sie konnte die Anziehungskraft des Ozeans noch einmal spüren, stärker als zuvor. Es war, als würde das Meer selbst sie rufen und ihr Geheimnisse zuflüstern, von denen sie nicht sicher war, ob sie sie hören wollte.

Amelia wusste, dass ihre Zeit in Seabrook alles andere als friedlich sein würde. Der Ozean hatte ihre Großmutter geholt und nun schien er nach ihr zu greifen. Die Frage war, ob sie seinem Ruf widerstehen konnte oder ob auch sie in den Abgrund gezogen werden würde.

CHAPTER 3

Kapitel 2: Echos der Vergangenheit

Wiederbesuch des Cottage

Die Morgensonne schien durch die Spitzenvorhänge des kleinen Häuschens und warf zarte Muster aus Licht und Schatten auf den Holzboden. Amelia saß auf der Bettkante, der Anhänger, den sie am Tag zuvor von Samuel bekommen hatte, lag schwer in ihrer Handfläche. Der grünlich-schwarze Stein schien mit einem inneren Licht zu pulsieren, und sie konnte das beunruhigende Gefühl nicht abschütteln, dass er irgendwie lebendig war, sie beobachtete und wartete.

Sie hatte kaum geschlafen, ihre Gedanken rasten vor lauter Gedanken an ihre Großmutter und die seltsamen Ereignisse, die sich seit ihrer Ankunft in Seabrook zugetragen hatten. Die Träume, der Anhänger und Samuels kryptische Warnungen vermischten sich und bildeten einen Knoten der Angst in ihrer Brust, der sich nicht lösen wollte.

Nachdem sie den Anhänger einige Augenblicke lang angestarrt hatte, stand sie auf. Ihre Entscheidung war gefallen.

Sie brauchte Antworten und der einzige Ort, an dem sie damit anfangen konnte, war hier, im Häuschen ihrer Großmutter. Vielleicht gab es in den Sachen ihrer Großmutter etwas, das die Bedeutung des Anhängers und die seltsame Anziehungskraft, die sie zum Meer verspürte, erklären würde.

Amelia steckte den Anhänger in ihre Tasche und ging in das kleine Wohnzimmer, in dem ihre Großmutter ihre Nachmittage verbrachte. Das Zimmer war gemütlich und voller alter Möbel, Bücher und im Laufe der Jahre gesammelter Schmuckstücke. Ein großer, abgenutzter Sessel stand neben dem Fenster, daneben ein kleiner Tisch, auf dem sich Bücher und Zeitschriften stapelten. Der Anblick erfüllte Amelia mit Traurigkeit – dies war der Lieblingsplatz ihrer Großmutter gewesen.

Sie ging zu der alten Holztruhe, die an der gegenüberliegenden Wand stand. Ihre Oberfläche war mit einem zarten Spitzendeckchen und ein paar gerahmten Fotos bedeckt. Die Truhe hatte sie als Kind immer fasziniert, aber ihre Großmutter hatte sie verschlossen gehalten und gesagt, sie sei voller „Erinnerungen, die man besser in Ruhe lässt". Jetzt kniete Amelia tief durch und strich mit den Fingern über die kunstvollen Schnitzereien, die ihre Oberfläche verzierten.

Die Truhe war unverschlossen und sie hob mit leichtem Zögern den Deckel. Die Scharniere knarrten protestierend und ein schwacher Duft von Lavendel und altem Papier wehte aus dem Inneren. Darin fand sie eine Sammlung ordentlich gefalteter Wäsche, alte, mit Bändern zusammengebundene Briefe und ein kleines Bündel, das in ein verblichenes Seidentuch gewickelt war. Darunter streiften ihre Finger jedoch etwas Hartes und Rechteckiges.

Amelia nahm vorsichtig die Gegenstände von oben heraus und brachte ein kleines, in Leder gebundenes Tagebuch zum Vorschein, dessen Einband vom Alter abgenutzt und rissig war. Der Anblick jagte ihr einen Schauer über den Rücken. Sie erkannte es sofort – es war das Tagebuch ihrer Großmutter, in das sie sie immer hatte schreiben sehen, das sie aber nie hatte lesen dürfen.

Mit zitternden Händen nahm Amelia das Tagebuch aus der Truhe und ließ sich im Sessel nieder. Das Leder fühlte sich kühl und weich unter ihren Fingerspitzen an, und als sie den Einband öffnete, knisterten die Seiten leise und enthüllten die saubere, kursive Handschrift ihrer Großmutter.

Die ersten paar Einträge waren banal und berichteten von alltäglichen Ereignissen und Beobachtungen über das Wetter, die Stadt und den Garten. Doch als sie die Seiten durchblätterte, begann sich der Ton der Einträge zu ändern. Die Handschrift wurde unregelmäßiger, die Worte kryptischer. Ihre Großmutter schrieb von seltsamen Träumen, Visionen des Ozeans und einem überwältigenden Gefühl, beobachtet zu werden. Es gab Hinweise auf den Anhänger, der als Geschenk des Meeres beschrieben wurde, obwohl der Tonfall darauf schließen ließ, dass es ein Geschenk war, vor dem ihre Großmutter auf der Hut war.

Amelias Herz raste, als sie weiterlas, und das Unbehagen wuchs mit jeder Seite. Ihre Großmutter hatte sich auf dieselbe Weise zum Meer hingezogen gefühlt wie Amelia jetzt, und das Tagebuch deutete auf eine Verbindung zwischen dem Anhänger und dem Meer hin, die sowohl stark als auch gefährlich war. Die letzten paar Einträge waren die verstörendsten, voller Warnungen vor der Anziehungskraft des Ozeans und der Bitte, „niemals den Gaben der Tiefe zu vertrauen".

Sie schloss das Tagebuch, ihre Hände zitterten, als sie es an ihre Brust drückte. Was auch immer ihre Großmutter beschäftigt hatte, es war mehr als nur eine Faszination für das Meer. Es war etwas Uraltes, etwas, das seine Wurzeln in den dunklen Wassern des Abgrunds hatte, und jetzt streckte dieses Etwas die Hand nach ihr aus.

Amelia spürte, wie ihr ein kalter Schauer über den Rücken lief, als sie aus dem Fenster auf die unendliche Weite des Ozeans starrte, dessen Oberfläche ruhig und trügerisch heiter war. Der Anhänger in ihrer Tasche schien wärmer zu werden, eine ständige Erinnerung an die Verbindung, die sie nun mit ihrer Großmutter teilte. Sie wusste, dass sie tiefer graben musste, um die Wahrheit aufzudecken, die ihre Großmutter verborgen hatte, aber der Gedanke erfüllte sie mit Furcht.

Das Meer rief nach ihr, genau wie es nach ihrer Großmutter gerufen hatte. Und Amelia war sich nicht sicher, ob sie bereit war zu antworten.

Ein Besuch in der örtlichen Bibliothek

Die Seabrook-Bibliothek war ein malerisches, unscheinbares Gebäude zwischen einem Blumenladen und einer kleinen Bäckerei. Die Backsteinfassade war bezaubernd verwittert, und ein kleines Holzschild schwang sanft im Wind und verkündete in verblassten goldenen Lettern ihren Zweck. Amelia stieß die schwere Tür auf und der schwache Geruch von altem Papier und muffigen Büchern begrüßte sie, als sie eintrat.

Der Innenraum war nur schwach beleuchtet, die schmalen Fenster ließen gerade genug Licht herein, um die in der Luft tanzenden Staubkörnchen zu beleuchten. Die Wände waren mit Regalen vollgestopft, vollgestopft mit Büchern aller Größen und Altersstufen, deren Rücken das Gewicht zahlloser Geschichten und Erzählungen trugen. Am anderen Ende des Raumes, hinter einem großen Eichenschreibtisch, saß die Bibliothekarin – eine schlanke Frau in den Sechzigern mit ordentlich zu einem Knoten hochgestecktem grauem Haar und einer Brille auf der Nasenspitze. Sie blickte von einem Stapel Papiere auf, als Amelia näher kam.

„Guten Morgen", sagte Amelia und versuchte, ihre Stimme ruhig zu halten. „Ich bin Amelia Carter. Ich hoffe, Sie können mir bei einigen Recherchen helfen."

Die Bibliothekarin blickte sie über den Rand ihrer Brille hinweg an, ihre Augen waren scharf und neugierig. „Guten Morgen, Miss Carter. Welche Art von Recherche möchten Sie durchführen?"

Amelia zögerte einen Moment, ihre Gedanken überschlugen sich. „Ich bin vor Kurzem in den Besitz eines alten Anhängers gekommen, der meiner Großmutter gehörte. Ich habe ein Tagebuch von ihr gefunden, in dem er erwähnt wird, und er scheint mit einigen alten Legenden über das Meer verbunden zu sein. Ich hatte gehofft, mehr über diese Legenden herauszufinden, insbesondere über historische Berichte oder Sagen, die mit dem Meer zu tun haben."

Die Augen der Bibliothekarin weiteten sich leicht, ein Funke Interesse erhellte ihr Gesicht. „Das Meer hat in der Geschichte von Seabrook schon immer einen besonderen Platz eingenommen. Wir haben ein paar Bücher über lokale Legenden und Seefahrtsgeschichte. Folgen Sie mir."

Sie führte Amelia zu einer Regalreihe in der hintersten Ecke der Bibliothek. Die Bücher dort waren älter, ihre Einbände abgenutzt und ihre Seiten vergilbt. Die Bibliothekarin wählte einige Bände aus und legte sie auf einen Tisch in der Nähe.

„Das hier sollte ein guter Ausgangspunkt sein", sagte sie in einladendem Ton. „Das erste ist eine Sammlung lokaler Legenden und Sagen. Das zweite beschäftigt sich mit der Seefahrtsgeschichte der Stadt und das dritte ist ein historischer Bericht über das Verschwinden von Menschen und seltsame Vorkommnisse, die mit dem Meer in Verbindung stehen."

Amelia nickte, ihr Herz schlug vor Vorfreude schneller. Sie nahm das erste Buch zur Hand, dessen Einband mit einer kunstvollen Illustration eines Schiffes verziert war, das gegen stürmische See kämpfte. Sie blätterte durch die Seiten und suchte im Text nach Erwähnungen des Anhängers oder ähnlicher Symbole.

Das Buch war voller Geschichten über Schiffbrüche, Geistererscheinungen und die übernatürliche Anziehungskraft des Ozeans. Eine Geschichte fiel ihr ins Auge – eine Legende über die Sirenen, wunderschöne, aber gefährliche Kreaturen, die Seeleute mit ihren bezaubernden Gesängen ins Verderben locken sollen. Die Beschreibung ihrer Lieder und der Gegenstände, die sie denen schenkten, die sie verschonten, ähnelten unheimlich dem , was Samuel beschrieben hatte.

Sie ging zum zweiten Buch über, das die Geschichte von Seabrooks Seefahrervergangenheit detailliert beschrieb. Amelia fuhr mit dem Finger über die alten Karten und Illustrationen und suchte nach irgendetwas, das mit dem Anhänger in Verbindung stehen könnte. Der Text sprach von alten Seefahrern, ihrem Aberglauben und den seltsamen Ereignissen, die ihre Reisen oft begleiteten. Es gab Erwähnungen von Artefakten und Reliquien, von denen man glaubte, sie hätten Macht, aber nichts, das direkt mit dem Anhänger zusammenhing, den sie gefunden hatte.

Schließlich wandte sich Amelia dem dritten Buch zu. Dieses konzentrierte sich mehr auf konkrete Vorfälle – Verschwinden, mysteriöse Todesfälle und unerklärliche Phänomene im Zusammenhang mit dem Meer. Beim Lesen stieß sie auf ein Kapitel, in dem eine Reihe von Schiffswracks entlang der Küste beschrieben wurde, von denen viele Seeleute spurlos verschwanden. Das Kapitel enthielt eine Passage über ein eigenartiges Artefakt, das in den Trümmern eines dieser Schiffe gefunden wurde und als „seltsamer Talisman unbekannter Herkunft" beschrieben wurde.

Ihr Puls beschleunigte sich, als sie die Beschreibung las – sie klang dem Anhänger bemerkenswert ähnlich . In der Passage wurde weiter erwähnt, dass der Talisman verflucht war und seine Anwesenheit seinem Besitzer Unglück bringen sollte.

Amelia lehnte sich zurück, überwältigt von der Last dessen, was sie entdeckt hatte. Die Teile begannen zusammenzupassen, aber das Bild, das sie bildeten, war beunruhigend. Der Anhänger war mehr als nur ein Erbstück; er war ein Schlüssel zu etwas Altem und Dunklem, das auf eine Weise mit den Legenden und der Geschichte von Seabrook verbunden war, die sie noch nicht vollständig verstanden hatte.

Die Bibliothekarin kam näher, ihre Neugier war deutlich zu spüren. „Haben Sie etwas Interessantes gefunden?"

Amelia sah auf, und ihr Gesichtsausdruck war eine Mischung aus Neugier und Besorgnis. „Ja, ziemlich viel. Es scheint, dass der Anhänger mit einigen alten Legenden über das Meer und möglicherweise sogar mit einigen der Schiffbrüche und Verschwinden in Verbindung steht, die die Gegend heimgesucht haben."

Die Augen der Bibliothekarin weiteten sich leicht, ein Schatten der Sorge huschte über ihr Gesicht. „Das Meer kann eine mächtige und geheimnisvolle Kraft sein. Es ist gut, dass Sie sich damit befassen, aber seien Sie vorsichtig. Manchmal kann das Graben in diesen alten Geschichten mehr ans Licht bringen, als wir zu bewältigen bereit sind."

Amelia nickte und spürte die Bedeutung ihrer Worte. „Danke für Ihre Hilfe. Ich werde das auf jeden Fall im Hinterkopf behalten."

Als sie die Bücher einsammelte und zur Tür ging, spürte sie, wie in ihr ein Gefühl der Dringlichkeit wuchs. Je mehr sie lernte, desto mehr wurde ihr bewusst, wie tief die Verbindung zwischen ihrer Großmutter, dem Anhänger und dem Ozean war. Und mit jedem Schritt, den sie von der Bibliothek wegging, schien die Anziehungskraft des Meeres stärker zu werden und sie unaufhaltsam in die unbekannten Tiefen der Vergangenheit zu ziehen.

Treffen mit dem Stadthistoriker

Das viktorianische Haus, in dem sich Mr. Whitlocks Arbeitszimmer befand, war selbst ein Relikt und stand stolz am Ende einer von Bäumen gesäumten Straße. Seine hohen, schmalen Fenster und die aufwendige Holzarbeit ließen auf eine vergangene Ära schließen, und der Garten, obwohl verwildert, trug zur Atmosphäre verblasster Pracht bei. Amelia näherte sich der Haustür, ihr Herz klopfte vor einer Mischung aus Aufregung und Besorgnis. Sie war von der Bibliothekarin hierhergeführt worden, die Mr. Whitlocks umfassendes Wissen über die Geschichte von Seabrook hoch gelobt hatte.

Sie hob den Messingklopfer und klopfte kräftig daran. Nach ein paar Augenblicken öffnete sich die Tür quietschend und ein großer, älterer Mann mit buschigem grauem Bart und scharfen, neugierigen Augen begrüßte sie. Er trug ein Tweedsakko mit Ellenbogenflicken und eine Fliege, eine Anspielung auf eine förmlichere Zeit.

„Guten Tag", sagte Amelia und lächelte höflich. „Ich bin Amelia Carter. Ich habe mit der Bibliothekarin gesprochen und sie hat mir empfohlen, Sie wegen einiger historischer Recherchen zu besuchen."

„Ah, ja! Amelia Carter, wie schön, Sie kennenzulernen", sagte Mr. Whitlock mit enthusiastischer Stimme. „Ich bin Samuel Whitlock, der Stadthistoriker. Kommen Sie bitte herein. Ich freue mich immer, über die Geschichte unserer Stadt zu sprechen."

Er trat zur Seite, um sie eintreten zu lassen, und Amelia fand sich in einem vollgestopften Arbeitszimmer wieder, das sowohl charmant als auch chaotisch war. Der Raum war mit riesigen Bücherregalen, gerahmten Karten und verschiedenen nautischen Artefakten gefüllt. Der Geruch von altem Papier und Holzpolitur lag in der Luft und verlieh dem Raum eine gelehrte, nostalgische Atmosphäre.

Mr. Whitlock deutete auf ein Paar Sessel neben einem großen Eichenschreibtisch. „Bitte nehmen Sie Platz. Wie kann ich Ihnen heute behilflich sein?"

Amelia setzte sich und legte das in Leder gebundene Tagebuch und den Anhänger auf den Schreibtisch. „Ich bin vor Kurzem in den Besitz dieses Anhängers gekommen, der meiner Großmutter gehörte. Ich habe auch ihr altes Tagebuch gefunden, in dem der Anhänger und einige seltsame Träume erwähnt werden, die sie über das Meer hatte. Ich versuche, mehr über seine Bedeutung und etwaige damit verbundene historische oder volkstümliche Zusammenhänge herauszufinden."

Mr. Whitlocks Augen weiteten sich vor Interesse, als er den Anhänger und das Tagebuch untersuchte. Er hob den Anhänger vorsichtig hoch und drehte ihn in seinen Händen. „Das ist ziemlich bemerkenswert. Es weist Ähnlichkeiten mit einigen alten Reliquien und Symbolen auf, die wir in unserer lokalen Geschichte gesehen haben. Wissen Sie, ob Ihre Großmutter eine besondere Verbindung zum Meer hatte oder ungewöhnliche Erfahrungen gemacht hat?"

Amelia nickte und erinnerte sich an die unheimlichen Träume und die beunruhigenden Einträge im Tagebuch. „Sie war schon immer vom Meer fasziniert, aber sie hat nie viel darüber gesprochen. In ihrem Tagebuch steht, dass der Anhänger ein Geschenk war, aber es enthält auch Warnungen vor dem Meer und seinen Geheimnissen."

Mr. Whitlock nickte nachdenklich, seine Augen waren auf den Anhänger gerichtet. „In Seabrook gibt es alte Legenden über das Meer und seine Zauber. Eine der hartnäckigsten Geschichten handelt von Sirenen – mythischen Wesen, die Seeleute mit ihrem Gesang anlocken und ihnen Geschenke oder Flüche verleihen. Diese Sirenen werden oft mit mächtigen Artefakten in Verbindung gebracht, und Ihr Anhänger könnte ein solches Relikt sein."

Amelias Herz raste, als sie zuhörte. „Die Bibliothekarin erwähnte etwas über Sirenen, aber ich verstand den Zusammenhang nicht ganz. Was wissen Sie über sie?"

„Die Sirenen sind tief in der Seefahrer-Folklore verwurzelt", erklärte Mr. Whitlock und lehnte sich in seinem Stuhl zurück. „Man glaubt, sie seien schöne, aber gefährliche Kreaturen, die in den Tiefen des Ozeans lebten. Seeleute hörten ihre bezaubernden Lieder und wurden zum Wasser gezogen, wo sie ihr Verderben fanden. Einige Geschichten erzählen, dass diese Sirenen denen, die sie verschonten, Geschenke machten, obwohl diese Geschenke oft einen hohen Preis hatten."

Er hielt inne, sein Blick intensiv. „Der Anhänger, den Sie haben, könnte mit diesen Legenden in Verbindung stehen. Er könnte als Zeichen der Gunst gegeben worden sein, aber er könnte auch ein Gefäß für etwas weitaus Bösartigeres sein. Die Geschenke der Sirenen wurden nie leichtfertig gegeben."

Amelia schauderte bei dem Gedanken. „Von was für einem Preis reden wir?"

Mr. Whitlocks Gesichtsausdruck wurde ernst. „Der Preis könnte alles sein, von persönlichem Unglück bis hin zu schlimmeren Konsequenzen. Manche glauben, die Gaben der Sirenen waren eine Möglichkeit, die Menschen an den Ozean zu binden und sie Teil seiner ewigen Geheimnisse werden zu lassen. Das Tagebuch Ihrer Großmutter mit seinen Warnungen lässt vermuten, dass sie sich der damit verbundenen Risiken bewusst gewesen sein könnte."

Amelia warf einen Blick auf das Tagebuch, während ihre Gedanken rasten. „Gibt es eine Möglichkeit, eine solche Bindung zu lösen oder sich vor diesen Konsequenzen zu schützen?"

Mr. Whitlock schüttelte langsam den Kopf. „Die Legenden sind diesbezüglich nicht eindeutig. Es gibt Geschichten über Rituale und Schutzzauber, aber ihre Wirksamkeit ist ungewiss. Der beste Rat ist, vorsichtig zu sein und zu versuchen, die Natur der Verbindung zu verstehen, bevor man irgendwelche Maßnahmen ergreift."

Amelia nickte. Ihre Entschlossenheit wuchs trotz der Angst, die sich in ihrem Magen verkrampfte. „Danke für Ihre Hilfe, Mr. Whitlock. Ich habe das Gefühl, dass ich gerade erst beginne, das Ausmaß dessen zu begreifen, was hier vor sich geht."

„Es ist mir ein Vergnügen", sagte Mr. Whitlock in beruhigendem Ton. „Denken Sie daran, Wissen ist Ihr größter Verbündeter bei der Lösung dieser alten Geheimnisse. Wenn Sie weitere Fragen haben oder zusätzliche Informationen benötigen, kommen Sie einfach vorbei."

Als Amelia das Arbeitszimmer verließ, spürte sie das Gewicht des Anhängers in ihrer Tasche und die Last des Wissens, das sie gewonnen hatte. Die Legenden und Warnungen hatten ihr ein klareres Bild des gefährlichen Weges gegeben, auf dem sie sich befand, aber sie hatten auch ihre Entschlossenheit gestärkt. Sie musste die Wahrheit über die Verbindung ihrer Großmutter zu dem Anhänger und den Sirenen herausfinden, egal wohin sie das führte. Die Echos der Vergangenheit riefen und Amelia wusste, dass sie ihren Sirenengesang nicht länger ignorieren konnte.

Eine dunkle Entdeckung

Die Sonne stand tief am Horizont und warf einen orangefarbenen Schimmer auf den Strand, als Amelia am Ufer entlangging. Die Abendluft war kühl und stank nach Salz, aber das half kaum, das Unbehagen zu lindern, das sich in ihrer Brust breitgemacht hatte. Der Anhänger, der schwer in ihrer Tasche lag, schien sie zum Wasser zu ziehen, als würde er sie zu einer tieferen Wahrheit führen.

Amelia hatte beschlossen, zu dem Strand zurückzukehren, an dem ihre Großmutter oft spazieren gegangen war, in der Hoffnung, dass irgendetwas – irgendetwas – weitere Hinweise auf das seltsame Artefakt liefern könnte. Sie erinnerte sich an die Hinweise auf vergrabene Reliquien im Tagebuch und die seltsamen Empfindungen, die darin beschrieben wurden. Mit dem Tagebuch in der Hand und dem schwindenden Licht als einzigem Begleiter begann sie in der Nähe der Felsen zu graben, wo die Flut ein Durcheinander aus Muscheln und Seetang hinterlassen hatte.

Das rhythmische Rauschen der Wellen war das einzige Geräusch, das ihre Bemühungen begleitete. Sie arbeitete methodisch, ihre Hände wischten den Sand weg und durchsiebten den Schutt. Der Strand war zwar ruhig, aber von einer gewissen Erwartung erfüllt. Jede Schaufel Sand, die sie entfernte, schien sie etwas Bedeutendem näher zu bringen.

Als das letzte Tageslicht zu schwinden begann, stießen Amelias Finger auf etwas Hartes. Sie hielt inne, ihr stockte der Atem, während sie vorsichtig den restlichen Sand wegwischte. Eine verwitterte Holzkiste tauchte aus der Erde auf, deren Oberfläche mit Salz und Sand verkrustet war. Amelias Herz klopfte vor Aufregung und Angst. Sie hatte etwas gefunden.

Die Schachtel war klein, ihre Kanten rau und abgenutzt. Amelia holte tief Luft und hob sie aus der Öffnung. Sie betrachtete sie genau und bemerkte die komplizierten Schnitzereien auf dem Deckel, die den Symbolen ähnelten, die sie im Tagebuch ihrer Großmutter gesehen hatte. Die Schnitzereien waren verblasst, aber sie strahlten immer noch etwas Geheimnisvolles und Bedeutsames aus.

Mit zitternden Händen öffnete Amelia die Kiste. Die Scharniere knarrten und der schwache Geruch von Meeressalz stieg ihr in die Nase. Darin fand sie eine Auswahl an Gegenständen: einen alten, angelaufenen Kompass, mehrere Karten mit seltsamen Markierungen und einen zerfledderten Brief, der mit einem ausgefransten Band zusammengebunden war.

Jeder Gegenstand war mit einer dünnen Sandschicht bedeckt, ein Beweis dafür, dass sie lange vergraben waren.

Amelia hob den Brief vorsichtig hoch, seine Kanten waren spröde und zerbrechlich. Sie wickelte die Schleife ab und öffnete den Brief, wobei ihre Augen die verblasste Tinte überflogen. Der Brief war in einer fließenden, eleganten Handschrift geschrieben, und als sie ihn las, erkannte sie, dass er an ihre Großmutter gerichtet war.

„Liebste Eleanor", begann der Brief. „Wenn du dies liest, bedeutet das, dass du dich in die Tiefen unseres Pakts mit dem Meer gewagt hast. Ich muss dich warnen, der Weg, den du beschreitest, ist voller Gefahren. Der Anhänger, den du besitzt, ist nicht nur ein Geschenk, sondern ein Bund. Er verbindet uns mit den Sirenen und ihrer ewigen Wachsamkeit."

Der Brief ging weiter und beschrieb einen Pakt mit den Sirenen, eine uralte Vereinbarung, die einen hohen Preis gekostet hatte. Er sprach von Opfern und Warnungen und drängte Eleanor, den Bund zu brechen, bevor es zu spät war. Die letzten Zeilen waren eine verzweifelte Bitte, den Versuchungen der Sirenen zu widerstehen und Sicherheit fernab des Zugriffs des Ozeans zu suchen.

Amelias Hände zitterten, als sie den Brief zu Ende las. Der Inhalt des Briefes bestätigte ihre wachsenden Befürchtungen – der Anhänger war weit mehr als ein Familienerbstück. Er war ein Symbol eines uralten, möglicherweise gefährlichen Pakts, der ihre Großmutter an das Meer gebunden hatte, und nun, so schien es, wandte er sich auch an sie.

Sie wandte ihre Aufmerksamkeit den anderen Gegenständen in der Schachtel zu. Der Kompass war zwar alt, aber detailreich und schien nicht nur für die Navigation gedacht zu sein. Die Karten waren mit kryptischen Symbolen und Koordinaten versehen, die denen im Tagebuch auffallend ähnlich waren. Amelias Gedanken rasten, während sie versuchte, ihre Bedeutung zu entschlüsseln.

Die Sonne war vollständig untergegangen und Dunkelheit hüllte den Strand ein. Amelia stand auf und umklammerte die Kiste und ihren Inhalt fest. Das Tosen des Ozeans schien jetzt lauter, als würde es sie drängen, das Ufer zu verlassen und tiefer in das Geheimnis einzudringen. Sie spürte, wie ihr ein Schauer über den Rücken lief, die Last des Erbes ihrer Großmutter lastete schwer auf ihr.

Auf dem Weg zurück zum Cottage schien der Anhänger in ihrer Tasche mit einer beunruhigenden Energie zu pulsieren. Der Strand war jetzt eine schattige Fläche, das Geräusch der Wellen erinnerte sie ständig an den Gesang der Sirenen, der sie in ihren Träumen verfolgt hatte. Amelia wusste, dass sie kurz davor stand, etwas Tiefgründiges und Gefährliches aufzudecken. Die Entdeckungen des Tages hatten das Geheimnis nur noch vertieft, und sie konnte den Ruf des Abgrunds nicht länger ignorieren.

Die Geheimnisse des Ozeans begannen sich zu offenbaren und Amelia war nicht länger nur eine Beobachterin. Sie war Teil der Geschichte – einer Geschichte, die sich mit jedem Schritt, den sie ins Unbekannte machte, weiter entfaltete.

Das Pendel schwingt

Der Mond stand hoch am Nachthimmel und sein silbriges Licht schimmerte auf dem dunklen Wasser des Seabrook Harbor. Amelia stand am Rand des Piers, die kühle Brise zerzauste ihr Haar, während sie auf die ruhige Weite des Meeres blickte. Der Anhänger in ihrer Tasche schien mit einer fast unmerklichen Vibration zu vibrieren , eine Erinnerung an die beunruhigende Entdeckung, die sie am Strand gemacht hatte.

Sie war mit der alten Holzkiste zum Cottage zurückgekehrt, und in ihrem Kopf rasten die Gedanken über die Bedeutung des Briefes und der Artefakte, die sie ausgegraben hatte. Nun fand sie sich, von einer unerklärlichen Kraft angezogen, am Pier wieder und starrte auf das Wasser, das einst das Reich ihrer Großmutter gewesen war. Die ruhige Oberfläche des Meeres war trügerisch und verbarg unter ihrer ruhigen Oberfläche das Potenzial für ungeahnte Gefahren.

Der Pier knarrte unter ihren Füßen, als sie bis zum Ende ging, und ihre Gedanken waren von dem alten Pakt erfüllt, an dem ihre Großmutter beteiligt war. Der Brief hatte von einer Verbindung mit den Sirenen gesprochen, einem Pakt, der mit dem Anhänger besiegelt worden war. Amelias Gedanken schwirrten vor lauter Möglichkeiten – war ihre Großmutter von derselben dunklen Macht gefangen worden, die sie jetzt zu erreichen schien?

Ein plötzlicher Windstoß ließ Amelia erschauern und sie griff instinktiv in ihre Tasche nach dem Anhänger. Als sie ihn hochhielt, fiel das Mondlicht auf seine Oberfläche und ließ ihn in einem unheimlichen, jenseitigen Licht glitzern. Sie drehte ihn in ihrer Hand um, ihr Blick blieb auf die seltsamen Symbole gerichtet, die in seine Oberfläche eingraviert waren. Der Anhänger schien mit einer Energie zu summen, die sowohl verlockend als auch beängstigend war.

Ein leises Geräusch durchbrach die Stille – eine Melodie, schwach, aber unheimlich vertraut. Amelias Herz raste, als sie sich anstrengte, sie zu hören; die Töne wurden von der Brise vom Wasser herübergetragen. Es war ein Lied, bezaubernd und melancholisch, das mit unwiderstehlichem Zauber durch die Nachtluft wehte. Das gleiche Lied aus ihren Träumen.

Sie suchte das dunkle Wasser ab und versuchte, die Quelle der Melodie zu finden. Das Lied wurde lauter, eindringlicher und sie spürte ein Ziehen in ihrer Brust, einen unwiderstehlichen Drang, näher an den Rand des Piers zu treten. Die Warnungen ihrer Großmutter hallten in ihrem Kopf wider, aber der Reiz des Liedes war mächtig, fast hypnotisch.

Als Amelia sich über das Geländer beugte, begann sich die Wasseroberfläche unter ihr zu kräuseln. Schatten schienen unter den Wellen zu tanzen, ihre Bewegungen synchron mit der Melodie, die jetzt die Luft erfüllte. Der Gesang der Sirenen wurde stärker, verlockender und Amelia fühlte sich von ihm angezogen, als würde er ihren Namen rufen.

Ihre Hände zitterten, als sie den Anhänger fest umklammerte. Das Lied schien sie zu leiten, sie zu drängen, sich hinzugeben und sich vom Ozean einnehmen zu lassen. Sie blickte sich auf dem verlassenen Pier um, die Leere verstärkte die unheimliche Atmosphäre. Es fühlte sich an, als wäre sie allein in einer Welt, in der das Meer die Herrschaft innehatte und seine Geheimnisse bereit waren, sie zu verschlingen.

Plötzlich schimmerte das Wasser unter ihnen und eine Gestalt tauchte aus der Tiefe auf – eine Frau mit wallendem Haar und strahlender, überirdischer Schönheit. Ihre Augen leuchteten in einem hypnotischen Licht und ihre Stimme schwebte wie Seide durch die Melodie. Sie schwebte mühelos auf dem Wasser und blickte mit einer fesselnden Intensität auf Amelia.

Amelia blieb der Atem im Halse stecken. Die Erscheinung der Gestalt war sowohl hypnotisierend als auch furchteinflößend. Die Präsenz der Sirene schien das Mondlicht um sie herum zu beugen und eine Aura der Verzauberung zu erzeugen, die unmöglich zu ignorieren war.

„Komm näher", flüsterte die Sirenenstimme, und die Worte enthielten ein verführerisches Versprechen. „Wir haben auf dich gewartet."

Amelias Herz klopfte, während sie darum kämpfte, ihre Fassung zu bewahren. Der Blick der Sirene war wie eine physische Kraft, die sie näher an den Rand des Abgrunds zog. Der Anhänger in ihrer Hand wurde wärmer, seine Energie stimmte mit dem Ruf der Sirene überein. Es war, als würden die beiden Kräfte zusammenlaufen und eine mächtige Verbindung schaffen, die sie zu überwältigen drohte.

„Nein", murmelte Amelia vor sich hin, ihre Stimme war im Sirenengesang kaum zu hören. „Ich muss widerstehen."

Sie trat einen Schritt von der Kante zurück, ihre Instinkte schrien ihr zu, zurückzuweichen. Der Gesang der Sirene wurde verzweifelter, die Melodie flehend, aber Amelias Entschlossenheit wurde stärker. Sie umklammerte den Anhänger fest und nutzte seine Präsenz als Anker gegen die Anziehungskraft der Magie des Ozeans.

Mit einer letzten, entschlossenen Anstrengung drehte sich Amelia um und eilte den Pier entlang zurück. Der Gesang der Sirene verklang hinter ihr, doch ihr Echo blieb in ihren Ohren, eine eindringliche Erinnerung an die Macht, der sie nur knapp entkommen war. Sie rannte in Richtung der Sicherheit der Straßenlaternen, während ihr Kopf schwankte, als ihr klar wurde, was sie gerade erlebt hatte.

Als sie das Ende des Piers erreichte, blickte sie zurück aufs Wasser. Die Sirene war verschwunden, das Meer war jetzt ruhig und unaufdringlich, als wäre die Begegnung nur ein Produkt ihrer Einbildung gewesen. Amelias Atem ging stoßweise und sie spürte einen Schauer der Erleichterung, gemischt mit anhaltender Angst.

Die Wärme des Anhängers war verblasst, doch seine Bedeutung war nun unbestreitbar. Der Ozean hatte nach ihr gegriffen, und sie hatte Widerstand geleistet. Doch die Begegnung hatte sie erschüttert zurückgelassen, ihr war bewusst geworden, wie tief die Verbindung war, von der ihre Großmutter gesprochen hatte, und welche Gefahren vor ihr lagen.

Amelia wusste, dass sie gerade erst begonnen hatte, das Geheimnis zu enträtseln. Der Gesang der Sirenen hatte eine gewaltige Kraft, und der Anhänger war der Schlüssel, um ihn zu verstehen. Als sie sich auf den Weg zurück zur Hütte machte, lastete die Last ihrer Entdeckung schwer auf ihren Schultern, eine ständige Erinnerung an die gefährliche Reise, die vor ihr lag.

CHAPTER 4

Kapitel 3: Die erste Begegnung

Der seltsame Sturm

Amelia schreckte hoch, das Geräusch des Sturms, der gegen das Cottage schlug, riss sie aus dem Schlaf. Der Wind heulte mit einer Wildheit, die sie noch nie zuvor gehört hatte, ließ die Fenster klirren und schickte eine Kälte durch das kleine Haus am Meer. Sie setzte sich im Bett auf, ihr Herz raste, während der Regen in unerbittlichen Strömen gegen das Dach prasselte. Der Sturm schien aus dem Nichts gekommen zu sein, ein heftiges Unwetter, das ohne Vorwarnung über Seabrook Harbor hereingebrochen war.

Sie warf einen Blick auf die Uhr auf ihrem Nachttisch – kurz nach drei Uhr morgens. Draußen herrschte absolute Dunkelheit, nur gelegentliche Blitze brachen auf, die den Raum in grelles, weißes Licht tauchten. Das ganze Cottage schien unter der Kraft des Windes zu ächzen, als ob der Sturm es auseinanderreißen wollte.

Amelia warf die Decke weg und eilte zum Fenster. Sie spähte durch die Scheibe, aber der Regen war so stark, dass sie kaum über die Veranda hinaussehen konnte. Der Sturm war anders als alles, was sie je erlebt hatte, und ein tiefes Gefühl des Unbehagens breitete sich in ihrer Brust aus. Die Luft fühlte sich aufgeladen an, fast elektrisch, und der Wind trug ein seltsames, fast musikalisches Geräusch mit sich, das ihr eine Gänsehaut verursachte.

Als sie angestrengt lauschte, wurde ihr klar, dass der Wind nicht einfach nur heulte – er erzeugte eine dissonante Melodie, eine Reihe von Tönen, die wie ein eindringlicher Gesang an- und abschwoll. Das Geräusch war unheimlich, unnatürlich und erinnerte sie sofort an den Gesang der Sirenen, den sie am Pier gehört hatte. Ein Schauer lief ihr über den Rücken und sie trat vom Fenster zurück, während ihre Gedanken rasten.

Dieser Sturm fühlte sich nicht wie ein natürliches Ereignis an. Er hatte etwas Absichtliches an sich, als wäre er von einer Macht heraufbeschworen worden, die sie nicht begreifen konnte. Amelias Gedanken wanderten zu dem Anhänger in ihrer Tasche, der alten Holzkiste, die sie ausgegraben hatte, und dem Brief, in dem von einem Pakt mit den Sirenen die Rede war. Könnte dieser Sturm mit diesen Dingen in Verbindung stehen? Könnten die Sirenen versuchen, sie zu erreichen und sie näher an ihre Welt heranzuziehen?

Sie versuchte, den Gedanken zu verdrängen, aber das Gefühl der Angst wurde nur noch stärker. Der Sturm schien sich auf ihr Cottage zu konzentrieren, die Winde wirbelten mit furchterregender Intensität darum herum. Es war, als hätte der Sturm einen eigenen Willen, ein Ziel, das direkt mit ihr verbunden war.

Amelias Puls beschleunigte sich, als sie sich eine Taschenlampe schnappte und durch das dunkle Häuschen ging. Sie überprüfte die Türen und Fenster und vergewisserte sich, dass sie sicher waren, aber sie konnte das Gefühl nicht loswerden, beobachtet zu werden. Die Melodie des Windes wurde lauter, eindringlicher, als würde er ihren Namen rufen. Sie blieb mitten im Wohnzimmer stehen und lauschte, während ihr das Herz in den Ohren pochte.

Für einen kurzen Moment schien der Sturm zu pausieren, der Wind wurde zu einem Flüstern. Die plötzliche Stille war ohrenbetäubend und Amelia hielt den Atem an und wartete darauf, was als Nächstes passieren würde. Der Sturm war mehr als nur eine Naturgewalt geworden – er war eine Präsenz, ein drohendes Wesen, das sie auserkoren hatte.

Dann, ohne Vorwarnung, zerriss ein ohrenbetäubender Donnerschlag die Luft, gefolgt von einem blendenden Blitz, der den ganzen Raum erhellte. Die Fenster klapperten heftig und Amelia stolperte rückwärts und ließ die Taschenlampe fallen, als der Sturm mit noch größerer Gewalt zurückkehrte. Der Wind heulte, der Regen hämmerte auf das Dach und diese seltsame, eindringliche Melodie erfüllte erneut die Luft, ein unerbittlicher, unausweichlicher Klang, der aus allen Richtungen zu kommen schien.

Amelia spürte Panik. Sie musste raus aus dem Cottage, weg von dem, was auch immer hier passierte. Doch als sie sich zur Haustür umdrehte, schlug eine plötzliche Windböe dagegen und öffnete sie mit einem lauten Knall. Regen strömte ins Zimmer und durchnässte die Dielen, während der Wind durch den kleinen Raum peitschte und den unverwechselbaren Geruch des Meeres mit sich trug.

Sie erstarrte und starrte auf die offene Tür, während in ihrem Kopf ein Wirbelwind aus Angst und Verwirrung herrschte. Der Sturm war jetzt drinnen, seine Präsenz war unbestreitbar. Es war, als wäre der Ozean selbst gekommen, um sie zu holen, und hätte die Macht und den Zorn der Tiefe mitgebracht.

Amelias Atem ging stoßweise, als sie zur Tür trat. Sie spürte den Sog des Sturms, die Verlockung des Meeres. Der Wind zerrte an ihren Haaren und Kleidern und trieb sie nach draußen, zum Meer, das direkt hinter der Hütte lag. Aber etwas in ihr wehrte sich, eine tiefe, instinktive Angst, die ihr sagte, sie solle bleiben, wo sie war, und gegen den Sog ankämpfen.

Mit aller Kraft streckte sie die Hand aus, griff nach der Tür und zwang sie, sie gegen den wütenden Wind zu schließen. Das Geräusch des Sturms war jetzt gedämpft, aber die eindringliche Melodie hallte noch in ihren Ohren wider. Zitternd stand sie da, mit dem Rücken zur Tür, während der Sturm draußen tobte und mit unerbittlicher, fast bösartiger Kraft gegen das Cottage trommelte.

Es kam ihr vor wie Stunden, als Amelia dort stand und sich gegen den Sturm wappnete. Tief in ihrem Inneren wusste sie, dass dies erst der Anfang war. Der Sturm war mehr als nur ein Naturereignis – er war eine Botschaft, eine Warnung, dass die Kräfte, die sie entdeckt hatte, weitaus mächtiger und gefährlicher waren, als sie es sich je vorgestellt hatte.

Als das erste Licht der Morgendämmerung durch die Wolken brach, ließ der Sturm allmählich nach und ließ das Cottage zwar ramponiert, aber unversehrt zurück. Amelia sank erschöpft und erschüttert, aber mit neuer Entschlossenheit zu Boden. Was auch immer geschah, sie würde sich dem stellen. Die Sirenen hatten ihren Zug gemacht und nun war es an ihr, die Wahrheit aufzudecken.

Der mysteriöse Besucher

Der Morgen nach dem Sturm war unheimlich ruhig. Der Himmel war verwaschen grau, das Meer eine flache, leblose Fläche. Das einzige Geräusch war das sanfte Plätschern der Wellen gegen das Ufer, ein starker Kontrast zu dem heftigen Sturm, der die ganze Nacht über gewütet hatte. Amelia stand auf der Veranda des Häuschens und begutachtete die Schäden. Der Wind hatte seine Spuren hinterlassen – herabgefallene Äste lagen auf dem Boden und der Sand war mit Trümmern übersät, die das wütende Meer angeschwemmt hatte.

Während sie an ihrem Kaffee nippte und versuchte, das Unbehagen der vergangenen Nacht abzuschütteln, fiel ihr Blick auf die Grenze ihres Grundstücks. Dort, gleich hinter dem Lattenzaun, stand ein Mann. Er war groß und schlank und strahlte eine ruhige Autorität aus. Seine Kleidung war ungewöhnlich – ein altmodischer, verwitterter Marinemantel, der in der modernen Welt fehl am Platz schien. Seine Anwesenheit war so unerwartet, dass Amelia blinzelte, halb überzeugt, dass er ein Produkt ihrer Einbildung war.

Der Mann stand vollkommen reglos da und beobachtete sie mit einer Intensität, die ihr eine Gänsehaut bescherte.

Seine dunklen Augen waren durchdringend und schienen direkt durch sie hindurchzublicken. Sie konnte sein Alter nicht einschätzen; er hatte etwas Zeitloses an sich, als wäre er einer anderen Ära entsprungen.

„Kann ich Ihnen helfen?", rief Amelia und versuchte, ihre Stimme trotz der plötzlichen Besorgnis, die sie überkam, ruhig zu halten.

Der Mann antwortete nicht sofort. Stattdessen ging er ein paar Schritte näher, seine Stiefel knirschten auf dem Kiesweg. Als er schließlich sprach, war seine Stimme leise und ruhig, mit einem Hauch von etwas Altem und Vertrautem. „Ich suche Amelia."

Ihr Herz setzte einen Schlag aus. „Ich bin Amelia", antwortete sie vorsichtig. „Wer bist du?"

Er blieb auf der anderen Seite des Zauns stehen, ohne den Blick von ihr abzuwenden. „Mein Name ist Elias", sagte er, und sein Tonfall war von einer Bedeutung, die sie nicht ganz begreifen konnte. „Der Sturm hat mich hierhergezogen."

Amelias Unbehagen wuchs. Irgendetwas an ihm machte sie nervös, doch gleichzeitig fühlte sie sich seltsam von ihm angezogen, als stünde er in Verbindung mit den Geheimnissen, die sich um sie herum zu entfalten begannen. „Was meinst du damit, dass es dich hierher gezogen hat?"

Elias blickte aufs Meer, bevor er antwortete, sein Gesichtsausdruck war undurchschaubar. „Der Sturm war nicht nur ein Sturm. Er war eine Warnung. Der Ozean ist unruhig und du bist mittendrin."

Amelia lief ein kalter Schauer über den Rücken. „Woher weißt du das? Wer bist du wirklich?"

Er trat näher und lehnte sich an den Zaun, als wäre dieser die einzige Barriere zwischen ihnen und etwas viel Gefährlicherem. „Ich weiß mehr, als du denkst, Amelia. Der Anhänger, den du trägst, der von deiner Großmutter – er ist mehr als nur ein Erbstück. Er ist ein Schlüssel."

Amelias Hand wanderte instinktiv zu ihrer Tasche, wo der Anhänger versteckt lag. „Woher weißt du das?", fragte sie, und ihre Stimme zitterte vor Angst und Neugier.

„Ich bin den Zeichen gefolgt", sagte Elias und seine Augen verdunkelten sich. „Ich habe gesehen, was mit denen passiert, die sie ignorieren. Die Sirenen sind nicht nur Legenden – sie sind real und sie haben Interesse an dir gezeigt. Der Sturm war ihre Art, Kontakt aufzunehmen."

Sie starrte ihn an und versuchte, seine Worte zu verarbeiten. Der Sturm, die Sirenen, der Anhänger – alles schien auf eine Weise miteinander verbunden zu sein, die sie nicht ganz verstand. Aber eines war klar: Elias wusste mehr darüber als sie.

„Warum erzählst du mir das?", fragte Amelia, ihre Stimme kaum mehr als ein Flüstern.

Elias seufzte, die Last seines Wissens lastete schwer auf seinen Schultern. „Weil ich ihnen schon einmal begegnet bin. Die Sirenen sind mächtig, mächtiger, als du dir vorstellen kannst. Aber sie sind auch gefährlich und ihre Absichten sind nicht immer klar. Ich bin hier, um dir zu helfen und dich durch das zu führen, was kommt."

Amelia wollte ihm glauben, aber etwas in ihrem Hinterkopf warnte sie zur Vorsicht. „Warum sollte ich dir vertrauen?"

Elias begegnete ihrem Blick, und seine Augen waren von einer Aufrichtigkeit erfüllt, die sie überraschte. „Denn wenn du es nicht tust, wird der Ozean dich holen, so wie er andere vor dir geholt hat. Die Sirenen haben dich markiert, Amelia. Und wenn du nicht aufpasst, werden sie dich unter Wasser ziehen."

Seine Worte hingen zwischen ihnen in der Luft, schwer von der Wahrheit, der sie sich nicht stellen wollte. Amelia spürte, wie sich ein Knoten der Angst in ihrer Brust zusammenzog. Der Sturm war mehr als nur eine zufällige Naturkatastrophe gewesen – er war eine Botschaft, ein Zeichen, dass die Sirenen zusahen und warteten.

Elias richtete sich auf, und sein Verhalten wechselte von geheimnisvoll zu entschlossen. „Ich weiß, das ist schwer zu akzeptieren, aber du musst verstehen, womit du es zu tun hast. Der Anhänger ist deine Verbindung zu ihnen und er ist auch dein Schutz. Behalte ihn bei dir und sei auf das vorbereitet, was kommen wird."

Amelia nickte, ihr wurde endlich der Ernst der Lage bewusst. „Was mache ich jetzt?"

Elias' Gesichtsausdruck wurde etwas weicher, als ob er ihre Angst spüren konnte. „Bleiben Sie vorerst wachsam. Die Sirenen werden nicht sofort wieder losgehen, aber sie sind geduldig. Sie werden warten, bis der richtige Zeitpunkt gekommen ist. Und wenn dieser Zeitpunkt kommt, müssen Sie bereit sein."

Damit drehte er sich um und ging davon. Amelia blieb auf der Veranda stehen, während ihr Kopf voller Fragen war. Sie sah ihm nach, bis er auf dem Weg verschwand und seine

Gestalt vom Nebel verschluckt wurde, der über dem Ufer hing.

Als das letzte Echo seiner Schritte verklang, spürte Amelia, wie sich eine Mischung aus Angst und Entschlossenheit in ihr breitmachte. Der Sturm war eine Warnung gewesen, und Elias hatte ihr die ersten Teile eines Puzzles gegeben, das sie nicht lösen konnte. Aber eines war sicher – sie konnte die Zeichen nicht länger ignorieren. Die Sirenen waren echt, und sie kamen, um sie zu holen.

Elias' Offenbarungen

Amelia saß Elias in der kleinen Küche gegenüber, ihre Hände umschlossen eine Tasse Kaffee, die schon lange kalt war. Das Morgenlicht fiel durch das Fenster und warf einen gedämpften Schein in den Raum, doch die Atmosphäre war schwer von der Spannung unausgesprochener Wahrheiten. Elias hingegen schien von der Umgebung unbeeindruckt zu sein, er war ganz auf die bevorstehende Aufgabe konzentriert. Seine Präsenz erfüllte den Raum, als würde sich der Raum selbst an die Schwere seiner Worte anpassen.

Nach einer langen Stille begann er zu sprechen. „Die Sirenen waren schon immer ein Teil der Geschichte des Ozeans. Sie sind so alt wie die Gezeiten, geboren aus den dunkelsten Tiefen des Meeres und erfüllt von seiner Kraft. Aber sie sind keine bloßen Mythen, Amelia – sie sind so real wie du und ich."

Amelia beugte sich vor und fixierte Elias. Der seltsame Sturm, der Anhänger, die eindringliche Melodie – alles deutete auf etwas hin, das weit über ihr Verständnis hinausging. Sie brauchte Antworten und Elias schien der Einzige zu sein, der sie ihr geben konnte.

„Woher wissen Sie so viel über sie?", fragte sie mit fester Stimme, die jedoch von Neugier und Angst geprägt war.

Elias holte tief Luft, sein Blick war in die Ferne gerichtet, als würde er schmerzhafte und tiefgreifende Erinnerungen wachrufen. „Ich habe mein Leben auf See verbracht. Mein Vater war Seemann, und sein Vater vor ihm. Das Meer liegt mir im Blut. Aber je tiefer man geht, desto mehr Geheimnisse deckt man auf. Als ich jünger war, begegnete ich den Sirenen zum ersten Mal. Ich war auf einem Fischerboot, direkt vor der Küste einer kleinen Insel. Das Wetter war ruhig, aber es lag eine Unruhe in der Luft, eine Stille, die sich unnatürlich anfühlte."

Er hielt inne, und seine Augen verdunkelten sich unter der Last der Erinnerung. „Wir hörten ihr Lied, bevor wir sie sahen. Es war wunderschön, eindringlich, wie nichts, was ich je zuvor gehört hatte. Aber da war etwas dahinter, etwas … Gefährliches. Die Mannschaft geriet einer nach dem anderen in seinen Bann. Sie wurden an den Rand des Schiffes gezogen und starrten wie in Trance ins Wasser. Ich versuchte, sie davon abzuhalten, aber der Sog war zu stark."

Amelia schauderte, als ihre Fantasie die Szene heraufbeschwor, wie Elias sie beschrieb. „Was ist mit ihnen passiert?"

„Sie gingen über Bord", sagte Elias ruhig. „Einer nach dem anderen sprangen sie ins Meer, ihre Augen waren glasig, ihre Mienen friedlich. Das Wasser verschluckte sie ganz und gar und sie tauchten nie wieder auf. Die Sirenen holten sie mit Leib und Seele."

Eine schwere Stille breitete sich in der Küche aus, nur unterbrochen vom Ticken der Uhr an der Wand. Amelia konnte kaum atmen, der Schrecken von Elias' Geschichte legte sich wie ein Leichentuch über sie. „Wie hast du überlebt?"

Elias' Blick traf ihren und sie sah den Schmerz der Erinnerung in seinen Augen. „Ich weiß es nicht. Vielleicht war es Glück oder vielleicht etwas anderes. Aber ich widerstand ihrem Ruf und kämpfte mit allem, was ich hatte, dagegen an. Als das Lied aufhörte, war ich der Einzige, der noch auf dem Schiff war. Die anderen waren weg, verloren in den Tiefen."

Amelias Gedanken rasten, sie fügte die Bruchstücke von Elias' Geschichte mit den Geheimnissen zusammen, die sie enträtselt hatte. „Der Anhänger ... hat er etwas mit ihnen zu tun? Ist er der Grund, warum sie sich für mich interessieren?"

Elias nickte. „Der Anhänger ist uralt und wurde von denen gefertigt, die den Sirenen als Erste begegnet sind. Er enthält einen Teil ihrer Macht, eine Verbindung zu ihrer Welt. Aber er ist auch ein Schutz, eine Möglichkeit, seinen Träger vor dem Einfluss der Sirenen zu schützen. Deine Großmutter wusste das, deshalb hat sie ihn an dich weitergegeben. Der Anhänger bindet dich an sie, aber er bietet dir auch Sicherheit – zumindest für den Moment."

Amelia spürte das Gewicht des Anhängers in ihrer Tasche, dessen Präsenz plötzlich eine schwere Bedeutung hatte. „Und die Schachtel, die ich gefunden habe ... die mit dem Brief?"

„Diese Kiste ist Teil eines größeren Puzzles", sagte Elias mit ernster Stimme. „Sie gehörte jemandem, der die Wahrheit über die Sirenen kannte, jemandem, der diejenigen warnen wollte, die nach ihm kamen. Es gibt noch mehr davon, versteckt an Orten, an denen die Sirenen ihre Spuren hinterlassen haben. Zusammen sind sie der Schlüssel zum Verständnis der Absichten der Sirenen und zum Finden eines Weges, ihrer Anziehungskraft zu widerstehen."

Amelia lief ein kalter Schauer über den Rücken. „Was wollen sie von mir, Elias? Warum sind sie hinter mir her?"

Elias' Gesichtsausdruck wurde weicher, aber sein Blick blieb ernst. „Die Sirenen werden von denen angezogen, die auf einzigartige Weise mit dem Ozean verbunden sind. Sie spüren etwas in dir, etwas Mächtiges. Du hast die Fähigkeit, ihnen zu widerstehen, ihren Einfluss herauszufordern. Aber das macht dich auch zu einer Bedrohung. Sie werden versuchen, dich anzulocken, dich zu einem von ihnen zu machen. Aber wenn du die hinterlassenen Hinweise entschlüsseln kannst, kannst du sie vielleicht aufhalten."

Amelias Gedanken rasten, ihre Angst vermischte sich mit einem wachsenden Gefühl der Entschlossenheit. Der Sturm, der Anhänger, die Sirenen – alles deutete auf etwas viel Größeres hin, ein Schicksal, um das sie nicht gebeten hatte, das sie aber nicht ignorieren konnte. „Wie finde ich die anderen Teile des Puzzles?"

Elias griff in seine Manteltasche und zog eine kleine, kunstvoll geschnitzte Schachtel heraus. Sie ähnelte der , die sie am Strand gefunden hatte, war aber älter und abgenutzter, und ihre Oberfläche war mit seltsamen Symbolen verziert, die vor Energie zu pulsieren schienen. „Dies ist das nächste Stück", sagte er und stellte die Schachtel zwischen ihnen auf den Tisch. „Darin finden Sie eine Karte und ein Tagebuch, die Sie zu den Antworten führen, die Sie suchen. Aber seien Sie gewarnt – diese Reise wird nicht einfach. Die Sirenen werden alles in ihrer Macht Stehende tun, um Sie aufzuhalten."

Amelia starrte auf die Kiste und fühlte eine Mischung aus Angst und Entschlossenheit. Sie wusste jetzt, dass es kein Zurück mehr gab. Die Sirenen waren echt und sie kamen, um sie zu holen. Aber mit Elias' Hilfe hatte sie eine Chance, die Wahrheit herauszufinden und sich vor den dunklen Mächten zu schützen, die unter den Wellen lauerten.

Als sie nach der Kiste griff, spürte sie eine Welle der Entschlossenheit. Die Sirenen hatten sie markiert, aber sie würde sich ihnen nicht kampflos hingeben. Sie würde den Hinweisen folgen, die Geheimnisse entschlüsseln und sich dem stellen, was sie in den Tiefen des Ozeans erwartete. Die erste Begegnung hatte begonnen, aber der Kampf war noch lange nicht vorbei.

Eine kryptische Karte

Amelia saß am Küchentisch , zwischen ihnen stand die kleine, kunstvoll geschnitzte Schachtel, die Elias ihr geschenkt hatte. Im Raum herrschte eine angespannte Stille, das einzige Geräusch war das leise Ticken der Uhr an der Wand. Sie spürte Elias' Blick auf sich, als sie langsam nach der Schachtel griff und sie öffnete. Ihr Inhalt kam zum Vorschein – eine zierliche, sorgfältig gefaltete Karte und ein kleines, in Leder gebundenes Tagebuch.

Die Karte war anders als alles, was Amelia je gesehen hatte. Sie war alt, das Papier vergilbt und mit seltsamen, unbekannten Symbolen bedeckt. In der Mitte der Karte war der Ozean abgebildet, aber er war detaillierter und komplexer als jede andere Karte, die sie je gesehen hatte. Die Linien waren komplizierte, gewebte Muster, die vor verborgener Energie zu pulsieren schienen. Es gab keine Namen oder Orientierungspunkte, nur die Symbole , die wie die Strömungen des Meeres ineinander wirbelten.

Sie faltete die Karte auseinander und breitete sie auf dem Tisch aus. Der Raum schien den Atem anzuhalten, während sie sie studierte und versuchte, die kryptischen Markierungen zu verstehen. „Was ist das?", fragte sie, ihre Stimme kaum mehr als ein Flüstern.

Elias beugte sich vor und musterte die Karte mit einer Mischung aus Ehrfurcht und Vorsicht. „Dies ist eine Karte des Reichs der Sirenen", erklärte er. „Es ist kein physischer Ort, den man auf einer gewöhnlichen Karte finden kann. Es ist eine Darstellung ihrer Welt, des Ortes, an dem sie unter den Wellen leben. Die Symbole markieren Orte, an denen ihr Einfluss am stärksten ist, wo der Schleier zwischen unserer Welt und ihrer am dünnsten ist."

Amelias Finger fuhren die Linien auf der Karte nach und spürten eine seltsame Verbindung zu den Symbolen, als würden sie sie rufen. „Wie soll ich das benutzen? Ich verstehe überhaupt nichts davon."

Elias streckte die Hand aus und zeigte auf ein bestimmtes Symbol am Rand der Karte. Es war eine Spirale, kompliziert und faszinierend, und ihr Blick zog sich in die Tiefe. „Dies ist der erste Ort, den Sie besuchen müssen", sagte er. „Es ist eine Insel, verborgen vor den Augen der Uneingeweihten. Nur diejenigen, die den Anhänger besitzen, können ihn finden."

Sie blickte zu ihm auf, eine Mischung aus Neugier und Beklommenheit in ihren Augen. „Eine Insel? Was soll ich da finden?"

Elias zögerte, sein Gesichtsausdruck war von einer Erinnerung überschattet. „Auf der Insel befindet sich ein Schlüsselstück des Puzzles – ein weiteres Artefakt, wie dein Anhänger, das dir helfen wird, die Geheimnisse der Sirenen zu entschlüsseln. Aber die Insel ist gefährlich. Sie wird von den Sirenen bewacht, und sie werden alles in ihrer Macht Stehende tun, um zu verhindern, dass du findest, was du brauchst."

Amelia schluckte schwer. Der Ernst der Lage legte sich wie ein dichter Nebel über sie. „Wie komme ich dorthin?"

Elias tippte erneut auf die Karte, diesmal auf eine Reihe von Linien, die vom Festland zur Insel führten. „Du musst diesem Weg folgen. Es ist eine gefährliche Reise voller Hindernisse, die die Sirenen aufgestellt haben, um Eindringlinge abzuschrecken. Aber wenn du die Insel erreichen und das Artefakt bergen kannst, bist du dem Verständnis ihrer Macht einen Schritt näher."

Amelia blickte auf die Karte, und in ihrem Kopf rasten die Gedanken darüber, was vor ihr lag. Die Symbole, die Insel, die Sirenen – all das war so viel weiter weg als alles, was sie sich je vorgestellt hatte. Aber sie wusste, dass sie jetzt nicht mehr umkehren konnte. Die Sirenen hatten sie markiert, und die einzige Möglichkeit, sich zu schützen, bestand darin, den Weg fortzusetzen , der ihr vorgezeichnet war.

„Was ist mit dem Tagebuch?", fragte sie und legte ihre Hand auf das kleine, in Leder gebundene Buch, das in der

Schachtel gelegen hatte. „Wird es mir helfen, die Karte zu verstehen?"

Elias nickte. „Das Tagebuch wurde von jemandem geschrieben, der wie du von den Sirenen gezeichnet war . Er konnte sich aus ihrem Griff befreien und hat alles dokumentiert, was er gelernt hat. Es ist voller Notizen, Beobachtungen und Anweisungen, wie man sich in der Welt der Sirenen zurechtfindet. Es wird dein Leitfaden sein."

Amelia öffnete das Tagebuch und blätterte darin. Die Handschrift war sauber, aber hastig, als hätte der Autor gegen die Zeit gekämpft. Die Seiten waren gefüllt mit Skizzen der Symbole, Diagrammen seltsamer, außerweltlicher Kreaturen und Notizen in einer Sprache, die sie nicht verstand.

„Das ist alles so überwältigend", gab sie mit leicht zitternder Stimme zu. „Wie soll ich das allein schaffen?"

Elias legte ihr beruhigend eine Hand auf die Schulter. „Du bist nicht allein, Amelia. Du hast den Anhänger, die Karte und das Tagebuch, die dich leiten. Und ich werde hier sein, um dir zu helfen, so gut ich kann. Aber letztendlich ist dies deine Reise. Du bist die Einzige, die das Geheimnis der Sirenen lüften und ihren Einfluss auf dich aufheben kann."

Sie nickte, ihre Entschlossenheit wuchs. „Dann werde ich es tun. Ich werde die Insel finden und das Artefakt holen. Was auch immer es kostet."

Elias lächelte, und seine Augen strahlten eine seltene Sanftheit aus. „Gut. Aber denken Sie daran – die Zeit ist nicht auf Ihrer Seite. Die Sirenen sind geduldig, aber sie sind auch unerbittlich. Sie werden Sie beobachten und darauf warten, dass

Sie einen Fehler machen. Seien Sie vorsichtig und vertrauen Sie Ihren Instinkten. Sie haben Sie bisher beschützt."

Amelia schloss das Tagebuch, faltete die Karte sorgfältig zusammen und legte sie zurück in die Schachtel. Sie spürte die Last der vor ihr liegenden Aufgabe, aber in ihr wuchs auch ein Gefühl der Zielstrebigkeit. Die Sirenen hatten sie unterschätzt und gedacht, sie könnten sie ohne Kampf anlocken. Aber sie war bereit, ihnen das Gegenteil zu beweisen.

„Danke, Elias", sagte sie und begegnete seinem Blick entschlossen. „Ich werde sie nicht gewinnen lassen."

Elias nickte mit ernster Miene. „Ich weiß, dass du das nicht tun wirst. Du bist stärker, als sie glauben, Amelia. Und mit dem Wissen, das du sammelst, hast du vielleicht eine Chance, das Blatt gegen sie zu wenden."

Als sie aufstand, um zu gehen, fühlte sich das Gewicht der Kiste in ihren Händen schwer und zugleich tröstlich an. Ja, es war eine Last, aber es war auch eine Waffe, ein Werkzeug, mit dem sie sich gegen die Dunkelheit wehren konnte, die sie zu verschlingen drohte. Die Sirenen hatten ihren Zug gemacht, aber jetzt war sie an der Reihe. Und sie war bereit.

Die Entscheidung

Amelia trat in die kühle Abendluft hinaus und hielt die Schachtel mit der Karte und dem Tagebuch fest in ihren Händen. Die Welt schien unheimlich ruhig, als hielte sie in Erwartung dessen, was kommen würde, den Atem an. Die Sonne war unter den Horizont gesunken und hatte den Himmel in tiefes Purpur und Blau getaucht, und die ersten Sterne begannen durchzuscheinen. Sie blieb auf der Veranda stehen und nahm sich einen Moment Zeit, um ihre Gedanken zu sammeln, und spürte, wie sich die Last von allem, was Elias ihr erzählt hatte, in ihre Knochen legte.

Der Ozean lag vor ihr, riesig und unergründlich, seine dunklen Wasser erstreckten sich bis zum Nachthimmel. Zum ersten Mal in ihrem Leben kam ihr das Meer, das immer ihre Zuflucht gewesen war, wie ein Fremder vor, der Geheimnisse verbarg, die sie kaum begreifen konnte. Die Sirenen waren da draußen, irgendwo in den Tiefen, und warteten auf sie. Sie konnte fast das schwache Echo ihres Liedes hören, das der Wind herübertrug, eine eindringliche Melodie, die ihr einen Schauer über den Rücken jagte.

Sie drehte die Schachtel in ihren Händen um und ließ ihre Finger über die eingeritzten Symbole auf der Oberfläche gleiten. Darin befand sich alles, was sie brauchte, um ihre Reise zu beginnen – alles, das heißt, bis auf den Mut, den ersten Schritt zu tun. Der Weg vor ihr war gefährlich, voller unbekannter Gefahren und der Gewissheit, dass die Sirenen alles in ihrer Macht Stehende tun würden, um sie aufzuhalten. Aber sie wusste auch, dass es keine andere Wahl gab. Nichts zu tun hieße, die Sirenen gewinnen zu lassen, sich von ihnen in den Abgrund ziehen zu lassen, wie sie es mit so vielen vor ihr getan hatten.

Amelia holte tief Luft, ging die Stufen hinunter und auf den Sand, ihre nackten Füße versanken in den kühlen Sandkörnern. Das Meer flüsterte ihr zu, seine Stimme war beruhigend und bedrohlich zugleich, wie ein Schlaflied, das sie anziehen sollte. Sie ging näher ans Wasser heran und blieb stehen, als die Wellen sanft an ihre Zehen schwappten. Der Anhänger um ihren Hals schien vor Energie zu pulsieren, eine Erinnerung an die Kraft, die sie mit sich trug.

Elias Worte hallten in ihrem Kopf wider. *Die Sirenen sind geduldig, aber auch unerbittlich.* Sie konnte ihre Anwesenheit spüren, fern, aber unverkennbar, wie ein Schatten, der knapp außerhalb ihres Blickfelds lauerte. Sie warteten darauf, dass sie wankte, der Angst nachgab, die an den Rändern ihrer Entschlossenheit nagte. Aber Amelia wusste, dass sie das nicht zulassen konnte. Sie war stärker, als sie dachten, und sie hatte die Mittel, sich zu wehren.

Sie öffnete die Schachtel und faltete die Karte vorsichtig auseinander, sodass die Nachtbrise ihre Ränder berührte. Die Symbole leuchteten schwach im Dämmerlicht und sie folgte dem Weg, der vom Festland zu der geheimnisvollen Insel führte, von der Elias gesprochen hatte. Die Reise würde lang und gefährlich sein, aber die Karte gab ihr eine Orientierung, ein greifbares Ziel, auf das sie sich inmitten des Chaos konzentrieren konnte, das sie zu überwältigen drohte.

Amelia blickte zurück zum Haus, dessen Fenster im Dämmerlicht warm leuchteten. Es wäre einfach, sich wieder hineinzuversetzen , die Tür zu dieser Welt der Mythen und Monster zu schließen und so zu tun, als sei alles normal. Aber sie wusste, dass das eine Illusion war. Die Sirenen hatten sie bereits markiert, und ihr Einfluss würde nur noch stärker werden, wenn sie nichts unternahm .

Sie fasste allen Mut, faltete die Karte zusammen und legte sie zurück in die Schachtel. Ihr Entschluss war gefasst. Sie würde die Insel finden und das Artefakt zurückholen, koste es, was es wolle. Der Gedanke, den Sirenen gegenüberzutreten, erschreckte sie, aber tief in ihr flackerte auch ein Funke Entschlossenheit – eine Weigerung, sie ihr Schicksal bestimmen zu lassen.

Als sie dort stand und auf den endlosen Horizont starrte, kam ihr plötzlich ein Gedanke. Sie kämpfte nicht nur für sich selbst; sie kämpfte für alle, die die Sirenen je geholt hatten, für die Besatzungsmitglieder, die über Bord gegangen waren, für den Autor des Tagebuchs und für die unzähligen anderen, deren Geschichten in den Tiefen verloren gegangen waren. Dies war ihre Chance, den Kreislauf zu durchbrechen und der Schreckensherrschaft der Sirenen ein für alle Mal ein Ende zu setzen.

Mit neuer Entschlossenheit drehte sich Amelia um und ging zurück zum Haus, die Kiste sicher unter dem Arm. Die Nacht war ruhig, bis auf das leise Rauschen des Windes und das ferne Krachen der Wellen am Ufer. Aber sie spürte, dass ihre Schritte von einer Zielstrebigkeit geleitet wurden, von der Gewissheit, dass sie auf dem richtigen Weg war, egal wie gefährlich dieser auch sein mochte.

Als sie die Tür erreichte, hielt sie einen Moment inne und blickte ein letztes Mal auf das Meer zurück. Die Sirenen waren da draußen, beobachteten und warteten. Aber sie mussten mehr tun, als nur ihre eindringlichen Melodien zu singen, um sie zu besiegen. Sie war jetzt bereit, bewaffnet mit Wissen und Entschlossenheit, und sie würde sich allem stellen, was sie ihr entgegenwarfen.

Amelia trat ein und schloss die Tür mit einem Gefühl der Endgültigkeit hinter sich. Es gab kein Zurück. Die Sirenen hatten sie gerufen , aber sie würde mit einer Kraft antworten, mit der sie nicht gerechnet hatten. Die Reise hatte begonnen und sie war bereit, sie durchzuziehen, egal, was vor ihr lag.

CHAPTER 5

Kapitel 4: Das Lied der Sirene

Segel setzen
Das Licht des frühen Morgens fiel durch eine Nebeldecke, als Amelia auf dem Dock stand und das kleine Boot beobachtete, das sanft auf dem Wasser schaukelte. Das Holzschiff, das durch jahrelangen Gebrauch verwittert war, sah zwar robust genug aus, aber sie konnte das Unbehagen nicht abschütteln, das sich in ihrer Brust breitmachte. Der Ozean, einst ein Ort des Friedens und der Einsamkeit für sie, kam ihr jetzt wie eine drohende Bedrohung vor, und seine Weite verbarg Gefahren, die sie gerade erst zu verstehen begann.

Elias erschien neben ihr und trug die letzten Vorräte – eine kleine Kiste mit Essen und ein paar sorgfältig ausgewählte Werkzeuge. Er stellte die Kiste ins Boot, richtete sich auf und nickte ihr beruhigend zu. „Alles ist bereit", sagte er mit fester Stimme trotz der Spannung, die zwischen ihnen herrschte.

Amelia nickte und versuchte, die Nerven zu beruhigen, die in ihrem Magen flatterten. Sie blickte zum Horizont, wo der Nebel hartnäckig an der Wasseroberfläche klebte und ihr Ziel verdeckte. „Sind Sie sicher, dass dieses Boot der Aufgabe gewachsen ist?", fragte sie mit Zweifel in der Stimme.

Elias lächelte, und ein leichtes Zucken seiner Lippen konnte den Ernst in seinen Augen kaum verbergen. „Sie ist robuster, als sie aussieht. Und außerdem ist es nicht das Boot, das uns da durchbringen wird – es bist du."

Sie schluckte schwer, die Last seiner Worte legte sich wie ein schwerer Umhang auf sie. Die Verantwortung fühlte sich enorm an, und die Ungewissheit darüber, was vor ihr lag, nagte an ihrer Entschlossenheit. „Ich hoffe, du hast Recht", murmelte sie, mehr zu sich selbst als zu ihm.

Amelia holte tief Luft und stieg ins Boot. Sie spürte, wie das Holz unter ihren Füßen leicht nachgab. Elias folgte ihr und bewegte sich mit einer geübten Leichtigkeit, die die Anspannung des Augenblicks Lügen straften. Als er die Seile löste und sie vom Steg abstieß, trieb das Boot ins offene Wasser, und die sanfte Strömung trug sie vom Ufer weg.

Für einige Augenblicke bewegten sie sich schweigend, die einzigen Geräusche waren das leise Knarren des Bootes und die fernen Schreie der Seevögel. Amelia setzte sich in der Nähe des Buges hin, ihre Hände umklammerten den Rand des Bootes, während sie auf das nebelverhangene Meer hinausstarrte. Sie spürte den Anhänger um ihren Hals, eine ständige Erinnerung an die Macht, die sie mit sich trug, und an die Gefahren, die damit einhergingen.

Elias übernahm das Ruder und steuerte sie auf den unsichtbaren Weg zu, den die Karte gezeigt hatte. Er blickte Amelia nachdenklich an. „Wir sollten die Karte noch einmal durchgehen", schlug er in sanftem, aber bestimmtem Ton vor. „Dafür sorgen, dass wir genau wissen, was uns erwartet."

Amelia nickte und zog die Karte mit leicht zitternden Händen aus ihrer Tasche. Sie faltete sie vorsichtig auseinander und glättete die Falten, während sie sie auf ihren Schoß legte. Die Symbole, so geheimnisvoll und kompliziert, schienen im schwachen Licht zu schimmern, als hätten sie ein Eigenleben.

Während sie mit dem Finger den Weg nachzeichnete, beugte sich Elias vor und kniff konzentriert die Augen zusammen. „Die erste Etappe der Reise wird unkompliziert sein", sagte er und zeigte auf eine Reihe von Linien, die vom Festland wegführten. „Aber sobald wir den Rand des Nebels hinter uns gelassen haben, wird es knifflig. Der Einfluss der Sirenen wird sich bemerkbar machen und wir müssen in höchster Alarmbereitschaft sein."

Amelia schluckte und nickte, während sie seine Worte in sich aufnahm. Sie hatte die Anwesenheit der Sirenen schon einmal gespürt, die Anziehungskraft ihres Gesangs hatte sie an den Rändern ihres Verstandes geflüstert, aber sie wusste, dass das, was sie bisher erlebt hatten, nur der Anfang war. Die wahre Prüfung würde kommen, wenn sie tiefer in ihr Reich vordrangen.

„Von welcher Art Manifestationen sprechen wir?", fragte sie, ihre Stimme kaum mehr als ein Flüstern.

Elias zögerte, und sein Gesichtsausdruck verfinsterte sich. „Es könnte alles mögliche sein. Halluzinationen, seltsame Wetterlagen, sogar physische Hindernisse. Die Sirenen sind Meister der Illusion und werden jedes Mittel einsetzen, um uns zu verwirren und anzulocken."

Amelia lief ein Schauer über den Rücken. Der Gedanke, sich solch unbekannten Gefahren zu stellen, war erschreckend, aber jetzt gab es kein Zurück mehr. Sie hatte ihre Wahl getroffen und der einzige Weg nach vorne führte hindurch.

„Wir müssen der Karte vertrauen", fuhr Elias mit fester Stimme fort. „Sie ist unser Führer, unser Anker in diesem Meer der Ungewissheit. Solange wir ihrem Weg folgen und einen klaren Kopf bewahren, haben wir eine Chance."

Sie nickte erneut und versuchte, ihr Herzrasen zu beruhigen. „Ich werde mein Bestes geben."

Elias legte ihr beruhigend eine Hand auf die Schulter. „Das weiß ich. Du bist stärker, als du denkst, Amelia. Die Sirenen mögen zwar mächtig sein, aber sie sind nicht unbesiegbar. Und mit dem Wissen, das wir haben, können wir sie vielleicht überlisten."

Die Worte spendeten ein wenig Trost, aber die Angst blieb, eine ständige Unterströmung, die sie nicht abschütteln konnte. Als sie sich weiter vom Ufer entfernten, wurde der Nebel dichter und verschluckte das Land hinter ihnen, bis es nur noch eine ferne Erinnerung war. Die Welt um sie herum wurde stiller, die Geräusche des Meeres wurden durch den dichten Nebel gedämpft.

Amelia hielt den Anhänger fest in ihrer Hand und spürte die leichte Wärme, die von ihm ausging. Es war ein kleiner Trost, eine Erinnerung daran, dass sie in diesem Kampf nicht ganz allein war. Die Sirenen mochten mächtig sein, aber sie hatte ihre eigene Stärke – eine, die sie gerade erst zu verstehen begann.

Als das Boot tiefer in den Nebel eindrang, schien sich das Meer zu verändern. Die einst sanften Wellen wurden unberechenbarer, als ob das Meer selbst ihre Anwesenheit bemerkte. Die Luft wurde schwer von einer seltsamen, fast greifbaren Spannung, und Amelia konnte die ersten Regungen von etwas Uraltem und Mächtigem spüren, das direkt unter der Oberfläche lauerte.

Die Reise hatte begonnen. Es gab kein Zurück mehr.

Die Ruhe vor dem Sturm

Der Nebel hing wie ein Leichentuch am Wasser, während das Boot durch die Stille glitt und die Segel die schwächste Brise einfingen. Amelia saß still da und starrte auf das unheimlich ruhige Meer. Der Nebel war jetzt dicht und reduzierte die Welt auf eine gedämpfte Graupalette, in der sich der Horizont kaum vom Himmel unterscheiden ließ. Die Stille hatte etwas Beunruhigendes – die Art, wie das Meer den Atem anzuhalten schien, wartend.

Elias stand am Steuer, seine Haltung war angespannt, als er sie tiefer ins Unbekannte steuerte. Das gelassene Selbstvertrauen, das er zuvor gezeigt hatte, war nun grimmiger Konzentration gewichen. Ab und zu blickte er auf die Karte in seiner Hand, deren Symbole schwach leuchteten, als wollten sie ihn beruhigen, dass sie noch immer auf dem richtigen Weg waren.

Amelia spürte, wie die Stille sie erdrückte. Die üblichen Meeresgeräusche – das sanfte Plätschern der Wellen gegen den Rumpf, die fernen Schreie der Seevögel – fehlten auffallend. Es war, als wären sie in eine andere Welt eingetreten, eine

Welt, in der die Zeit anders verlief und die Regeln, die sie immer gekannt hatte, nicht mehr galten.

Sie rutschte unbehaglich hin und her. Die Anspannung ihrer Muskeln spiegelte das Unbehagen wider, das an ihrem Verstand nagte. „Ist es immer so?", fragte sie, und ihre Stimme klang in der bedrückenden Stille zu laut.

Elias blickte zu ihr herüber, sein Gesichtsausdruck war schwer zu deuten. „Nein", sagte er nach einem Moment. „So leise sollte es nicht sein. Die Sirenen ... sie spielen mit uns."

„Spielen?" Das Wort jagte ihr einen Schauer über den Rücken. Sie hatte Geschichten über die Grausamkeit der Sirenen gehört, über ihre perversen Spiele mit dem Verstand derer, die sich zu nahe an ihr Reich wagten. Aber es selbst zu erleben, war etwas ganz anderes.

„Sie wollen uns in falscher Sicherheit wiegen", erklärte Elias mit leiser, gemessener Stimme. „Sie wollen uns unsere Wachsamkeit vernachlässigen lassen. Diese Ruhe – das ist erst der Anfang."

Amelia blickte wieder auf das Wasser hinaus und kniff die Augen zusammen, während sie versuchte, den Nebel zu durchdringen. Sie konnte es jetzt spüren, ein schwaches Ziehen am Rande ihres Bewusstseins, wie ein Faden, der an ihren Gedanken zog. Es war subtil, fast unmerklich, aber es war da – eine heimtückische Präsenz, die gerade außerhalb ihrer Reichweite zu flüstern schien.

„Was sollen wir tun?", fragte sie und ihre Finger schlossen sich fester um den Rand des Bootes.

„Vorerst bleiben wir auf Kurs", antwortete Elias. „Wir müssen einen klaren Kopf bewahren. Die Sirenen versuchen uns anzulocken, aber solange wir ihre Tricks kennen, haben wir eine Chance."

Amelia nickte und versuchte, die Angst zu unterdrücken, die langsam in ihr aufstieg. Aber es war nicht einfach. Der Ozean, der einst ihr Zufluchtsort gewesen war, kam ihr jetzt wie ein fremder Ort vor, voller Gefahren, die sie weder sehen noch ganz verstehen konnte. Der Anhänger um ihren Hals wurde warm auf ihrer Haut, eine subtile Erinnerung an den Schutz, den er bot, aber selbst dieser kleine Trost fühlte sich angesichts des Unbekannten zerbrechlich an.

Der Nebel schien dichter zu werden, während sie weitersegelten, und das Boot schnitt mit einem leisen Rauschen durch die dichte Luft. Das Licht der Sonne war schwach und versuchte, die schweren Wolken am Himmel zu durchdringen, und alles um sie herum nahm einen überirdischen Glanz an. Amelia versuchte angestrengt, etwas zu hören – irgendetwas –, das die Stille durchbrechen könnte, aber da war nichts. Nur das leise Knarren des Bootes und das ferne, fast unmerkliche Summen der Sirenen.

Minuten vergingen, vielleicht Stunden – im Nebel hatte die Zeit ihre Bedeutung verloren. Amelias Gedanken begannen abzuschweifen, ihre Gedanken wanderten zurück zu Erinnerungen an die Küste, an das Leben, das sie hinter sich gelassen hatte. Sie dachte an ihren Vater, an die Geschichten, die er ihr immer über das Meer erzählt hatte, an die Nächte, die sie damit verbracht hatten, am Strand Sterne zu beobachten. Diese Erinnerungen schienen jetzt so weit weg, wie ein ganz anderes Leben.

Doch gerade als sie begann, sich in der Vergangenheit zu verlieren, zog ein heftiger Ruck sie in die Gegenwart zurück. Zuerst war es schwach, wie ein fernes Echo, doch mit jedem Augenblick wurde es stärker. Eine Stimme – eine wunderschöne, eindringliche Melodie, die aus den Tiefen des Ozeans selbst zu kommen schien – begann ihre Gedanken zu erfüllen.

Amelia versteifte sich, ihr stockte der Atem. Das Lied war bezaubernd und zog sie mit unwiderstehlicher Kraft an. Es war alles, was sie je hören wollte, eine Melodie, die Trost, Frieden und ein Ende all ihrer Sorgen versprach. Sie konnte es jetzt vor ihrem geistigen Auge sehen – eine Vision von sich selbst, wie sie ins Meer ging, das Wasser sie mit offenen Armen empfing und der Gesang der Sirenen sie tiefer in den Abgrund führte.

Doch obwohl die Vision sie zu verschlingen drohte, wehrte sich eine leise, hartnäckige Stimme in ihrem Hinterkopf dagegen. *Nein. Das ist nicht real. Das ist ein Trick.* Sie umklammerte den Anhänger um ihren Hals, dessen Wärme immer stärker wurde, als wäre sie eine Reaktion auf ihre Angst. Die Verbindung brach für einen Moment ab und sie konnte wieder atmen.

Elias' Stimme durchschnitt den Nebel, scharf und befehlend. „Amelia! Hör nicht darauf!"

Sie blinzelte, der Nebel in ihrem Kopf lichtete sich ein wenig, als sie sich auf seine Worte konzentrierte. „Ich... ich kann sie hören", flüsterte sie mit zitternder Stimme.

mit intensivem Blick . „Sie versuchen zu sehen, ob du nachgibst. Aber du kannst dagegen ankämpfen, Amelia.

Konzentriere dich auf den Anhänger, auf die Karte, auf alles, nur nicht auf das Lied."

Sie nickte, und ihr Griff um den Anhänger wurde fester, während sie sich zwang, den Blick vom Wasser abzuwenden. Das Lied hallte noch immer in ihrem Kopf wider, aber es war jetzt schwächer, weniger fesselnd. Sie konnte fühlen, wie sich die Wärme des Anhängers in ihr ausbreitete und sie in der Realität verankerte.

Das Boot setzte seine langsame Reise durch den Nebel fort. Die Ruhe des Ozeans fühlte sich jetzt wie eine trügerische Ruhe vor dem Sturm an. Amelia wusste, dass die Sirenen noch lange nicht fertig mit ihnen waren, aber für den Moment hatten sie die erste Prüfung überstanden. Sie hoffte nur, dass ihre Entschlossenheit stark genug sein würde, um allem standzuhalten, was als Nächstes kommen würde.

Das Wiegenlied der Tiefen

Mit Einbruch der Nacht wurde es auf dem Meer still und der Nebel, der wie eine zweite Haut am Boot klebte, wurde noch tiefer. Das Meer, einst eine Wiege sanfter Wellen, war jetzt eine glasklare Oberfläche, ungestört von Wind und Strömung. Amelia spürte, wie die Last der Nacht auf ihr lastete, die Dunkelheit um sie herum war undurchdringlich, als ob die Welt selbst vom Abgrund verschluckt worden wäre.

Sie saß in der Nähe des Bugs, die Arme um die Knie geschlungen, und starrte in die Dunkelheit. Der Anhänger an ihrem Hals strahlte eine schwache, stetige Wärme aus, eine Erinnerung an das Licht, das in ihr verborgen lag, aber er bot wenig Trost in der bedrückenden Dunkelheit. Die Stille war tief, fast unnatürlich, als hielte der Ozean den Atem an und wartete darauf, dass etwas passierte.

Elias bewegte sich leise um das Boot herum und überprüfte im schwachen Schein einer Laterne ihren Kurs. Sein Gesichtsausdruck war angespannt, seine Bewegungen zielstrebig, aber in seiner Haltung lag eine unterschwellige Anspannung. Amelia konnte es spüren – die Vorfreude, die Furcht vor dem, was kommen würde. Sie wussten beide, dass die Ruhe nicht von Dauer sein würde, dass die Sirenen da draußen waren, unter der Oberfläche lauerten und auf den richtigen Moment warteten, um zuzuschlagen.

Die ersten Töne des Liedes trieben wie ein Flüstern durch die Luft, so leise, dass Amelia sie fast nicht hörte. Doch als die Melodie immer lauter wurde und sich mit eindringlicher Schönheit durch die Nacht zog, konnte sie nicht mehr ignoriert werden. Es war ein Lied, wie sie es noch nie gehört hatte – eine ätherische, jenseitige Melodie, die aus den Tiefen des Ozeans selbst zu kommen schien. Es war, als hätte das Meer eine Stimme gefunden, eine Stimme, die sie mit einem Versprechen von Frieden und Zugehörigkeit anrief.

Amelia blieb der Atem im Hals stecken, als das Lied sie umhüllte und sie hineinzog. Der Klang war hypnotisierend, ein sanftes Schlaflied, das etwas tief in ihr bewegte. Es war ein Gefühl, das sie nicht ganz einordnen konnte – ein Schmerz, eine Sehnsucht nach etwas, das gerade außerhalb ihrer Reichweite lag. Das Lied versprach, diese Leere zu füllen, all ihren Schmerz und ihre Angst zu vertreiben, wenn sie nur zuhörte, wenn sie nur folgte.

Sie spürte, wie die Anziehungskraft des Liedes immer stärker wurde, an den Rändern ihres Verstandes zerrte und die Grenze zwischen Realität und Fantasie verschwimmen ließ. Die Dunkelheit um sie herum schien im Rhythmus der Musik zu pulsieren, und in der Ferne glaubte sie, Gestalten zu sehen, die sich unter der Wasseroberfläche bewegten – dunkle, gewundene Formen, die flackernd auftauchten und wieder verschwanden.

„Amelia", durchbrach Elias' Stimme die Trance, scharf und drängend. „Lass es dich nicht runterziehen."

Sie blinzelte und riss ihren Blick vom Wasser los, um ihn anzusehen. Sein Gesicht war angespannt, seine Augen blickten ihr mit einer Mischung aus Besorgnis und Entschlossenheit in die Augen. „Ich kann nicht ... es ist so stark", flüsterte sie, und ihre Stimme zitterte vor Anstrengung, Widerstand zu leisten.

„Du musst dagegen ankämpfen", sagte Elias und trat näher. „Das Lied soll dich anlocken, dich dazu bringen, nachzugeben. Aber es sind alles Lügen, Amelia. Es ist eine Falle."

Sie nickte und hielt den Anhänger in der Hand, doch das Lied war unerbittlich, seine süßen Töne zerrten an ihrer Entschlossenheit. Die Vision nahm in ihrem Kopf wieder Gestalt an – eine Vision von ihr selbst, wie sie am Rand des Bootes stand, das Meer erstreckte sich vor ihr wie eine endlose Umarmung. Das Wasser rief nach ihr, versprach Wärme, Sicherheit, ein Entkommen vor allem, was sie fürchtete.

„Denk an etwas anderes", drängte Elias, dessen Stimme durch den Nebel schnitt. „Irgendetwas anderes. Hör nicht auf sie."

Amelia kniff die Augen zusammen und versuchte, die Musik auszublenden, doch sie war jetzt in ihr, hallte durch ihren Kopf und erfüllte sie mit einem fast unerträglichen Verlangen, ihr zu folgen. Sie konnte die Gestalten jetzt deutlicher sehen – wunderschöne, unvergesslich schöne Frauen mit wallendem Haar und Augen, die wie Sterne leuchteten. Sie winkten ihr zu, ihre Lächeln waren sanft und einladend, ihre Hände waren ausgestreckt.

Sie trat einen Schritt vor, ihr Geist war ein Nebel aus Verwirrung und Verlangen. Die Gestalten wurden deutlicher, ihre Stimmen harmonierten mit dem Lied, jede Note zog sie tiefer in ihren Bann. Sie konnte die Kante des Bootes unter ihren Füßen spüren, das kalte Holz hielt sie in der Realität fest, aber es glitt davon und löste sich in dem Traum auf, den sie ihr boten.

„Amelia!" Elias' Hand packte ihren Arm und riss sie vom Rand des Abgrunds zurück. Der plötzliche Kontakt schreckte sie auf und unterbrach den Zauber lange genug, damit sie erkannte, wo sie war und was sie gerade tun wollte.

Sie schnappte nach Luft und stolperte mit rasendem Herzen von der Kante zurück. Die Vision zerbrach, die Gestalten lösten sich im Nebel auf, und nur das Echo des Liedes blieb in ihrem Kopf zurück. Sie klammerte sich an Elias, ihr Atem kam in abgehackten Stößen, während sie versuchte, sich zu stabilisieren.

„Ich hätte fast ...", flüsterte sie, und der Schrecken darüber, was beinahe passiert wäre, überkam sie wie eine kalte Welle.

„Ich weiß", sagte Elias mit sanfter, aber fester Stimme. „Aber das hast du nicht getan. Du bist stärker, als sie denken, Amelia. Du kannst ihnen widerstehen."

Sie nickte, obwohl die Angst noch immer wie eine zweite Haut an ihr klebte. Das Lied war verklungen, aber die Erinnerung daran war noch lebendig, und sie wusste, dass es nicht das letzte Mal sein würde, dass die Sirenen versuchten, sie anzulocken. Die Versuchung, die Anziehungskraft – sie war stärker, als sie es sich vorgestellt hatte, und sie erschreckte sie.

Elias führte sie zurück zu ihrem Platz, seine Hand lag einen Moment auf ihrer Schulter, bevor er zum Steuer zurückkehrte. „Sie stellen dich auf die Probe", sagte er mit ernster Stimme. „Aber dieses Mal hast du bestanden. Vergiss das nicht."

Amelia schlang die Arme um sich, die Kälte der Nacht drang ihr bis in die Knochen. Sie starrte auf das dunkle Meer, das nun wieder still und ruhig war, doch die Ruhe fühlte sich wie eine Lüge an, ein Vorspiel zu etwas viel Gefährlicherem. Die Sirenen hatten ihre Macht gezeigt und Amelia wusste, dass der wahre Kampf gerade erst begann.

Die Stimmen der Tiefe

Amelia saß allein auf dem Deck, die kalte Nachtluft biss ihr in die Haut. Der Nebel war dichter geworden und hüllte das Boot in eine erstickende Decke, die die Welt dahinter verhüllte. Die Laternen, einst helle Leuchtfeuer, schienen nun gegen die hereinbrechende Dunkelheit anzukämpfen, ihr Licht flackerte, als ob der Nebel selbst sie auslöschen wollte.

Sie zog ihre Jacke enger um sich, während ihr Kopf noch immer von dem Lied kreiste, das sie beinahe umgehauen hätte. Jedes Mal, wenn sie die Augen schloss, konnte sie es hören – sanfte, verführerische Töne, die am Rande ihres Bewusstseins tanzten und sie zurück in den Abgrund riefen. Doch jetzt war da noch etwas anderes, etwas Tieferes, Heimtückischeres. Es war, als hätte das Lied etwas in ihr geweckt, einen Hunger, von dem sie nicht wusste, dass sie ihn hatte.

Der Ozean war ein schwarzes Nichts, das sich endlos in alle Richtungen erstreckte. Er fühlte sich lebendig an, pulsierte mit einer unsichtbaren Energie, die ihre Nerven auf Trab brachte. Sie konnte sie dort draußen spüren, direkt unter der Oberfläche, wie sie beobachteten und warteten. Die Sirenen hatten nicht aufgegeben; sie warteten nur auf den richtigen Moment und schärften ihre Krallen für den nächsten Angriff.

Sie blickte zu Elias hinüber, der am Steuer saß und trotz der späten Stunde seine Konzentration nicht verlor. Sein Gesichtsausdruck war hart und entschlossen, aber in seinen Schultern lag ein Hauch von Müdigkeit. Er hatte nicht viel gesprochen, seit er sie vom Rand zurückgezogen hatte, aber sie konnte seine Besorgnis wie eine greifbare Kraft zwischen ihnen spüren. In gewisser Weise war es beruhigend zu wissen, dass er da war, aber es ließ sie sich auch schwach fühlen – wie eine Last, die er tragen musste.

Die Stille wurde durch ein schwaches Geräusch unterbrochen – ein Flüstern, kaum hörbar, aber unverkennbar real. Amelia versteifte sich, ihr Atem stockte, als sie angestrengt lauschte. Es war eine Stimme, tief und melodisch, getragen von der Brise, die durch den Nebel trieb. Sie klang anders als das Lied, sanfter, persönlicher, als würde sie direkt zu ihr sprechen.

Sie stand langsam auf und suchte mit den Augen das Wasser nach Anzeichen von Bewegung ab, doch das Meer war ruhig und verriet nichts. Die Stimme ertönte weiter, wurde lauter und klarer, bis sie die Worte verstehen konnte.

„Amelia ..."

Ihr Name, ausgesprochen mit einer Zärtlichkeit, die ihr einen Schauer über den Rücken jagte. Es war eine Stimme, die sie kannte, eine Stimme, von der sie geglaubt hatte, sie nie wieder zu hören. Sie drehte sich um, ihr Herz klopfte in ihrer Brust, aber da war niemand. Das Deck war leer, der Nebel dicht und undurchdringlich.

„Amelia, komm zu mir ..."

Es war die Stimme ihrer Mutter. Die Erkenntnis traf sie wie eine Welle und raubte ihr den Atem. Ihre Mutter, die vor so vielen Jahren im Meer verloren gegangen war, rief nach ihr und flehte sie an, ihr zu folgen. Der Klang war Balsam für ihr schmerzendes Herz, eine Erinnerung an die Wärme und Liebe, die sie einst erfahren hatte. Aber es war auch unmöglich – ihre Mutter war fort, in den Tiefen verloren, ihr Körper wurde nie gefunden.

„Mutter?", flüsterte Amelia mit zitternder Stimme. Der Anhänger um ihren Hals flackerte heiß, aber sie bemerkte es kaum, denn ihr Geist war von der unmöglichen Hoffnung erfüllt, dass die Stimme echt sein könnte.

„Amelia, bitte... mir ist so kalt..."

Die Stimme war jetzt näher, fast an ihrem Ohr, und sie konnte die Anwesenheit von etwas hinter dem Nebelschleier spüren. Sie trat einen Schritt vor, streckte die Hand aus, als könnte sie durch den Nebel greifen und ihre Mutter zurück in die Welt der Lebenden ziehen. Aber etwas hielt sie zurück – ein Hauch von Zweifel, von Angst, dass dies nur ein weiterer Trick war, ein weiteres Spiel, das die Sirenen mit ihrem Verstand spielten.

„Amelia, hör nicht zu", schnitt Elias' Stimme scharf und befehlend durch den Nebel. Er war sofort an ihrer Seite, hielt ihren Arm fest und zog sie vom Rand des Bootes weg. „Es ist nicht real."

Sie wehrte sich, ihr Herz war hin- und hergerissen zwischen dem Verlangen, es zu glauben, und der kalten, harten Wahrheit, dass er recht hatte. „Aber es klingt nach ihr", sagte sie, und ihre Stimme brach vor Erregung. „Es ist ihre Stimme, Elias. Ich weiß, dass sie es ist."

„Sie ist es nicht", beharrte er mit unnachgiebiger Stimme. „Die Sirenen können jede Form und Stimme annehmen. Sie versuchen, dich zu brechen, Amelia. Lass das nicht zu."

Sie sah zu ihm auf, Tränen stiegen ihr in die Augen. Der Nebel war dicht um sie herum, die Stimmen flüsterten noch immer in ihren Ohren, doch sein Blick war fest und unerschütterlich. Er war ihr Anker, das Einzige, was sie davor bewahrte, in den Abgrund zu rutschen, der mit Versprechen von Wiedervereinigung und Frieden lockte.

Mit zitterndem Atem nickte sie und zwang sich, von der Kante zurückzutreten, weg von dem verführerischen Ruf der

Stimmen. „Es tut mir leid", flüsterte sie, ihre Stimme war kaum hörbar. „Ich hätte fast ..."

„Das hast du nicht", sagte Elias mit sanfter Stimme. „Das ist, was zählt. Die Sirenen werden jede Waffe gegen dich einsetzen, die sie haben, aber du bist stärker als sie. Das musst du dir merken."

Amelia schloss die Augen und versuchte, das Echo der Stimme auszublenden, die sie beinahe überwältigt hätte. Sie konnte sie noch immer hören, schwach und fern, aber sie hatte nicht mehr dieselbe Macht über sie. Es war eine Lüge, ein grausamer Trick, der darauf abzielte, ihren tiefsten Schmerz auszunutzen, und sie würde nicht noch einmal darauf hereinfallen.

Als sich der Nebel langsam lichtete und die endlose Weite des dunklen Wassers um sie herum enthüllte, wurde ihr klar, dass der Kampf noch lange nicht vorbei war. Die Sirenen waren unerbittlich, ihre Reichweite reichte weit über die physische Welt hinaus. Sie würden wiederkommen, um sie zu holen, in anderer Gestalt, mit anderen Versuchungen, und sie musste bereit sein.

Elias drückte sanft ihre Schulter und lächelte sie leicht, aber beruhigend an. „Wir werden das durchstehen", sagte er. „Gemeinsam."

Amelia nickte und schöpfte Kraft aus seiner Anwesenheit. Die Stimmen verklangen jetzt und zogen sich in die Tiefen zurück, aus denen sie gekommen waren, aber die Erinnerung an sie blieb. Sie wusste, dass die bevorstehende Reise nur noch gefährlicher werden würde, dass die Sirenen nicht ruhen würden, bis sie hatten, was sie wollten. Aber im Moment war sie in Sicherheit, verankert in der Entschlossenheit, die sie vor dem Abgrund gerettet hatte.

Als das erste Licht der Morgendämmerung über den Horizont kroch und den Himmel in Grau- und Hellblautönen färbte, verspürte Amelia neue Entschlossenheit. Die Sirenen mochten zwar mächtig sein, aber sie war nicht allein, und solange sie die Kraft hatte, Widerstand zu leisten, würde sie weiterkämpfen.

Die Warnung

Die Dämmerung war kaum angebrochen, als das alte Fischerboot in Sicht kam. Sein verwitterter Rumpf schnitt mit langsamer, stetiger Eleganz durch das Wasser. Der Nebel hatte sich gerade weit genug gelichtet, um das Schiff zu enthüllen, eine einsame Gestalt vor der unendlichen Weite des Ozeans. Amelia blinzelte und versuchte, die Einzelheiten zu erkennen, als das Boot näher kam. Es war ein unerwarteter Anblick – hier draußen, so weit vom Ufer entfernt, wohin sich nur wenige wagten.

Elias bemerkte es ebenfalls, und sein Gesichtsausdruck verfinsterte sich, als er den Kurs änderte, um sie abzufangen. „Was denkst du, was sie hier draußen machen?", murmelte er, mehr zu sich selbst als zu Amelia.

Amelia zuckte mit den Schultern und blickte auf das näherkommende Boot. Es sah alt aus, fast uralt, sein Holzrahmen war von unzähligen Stürmen gezeichnet und ramponiert. Die Segel waren geflickt und ausgefranst und flatterten schwach im Wind. Als sie näher kamen, konnte sie eine Gestalt am Bug stehen sehen, die mit der Hand winkte, was wie eine Geste zur Begrüßung aussah.

Elias verlangsamte das Boot und hielt ein Stückchen weiter vorn an, wobei er vorsichtig Abstand zwischen ihnen und den Fremden hielt. „Bleib hier", sagte er mit angespannter, vorsichtiger Stimme. „Lass mich das regeln."

Amelia nickte. Ihr Herz klopfte, als sie ihn auf den Rand des Bootes zukommen sah. Sie konnte die Gestalt jetzt deutlicher erkennen – ein Mann, alt und hager, mit einem Bart, der aussah, als wäre er seit Jahren nicht mehr gestutzt worden. Seine Kleidung war fadenscheinig und hing an seinem dünnen Körper, und als er zu ihnen aufblickte, waren seine Augen weit aufgerissen und verzweifelt.

„Ahoi!", rief Elias und hob zaghaft die Hand.

Der alte Mann antwortete nicht sofort. Er schien mit etwas zu kämpfen, seine Hände zitterten, als er sich an der Reling seines Bootes festhielt. Dann schrie er mit einem plötzlichen Energieschub zurück, seine Stimme war heiser und verzweifelt: „Kehrt um! Kehrt um, bevor es zu spät ist!"

Elias versteifte sich und tauschte einen misstrauischen Blick mit Amelia, bevor er sich wieder dem Mann zuwandte. „Was meinst du? Was ist hier draußen?"

Die Augen des alten Mannes huschten umher, als würde er jeden Moment damit rechnen, dass etwas aus dem Wasser auftaucht. „Die Sirenen!", krächzte er mit vor Angst belegter Stimme. „Sie sind nicht das, was du denkst. Sie sind nicht einfach nur Kreaturen – sie sind Dämonen, Geister der Tiefe. Sie werden dir deine Seele nehmen und deinen Verstand verdrehen, bis nichts als Wahnsinn übrig bleibt."

Amelia spürte, wie ihr bei den Worten des Mannes ein kalter Schauer über den Rücken lief. Ihre Neugier siegte. Sie trat näher . „Hast du sie gesehen?", rief sie mit leicht zitternder Stimme.

Der Blick des alten Mannes richtete sich plötzlich auf sie, seine Augen waren wild und blutunterlaufen. „Hast du sie gesehen? Ich habe ihr Lied gehört, habe ihre Klauen in meinem Verstand gespürt. Sie nehmen die Gesichter derer an, die du liebst, flüstern süße Lügen, bis du nicht mehr sagen kannst, was wahr ist. Sie werden dich nach unten ziehen, in den Abgrund, und du wirst nie wieder zurückkommen."

Elias' Gesichtsausdruck verhärtete sich. „Warum bist du dann hier draußen? Warum bist du nicht gegangen?"

Der Mann stieß ein bitteres Lachen aus, das rau und gebrochen klang. „Gegangen? Wenn man das Lied einmal gehört hat, kann man nicht mehr gehen. Sie haben mich gehen lassen, aber nur, um eine Warnung zu senden, um andere an den Rand zu bringen. Sie wollen, dass du ihnen folgst, dass du nachgibst. Aber tu das nicht!" Seine Stimme brach vor Verzweiflung. „Hör nicht zu, schau nicht hin. Kehr um, solange du noch kannst!"

Amelias Herz klopfte, als sie den verzweifelten Bitten des Mannes zuhörte. Sie konnte die Wahrheit in seinen Augen sehen – den Wahnsinn, die Angst, die sich in seinem Kopf festgesetzt hatte. Er war ein Mann, der das Schlimmste gesehen hatte, was der Ozean zu bieten hatte, der zu nahe am Rand getanzt war und nur knapp überlebt hatte.

Elias trat einen Schritt zurück und biss die Zähne zusammen. „Wir sind dankbar für die Warnung", sagte er vorsichtig, obwohl seine Stimme die Anspannung verriet, die er zurückhielt. „Aber wir müssen weitermachen."

Das Gesicht des alten Mannes verzerrte sich vor Wut und Verzweiflung. „Narren!", spie er, und seine Stimme wurde immer lauter. „Ihr seid schon verloren! Sie werden euch holen, so wie sie mich holen wollten. Und wenn sie das tun, werdet ihr euch wünschen, ihr hättet auf sie gehört."

Damit drehte er sich um und zog sich in die schattigen Tiefen seines Bootes zurück. Die Segel fingen einen Windstoß auf, und langsam begann das Schiff abzutreiben und verschwand so schnell im Nebel, wie es aufgetaucht war.

Amelia sah ihm nach, während ihre Gedanken rasten. Die Warnung hatte tief in ihr einen Nerv getroffen und die Ängste verstärkt, die seit ihrer Abfahrt an ihr nagten. Die Sirenen waren gefährlicher, als sie es sich vorgestellt hatte, gerissener, grausamer . Sie hatten es nicht nur auf ihren Körper abgesehen – sie wollten ihre Seele, ihr wahres Wesen.

Elias kehrte mit grimmiger Miene an ihre Seite zurück . „Von jetzt an müssen wir vorsichtiger sein", sagte er leise und ließ seinen Blick über den Horizont schweifen. „In einem Punkt hat er recht – sie werden versuchen, uns zu brechen. Aber das werden wir nicht zulassen."

Amelia nickte, obwohl die Worte des alten Mannes schwer auf ihr lasteten. Das Meer um sie herum war jetzt ruhig, trügerisch ruhig, aber sie konnte die Spannung in der Luft spüren, das Gefühl, beobachtet und gejagt zu werden. Die Sirenen waren da draußen und warteten, und sie würden nicht ruhen, bis sie sich geholt hatten, was sie wollten.

Als die Sonne höher stieg und ihr blasses Licht über die endlosen Weiten des Wassers warf, wappnete sich Amelia für das, was kommen würde. Die bevorstehende Reise würde voller Gefahren sein und ihre Willenskraft und Kraft auf die Probe stellen. Aber sie war bereit, sich der Dunkelheit zu stellen, die unter den Wellen lauerte.

Denn am Ende wusste sie, dass es kein Zurück mehr gab. Die Sirenen hatten bereits ihren Namen gerufen und sie war entschlossen, die Wahrheit herauszufinden, koste es, was es wolle.

CHAPTER 6

Kapitel 5: Versuchungen aus der Tiefe

P lötzliche Ruhe
Das Meer war tagelang rau gewesen, die Wellen schlugen unerbittlich gegen das kleine Fischerboot. Doch jetzt war das Meer wie durch ein unnatürliches Gesetz still. Die plötzliche Ruhe war beunruhigend, das Wasser war glatt wie Glas unter einem Himmel , der so klar war, als hätte der Wind ihn sauber geschrubbt.

Amelia stand am Bug, ihre Finger umklammerten die hölzerne Reling und blickte auf den Horizont. In der Luft lag eine unheimliche Stille, die nur vom leisen Knarren des ziellos dahintreibenden Bootes unterbrochen wurde. Keine Spur von den üblichen Möwen am Himmel, kein fernes Summen anderer Schiffe – nur die leere Wasserfläche, die sich in alle Richtungen erstreckte.

Elias kam aus der Kabine und rieb sich den Schlaf aus den Augen. „Das ist seltsam", murmelte er und trat neben sie. Sein

Blick schweifte über das ruhige Meer, sein Gesichtsausdruck war eine Mischung aus Vorsicht und Verwirrung. „Ich segle schon mein ganzes Leben in diesen Gewässern und so etwas habe ich noch nie gesehen."

Amelia nickte, und ihr Unbehagen wuchs mit jedem Augenblick. Der Ozean spielte einem manchmal Streiche, aber das hier fühlte sich anders an. Die Spannung in der Luft war fast greifbar, als würde das Meer selbst den Atem anhalten und darauf warten, dass etwas passiert.

„Es ist zu leise", flüsterte sie, ihre Stimme war in der Stille kaum zu hören.

Elias antwortete nicht sofort. Er war zu sehr damit beschäftigt, den Horizont abzusuchen, und seine Stirn war vor Konzentration gerunzelt. „Das ist unnatürlich", sagte er schließlich mit ernster Stimme. „Vor ein paar Stunden war das Wetter noch rau. Das ist nicht richtig."

Amelia schluckte schwer und versuchte, die Angst abzuschütteln, die ihr langsam den Rücken hinaufkroch. „Denkst du, es sind ... sie?", fragte sie und zögerte, die Worte laut auszusprechen.

Elias presste die Zähne zusammen und nickte. „Könnte sein. Wir sind der Stelle näher gekommen, an der sie zuletzt gesehen wurden, und sie sind dafür bekannt, Seeleute mit falscher Ruhe anzulocken."

Bei diesem Gedanken lief Amelia ein Schauer über den Rücken. Die Sirenen waren für sie zu einem Albtraum geworden, und sie wusste, dass sie sie nicht unterschätzen durfte. Die Geschichten, die sie von anderen Matrosen gehört hatten, ließen ihr das Blut in den Adern gefrieren – wunderschöne

Kreaturen mit Stimmen wie Honig, die süße Versprechen sangen, um ihre Beute in die Tiefe zu locken.

Amelias Herz raste, als sie die Möglichkeit in Betracht zog, dass sie bereits unter dem Einfluss der Sirenen standen. Sie blickte zu Elias, der noch immer aufmerksam den Horizont beobachtete und die Hände so fest um die Reling klammerte, dass seine Knöchel weiß hervortraten. Er war ein erfahrener Seemann, aber selbst er konnte die Angst in seinen Augen nicht verbergen.

„Was sollen wir tun?", fragte sie mit leicht zitternder Stimme.

Elias holte tief Luft, als wollte er sich beruhigen. „Wir behalten einen klaren Kopf", sagte er fest. „Die Sirenen ernähren sich von Angst und Verzweiflung. Sie werden versuchen, uns mit Illusionen anzulocken und uns das sehen zu lassen, was wir sehen wollen. Aber das dürfen wir nicht zulassen. Wir müssen auf dem Boden bleiben und uns daran erinnern, warum wir hier draußen sind."

Amelia nickte und versuchte, den Mut aufzubringen, den Elias offenbar im Überfluss hatte. Sie wusste, dass er Recht hatte – wenn sie sich von ihren Ängsten überwältigen ließen, würden sie eine leichte Beute für die Sirenen sein. Aber das zu wissen und es in die Tat umzusetzen, waren zwei sehr unterschiedliche Dinge.

Während sie in der unheimlichen Stille standen, trieb das Boot ziellos weiter, die Segel waren in der Windstille schlaff . Amelia versuchte, sich auf die bevorstehende Aufgabe zu konzentrieren, auf die Reise, die sie unternommen hatten, und die Mission, die sie hierher gebracht hatte. Aber so sehr sie es auch versuchte, sie konnte das Gefühl nicht loswerden, dass sie beobachtet wurden, dass etwas Dunkles und Uraltes direkt unter der Oberfläche lauerte und auf den perfekten Moment wartete, um zuzuschlagen.

Die Ruhe war zu perfekt, zu vollkommen. Sie fühlte sich an wie eine Falle, eine sorgfältig ausgelegte Schlinge, die sie anlocken sollte. Und tief in ihrem Inneren wusste Amelia, dass das, was als Nächstes kommen würde, sie auf eine Art und Weise auf die Probe stellen würde, die sie sich nie hätten vorstellen können.

Der Ozean um sie herum war riesig und leer, doch er war voller Gefahren. Die Sirenen waren irgendwo da draußen und sie würden nicht ruhen, bis sie ihre Beute in die Tiefe gelockt hatten.

Als die Sonne aufging und ihr blasses Licht über das Wasser warf, zwang sich Amelia, einen Schritt vom Rand zurückzutreten. Sie musste stark bleiben und der dunklen Versuchung des Ozeans widerstehen. Für den Moment hatte ihnen die Ruhe eine kurze Atempause verschafft, aber sie wusste, dass sie nicht von Dauer sein würde. Die Sirenen waren geduldig, und ihr Gesang hatte bereits begonnen, in ihren Kopf zu sickern, flüsterte Versprechen, die zu verlockend waren, um sie zu ignorieren.

Doch Amelia war entschlossen, Widerstand zu leisten. Sie würde nicht ein weiteres Opfer des Abgrunds werden. Nicht heute.

Die Illusion

Die Sonne war bereits vollständig aufgegangen, als Amelia die Veränderung in der Luft bemerkte. Die bedrückende Stille des Ozeans war etwas Fremdartigem gewichen, etwas, das sich beinahe außerweltlich anfühlte. Das Wasser unter dem Boot hatte angefangen zu schimmern, seine Oberfläche spiegelte den Himmel auf eine Weise, die es schwierig machte zu erkennen, wo das Meer endete und der Himmel begann. Die Grenze zwischen Realität und Illusion verschwamm, und Amelia spürte es tief in ihren Knochen.

Sie stand am Rand des Bootes, angezogen von der seltsamen Schönheit der Szenerie vor ihr. Das Meer war nicht länger nur eine weite, leere Fläche – es war voller Farben, die nicht dorthin gehörten, tiefe Violetttöne und schimmerndes Gold, die über das Wasser tanzten, als wäre es eine lebendige Leinwand. Es war hypnotisierend, und Amelia beugte sich nach vorne, ihr Griff an der Reling lockerte sich, während sie sich in dem Schauspiel verlor.

„Amelia", rief Elias hinter ihr, seine Stimme war besorgt. Aber sie nahm es kaum wahr, ihre Aufmerksamkeit war ganz von der Vision gefesselt, die sich vor ihr entfaltete. Die Welt um sie herum schien zu verschwinden, und nur das hypnotische Leuchten des Wassers und das sanfte, melodische Summen, das aus der Tiefe aufstieg, blieben übrig.

Sie hatte Geschichten von Matrosen gehört, die von Sirenen verzaubert und von Visionen ihrer tiefsten Wünsche ins Meer gezogen wurden. Aber das hier fühlte sich anders an. Es war nicht nur eine optische Täuschung oder eine flüchtige Halluzination – es fühlte sich real an. Je länger sie in das schimmernde Wasser starrte, desto deutlicher sah sie es: eine Vision ihrer Mutter, die am Ufer stand, lächelte und ihr zuwinkte.

Amelia stockte der Atem. Ihre Mutter sah genauso aus, wie sie sie in Erinnerung hatte – strahlend und lebendig, ihr Haar spiegelte das Sonnenlicht, wie immer an jenen Tagen am Meer vor langer Zeit. Der Schmerz ihres Verlustes, der so lange tief in Amelia vergraben war, kam mit scharfer, stechender Intensität wieder an die Oberfläche.

„Komm zu mir, mein Liebling", hallte die Stimme ihrer Mutter in ihrem Kopf wider, süß und sanft, erfüllt mit all der Liebe, die Amelia so viele Jahre vermisst hatte. „Ich habe auf dich gewartet."

Amelias Herz klopfte wie wild. Sie wusste, dass das nicht wahr sein konnte, dass es nur ein weiterer Trick der Sirenen war, aber der Anblick ihrer Mutter, so lebendig und voller Leben, war fast zu viel, um ihr zu widerstehen. Sie spürte die Anziehungskraft des Wassers, die sie drängte, aus dem Boot zu steigen und sich in die Arme des Meeres zu begeben, wo all ihr Schmerz fortgespült würde.

„Amelia!" Elias' Stimme durchbrach die Trance, diesmal schärfer, seine Hand packte ihre Schulter und zog sie zurück. Der plötzliche Schock der Realität war wie ein kalter Spritzer Wasser und Amelia blinzelte, das Bild ihrer Mutter flackerte vor ihren Augen.

„Elias, ich...", begann sie mit zitternder Stimme, als sie sich zu ihm umdrehte. Doch die Worte blieben ihr im Hals stecken, als sie die Angst in seinen Augen sah, die verzweifelte Sorge, die ihre eigene widerspiegelte.

„Hör nicht darauf", drängte Elias mit leiser, aber fester Stimme. „Was auch immer du siehst, was auch immer es dir sagt, es ist nicht real. Es sind die Sirenen. Sie versuchen, dich anzulocken."

Amelias Gedanken wirbelten, während sie versuchte, das warme Lächeln ihrer Mutter mit der kalten, harten Wahrheit in Einklang zu bringen, die Elias ihr sagte. Sie blickte wieder auf das Wasser, aber das Bild ihrer Mutter hatte bereits begonnen, sich aufzulösen, die schimmernden Farben verschwanden wieder im dunklen Blau des Ozeans.

Eine Welle der Trauer überkam sie, so heftig, dass sie sie fast in die Knie zwang. Einen Moment lang hatte sie geglaubt – wirklich geglaubt –, dass ihre Mutter da war und auf sie wartete. Und jetzt, da die Illusion zerbrochen war, spürte sie den Verlust noch einmal, so schmerzlich und schmerzhaft wie am ersten Tag.

Elias ließ seine Hand auf ihrer Schulter, um sie wieder auf den Boden der Tatsachen zurückzuholen . „Sie werden stärker", sagte er mit angespannter Stimme. „Wir müssen vorsichtig sein. Sie wissen, wie sie mit unserem Verstand spielen können, damit wir sehen, was wir sehen wollen. Aber wir dürfen nicht nachgeben. Wir müssen konzentriert bleiben."

Amelia nickte, aber die Last der Illusion lastete noch immer auf ihr. Sie konnte noch immer das schwache Echo der Stimme ihrer Mutter hören, konnte noch immer den Schatten ihrer Gestalt im Wasser sehen. Die Sirenen spielten ein gefährliches Spiel, eines, das ihren tiefsten Kummer ausnutzte, und sie war sich nicht sicher, wie lange sie ihrem Sog noch widerstehen konnte.

„Es tut mir leid", flüsterte sie mit brechender Stimme. „Ich hätte fast ..."

„Es ist okay", beruhigte Elias sie mit sanfterer Stimme. „Du bist stark, Amelia. Du hast dich rechtzeitig zurückgezogen, und das ist, was zählt."

Doch als sie über das ruhige Meer blickte und das schwache Leuchten der Illusion am Horizont verweilte, konnte Amelia das Gefühl nicht loswerden, dass die Sirenen noch lange nicht mit ihr fertig waren. Sie hatten ihren Kummer und ihre Sehnsucht gekostet, und sie wusste, dass sie zurückkommen würden, um mehr zu bekommen. Das Meer war im Moment vielleicht ruhig, aber der wahre Sturm fing gerade erst an.

Die Grenze zwischen der Realität und den verdrehten Visionen der Sirenen war überschritten worden und Amelia war sich nicht sicher, ob sie im entscheidenden Moment den Unterschied erkennen würde.

Der Schatten der Sirene

Die Luft wurde kälter, als die Sonne höher stieg, die Wärme des Morgens wich einer plötzlichen Kälte, die über das Boot fegte. Amelia fröstelte und zog ihre Jacke enger um sich, während sie einen vorsichtigen Blick auf den Horizont warf. Die Illusion ihrer Mutter war verblasst, aber das Unbehagen, das sie hinterlassen hatte, klebte an ihr wie eine zweite Haut. Sie konnte immer noch das Gewicht davon auf ihrer Brust spüren, die Erinnerung an diese Stimme, die in ihrem Kopf flüsterte.

Elias stand am Steuer und konzentrierte sich auf den Weg vor ihm. Die Ruhe des Ozeans war ungebrochen, doch in der Luft lag eine Spannung, die vorher nicht dagewesen war. Es war, als hielte das Meer selbst den Atem an und wartete darauf, dass etwas passierte.

„Fühlst du das?", fragte Amelia mit leiser Stimme, als sie sich neben ihn stellte.

Er nickte, ohne sie anzusehen. „Das sind die Sirenen. Sie sind ganz nah."

Amelia schluckte schwer und versuchte zu ignorieren, wie ihr Herz bei seinen Worten einen Schlag aussetzte. „Woher weißt du das?"

Elias sah sie mit grimmiger Miene an. „Man kann es in der Luft spüren, daran, wie das Meer still geworden ist. Das sind keine Illusionen, Amelia. Sie sind real und gefährlich. Wir sind jetzt in ihrem Territorium."

Seine Worte jagten ihr einen Schauer über den Rücken. Sie hatte gewusst, dass diese Reise gefährlich sein würde, aber als sie es laut hörte, kam ihr die Bedrohung noch realer vor. Die Sirenen waren nicht länger nur eine ferne Gefahr – sie waren da, lauerten direkt unter der Oberfläche und warteten auf ihren Moment, zuzuschlagen.

Das Boot glitt mit unheimlicher Sanftheit durch das Wasser, die Wellen teilten sich lautlos um den Rumpf. Die Welt fühlte sich unnatürlich still an, die einzigen Geräusche waren das leise Knarren des Holzes und das leise Rascheln der Segel. Amelias Augen suchten den Horizont nach Anzeichen von Bewegung ab, aber da war nichts – nur die endlose Weite des Ozeans, die sich vor ihnen ausbreitete.

Doch dann sah sie es aus den Augenwinkeln: einen Schatten, der sich unter Wasser bewegte, schnell und fließend, wie ein Flackern von Dunkelheit direkt unter der Oberfläche. Sie erstarrte, und ihr stockte der Atem, als sie sah, wie der Schatten am Boot vorbeiglitt und ebenso schnell verschwand, wie er aufgetaucht war.

„Elias", flüsterte sie, ihre Stimme war wegen ihres klopfenden Herzens kaum zu hören. „Hast du das gesehen?"

Er folgte ihrem Blick und kniff die Augen zusammen, während er das Wasser absuchte . „Wo?"

„Genau da", sagte sie und zeigte auf die Stelle, an der der Schatten verschwunden war. „Er bewegte sich schnell, als ob etwas direkt unter der Oberfläche schwimmen würde."

Elias' Kiefer spannte sich an und er umklammerte das Ruder fester. „Bleiben Sie wachsam", sagte er mit angespannter Stimme. „Es könnte einer von ihnen sein."

Amelias Puls beschleunigte sich, als sie das Wasser erneut absuchte und ihre Augen von einer Stelle zur anderen huschten. Doch der Schatten war verschwunden und hinter ihm war nur die glatte, dunkle Oberfläche des Ozeans zu sehen. Sie spürte, wie sich in ihrer Brust ein Gefühl der Furcht aufbaute, eine kalte, nagende Angst, dass sie beobachtet und von etwas Unsichtbarem verfolgt wurden.

„Vielleicht war es nur ein Fisch", vermutete sie, obwohl sie wusste, dass das eine schwache Erklärung war.

Elias schüttelte den Kopf. „So bewegt sich kein Fisch. Was auch immer es war, es war nicht natürlich."

Seine Worte hingen in der Luft, voller Bedeutung. Amelia versuchte, die aufsteigende Panik zu unterdrücken, aber es war schwierig. Der Gedanke, dass etwas direkt unter ihnen lauerte, verborgen vor ihren Augen, ließ ihre Fantasie in düstere Gefilde abdriften. Was, wenn die Sirenen schon hier waren, ihr Boot umkreisten und auf den richtigen Moment warteten, um zuzuschlagen?

Der Schatten tauchte wieder auf, diesmal näher, und glitt knapp unter der Oberfläche. Er war größer, als sie zuerst gedacht hatte, seine Form war undeutlich, aber unverkennbar lebendig. Amelia stockte der Atem, als sie ihn sich bewegen sah, ihr Herz raste in ihrer Brust.

Bevor sie etwas sagen konnte, schoss der Schatten davon und verschwand mit einer Geschwindigkeit in der Tiefe, die ihr den Magen umdrehte. Es war, als hätte die Kreatur – was auch immer es war – mit ihnen gespielt und sie mit kurzen Blicken auf ihre Anwesenheit gereizt.

Elias fluchte leise und sein Blick wanderte mit neuer Dringlichkeit über das Wasser. „Sie testen uns", murmelte er. „Sie versuchen herauszufinden, wie nahe sie kommen können, bevor wir reagieren."

Amelias Griff um das Geländer wurde fester, ihre Knöchel wurden weiß. „Was sollen wir tun?"

„Wir bleiben auf Kurs", sagte Elias mit angespannter Stimme. „Wir lassen uns nicht von ihnen erschrecken. Sie wollen, dass wir in Panik geraten, dass wir einen Fehler machen. Aber diese Genugtuung geben wir ihnen nicht."

Amelia nickte, obwohl die Angst, die in ihrem Innern nagte, beinahe überwältigend war. Der Ozean kam ihr plötzlich riesig und leer vor, das Jagdrevier eines Raubtiers, in dem sie die Beute waren. Die Sirenen spielten mit ihnen und benutzten das Meer selbst als Waffe, und Amelia konnte nichts anderes tun, als durchzuhalten und zu hoffen, dass sie die Gefahr überstehen würden.

Die Minuten vergingen, aber der Schatten kam nicht zurück. Doch das Gefühl der Vorahnung blieb, schwer und bedrückend, es lastete auf ihr wie die Last der Tiefe. Amelia wusste, dass dies nur der Anfang war, ein kleiner Vorgeschmack auf den Schrecken, den die Sirenen auslösen konnten.

Die Ruhe des Ozeans war eine Lüge, ein grausamer Trick, der sie in ein falsches Gefühl der Sicherheit wiegen sollte. Und als sie dort stand und in den Abgrund starrte, wurde Amelia das Gefühl nicht los, dass das Schlimmste noch bevorstand.

Ein Flüstern im Wind

Die Sonne stand hoch am Himmel und schien auf das Boot, doch die Wärme konnte die kalte Furcht, die sich in Amelias Knochen festsetzte, kaum vertreiben. Der Schatten war nicht zurückgekehrt, doch seine Abwesenheit fühlte sich eher wie eine Warnung an als wie eine Gnadenfrist. Sie stand am Bug des Bootes, den Blick auf die endlose Weite des Wassers vor ihr gerichtet, doch ihre Gedanken waren ganz woanders, verloren in einem Gewirr aus Angst und Ungewissheit.

Elias bewegte sich neben ihr, seine Anwesenheit war ein stiller Trost. Er hatte fast den ganzen Tag das Ruder übernommen und sie mit ruhiger Hand durch das ruhige Wasser geführt, aber die Anspannung in seinen Schultern verriet seine Besorgnis. Sie waren beide nervös und warteten auf das nächste Anzeichen der Anwesenheit der Sirenen, denn sie wussten, dass der Schatten im Wasser nur der Anfang gewesen war.

„Wir kommen näher", sagte Elias leise und ließ seinen Blick über den Horizont schweifen.

Amelia nickte, obwohl sie nicht sicher war, ob er mit ihr oder mit sich selbst sprach. Die Luft hatte sich wieder verändert, die Stille wurde von einer schwachen Brise unterbrochen, die ein Flüstern in ihrem Atem zu tragen schien, ein Geräusch, das so sanft war, dass es fast nicht wahrnehmbar war. Es war wie das Echo einer fernen Melodie, gerade außer Reichweite, das die Ränder ihres Bewusstseins neckte.

Sie strengte sich an, es zu hören, und ihr Herz schlug schneller, als das Flüstern lauter und deutlicher wurde. Es war nicht nur ein Geräusch – es war eine Stimme, schwach und ätherisch, die wie ein Schlaflied vom Wind getragen wurde. Amelia blieb der Atem im Hals stecken, als sie die Stimme erkannte, dieselbe, die sie seit ihrer Abfahrt in ihren Träumen verfolgt hatte. Es war der Ruf der Sirene, der sie mit einer Süße lockte, die die Gefahr, die er barg, Lügen strafte.

„Hörst du das?", fragte sie, ihre Stimme kaum mehr als ein Flüstern.

Elias runzelte die Stirn und neigte den Kopf, als würde er zuhören, aber er schüttelte den Kopf. „Ich höre nichts."

Amelia runzelte die Stirn. Wie konnte er sie nicht hören? Die Stimme war so klar, so eindringlich und zog sie mit unwiderstehlicher Kraft an. Sie schloss die Augen, versuchte alles andere auszublenden und sich auf die Worte zu konzentrieren, die in der Luft schwebten. Sie waren leise, kaum mehr als ein Murmeln, aber sie hatten eine Schwere, die ihr das Herz schmerzen ließ.

„Komm zu mir", flüsterte die Stimme sanft und schmeichelnd. „Ich habe auf dich gewartet, Amelia. Hab keine Angst."

Sie öffnete plötzlich ihre Augen und sah sich hektisch um, doch da war niemand – nur Elias, der sie besorgt beobachtete. Die Stimme war in ihrem Kopf, eine geisterhafte Präsenz, die sich allzu real anfühlte. Sie war anders als die Illusion ihrer Mutter, direkter, persönlicher. Die Sirene kannte ihren Namen, kannte ihre Ängste und nutzte sie, um sie anzulocken.

Amelia presste die Hände auf die Ohren und versuchte, das Geräusch auszublenden, aber es wurde nur noch lauter und eindringlicher. Die Stimme war wie ein süßes Gift, das in ihren Verstand sickerte und ihre Gedanken mit Versprechungen von Frieden und Sicherheit vernebelte. Es war alles, was sie sich je gewünscht hatte, alles, wonach sie gesucht hatte, und es war zum Greifen nah.

„Amelia, bleib bei mir", sagte Elias mit fester Stimme und fasste sie an den Schultern. Seine Berührung war erdend, ein Band zur Realität, an das sie sich verzweifelt klammerte. „Was auch immer du hörst, es ist nicht real. Es ist die Sirene, die versucht, dich unter Wasser zu ziehen."

Sie nickte, obwohl die Anstrengung, einen klaren Kopf zu bewahren, fast zu groß war. Die Stimme war so beruhigend, so tröstlich, und sie wollte loslassen, sich der Anziehungskraft des Ozeans hingeben und in seine Tiefen sinken. Aber sie konnte nicht – sie wollte nicht. Nicht nach allem, was sie durchgemacht hatten.

„Amelia, konzentrier dich", drängte Elias und schüttelte sie sanft. „Hör mir zu. Du bist stärker als das. Du kannst dagegen ankämpfen."

Amelia holte zitternd Luft und zwang sich, sich auf Elias' Worte zu konzentrieren, auf das Gefühl seiner Hände auf ihren Schultern, die Festigkeit des Bootes unter ihren Füßen. Die Stimme in ihrem Kopf war immer noch da und flüsterte ihre Versuchungen, aber sie schob sie beiseite und konzentrierte sich auf die Realität um sie herum. Sie konnte das tun – sie musste das tun.

„Es wird stärker", sagte sie mit zitternder Stimme. „Es ist, als wüsste es, was ich will und wovor ich Angst habe."

Elias' Gesichtsausdruck verhärtete sich. „So arbeiten sie. Sie machen sich deine tiefsten Wünsche und Ängste zunutze. Sie wissen genau, was sie sagen müssen, um dich fertigzumachen."

Amelia schluckte, ihre Kehle war trocken. „Wie bekämpfen wir es?"

„Wir bleiben zusammen", sagte Elias fest. „Wir behalten einen klaren Kopf und unser Ziel im Auge. Die Sirenen können uns nichts anhaben, wenn wir es nicht zulassen. Sie versuchen, uns zu schwächen, uns voneinander und von der Realität zu trennen. Aber das lassen wir nicht zu."

Seine Worte gaben ihr Kraft, einen kleinen Funken Hoffnung inmitten der Dunkelheit, die sie umgab. Sie nickte, ihre Entschlossenheit wurde stärker. Die Sirenen mochten ihre Ängste kennen, aber sie würde nicht nachgeben. Sie würde sie nicht gewinnen lassen.

Die Stimme verklang, ihr Flüstern entfernte sich, bis es kaum mehr als ein Echo in ihrem Hinterkopf war. Die Brise ließ nach, und die Stille kehrte zurück, doch das Unbehagen blieb. Amelia wusste, dass es noch nicht vorbei war – dass die Sirenen immer noch da draußen waren, beobachteten und auf die nächste Gelegenheit warteten, zuzuschlagen.

Aber sie war bereit. Sie waren beide bereit.

Während das Boot weitersegelte und zielstrebig durch die ruhigen Gewässer schnitt , stand Amelia aufrecht neben Elias und blickte auf den Horizont. Die Sirenen hatten versucht, sie zu brechen, aber sie hatten sie nur stärker gemacht. Sie würde sich nicht von ihnen holen lassen – sie würde nicht zulassen, dass sie einen von ihnen holten. Nicht jetzt. Niemals.

In den Abgrund

Die Sonne begann langsam unterzugehen und warf im Laufe des Tages einen goldenen Farbton auf das Wasser. Die Ruhe, die sich nach dem Flüstern der Sirene über sie gelegt hatte, fühlte sich wie ein vorübergehender Waffenstillstand an, die Oberfläche des Ozeans war trügerisch ruhig. Doch unter dieser ruhigen Oberfläche, das wusste Amelia, lauerte etwas viel Unheilvolleres.

Elias richtete die Segel aus und steuerte das Boot auf die tiefen Gewässer vor ihnen zu. Sie erreichten jetzt das Herz des Sirenengebiets, wo der Meeresboden in einen dunklen Abgrund abfiel. Die Luft fühlte sich schwerer an, dick von der Last des Unbekannten, und Amelia konnte das Gefühl nicht abschütteln, dass sie in eine Falle gelockt wurden.

„Das ist es", sagte Elias mit fester, aber leiser Stimme. „Wir nähern uns ihrem Versteck."

Amelia nickte, ihr Griff um das Geländer wurde fester, während sie in die Ferne spähte. Der Horizont war eine ununterbrochene Linie, das Wasser unter ihnen war von einem tiefen, tintenblauen Farbton, der sich scheinbar endlos erstreckte. Es war, als wäre der Ozean selbst lebendig, ein Lebewesen, das mit unsichtbarer Energie pulsierte.

„Wir müssen auf alles vorbereitet sein", fuhr Elias fort und ließ seinen Blick über das Wasser schweifen. „Sie werden versuchen, uns zu verwirren und uns mit Illusionen anzulocken. Aber wir dürfen nicht nachlässig werden."

Amelias Herz klopfte wie wild, als sie die Weite des Ozeans vor ihnen in sich aufnahm. Die Stille des Wassers war beunruhigend, die Stille wurde nur durch das leise Knarren des Bootes und das ferne Schreien einer Möwe unterbrochen. Es war zu still, zu friedlich – wie die Ruhe vor einem Sturm.

Sie blickte Elias an, dessen Gesicht grimmige Entschlossenheit ausstrahlte. Seine Anwesenheit war ein Trost, eine Erinnerung daran, dass sie nicht allein war. Doch die Angst, die seit dem Sirenengesang an ihr nagte, war nicht verschwunden – sie war nur noch stärker geworden, ein kalter Knoten in ihrem Magen, der einfach nicht verschwinden wollte.

Als das Boot tiefer in den Abgrund trieb, sank die Sonne tiefer in den Himmel und warf lange Schatten auf das Wasser. Das Licht schwand und mit ihm kam ein schleichendes Gefühl der Angst. Amelia konnte die Sogwirkung des Ozeans unter ihnen spüren, ein subtiles, aber beharrliches Ziehen, das sie weiter in die Tiefe zu ziehen schien.

„Da", sagte Elias plötzlich und zeigte zum Horizont.

Amelia folgte seinem Blick und blinzelte in die Ferne. Zuerst sah sie nichts als das endlose Blau des Meeres, doch dann nahm allmählich eine Form Gestalt an. Sie war zunächst schwach, fast unmerklich, doch als sie näher kamen, wurde sie deutlicher – ein Felsvorsprung, der aus dem Wasser ragte und dessen gezackte Kanten in den Himmel ragten.

„Das ist es", sagte Elias mit angespannter Stimme. „Da sind sie."

Amelia blieb der Atem im Hals stecken, als sie auf den Felsvorsprung starrte. Er war kleiner, als sie ihn sich vorgestellt hatte, eine Ansammlung dunkler, schroffer Felsen, die wie die abgebrochenen Zähne eines Tieres aus dem Meer ragten. Das Wasser um ihn herum war dunkler, fast schwarz, und er schimmerte in einem unnatürlichen Licht, das ihr eine Gänsehaut verursachte.

Je näher sie kamen, desto kälter wurde die Luft, die Wärme des Tages wurde von einer unsichtbaren Kraft weggesaugt. Das Boot wurde langsamer, der Wind ließ nach, als hätten sich die Elemente gegen sie verschworen. Die Stille war bedrückend, die Spannung so groß, dass sie beinahe greifbar war.

„Hier locken sie die Seeleute ins Verderben", murmelte Elias, den Blick auf die Felsen gerichtet. „Die Sirenen locken sie mit ihren Stimmen an und lassen sie gegen die Felsen prallen. So ernähren sie sich."

Amelia schauderte bei dem Gedanken, ihr Blick blieb auf den Felsvorsprung gerichtet. Sie konnte es fast sehen – Boote , die gegen die Felsen prallten, ihre Besatzungen verloren sich in den Tiefen, ihre letzten Schreie wurden vom Meer verschluckt. Es war ein Friedhof, ein Ort des Todes und der Verzweiflung, und doch waren sie hier und segelten direkt in sein Maul hinein.

„Wir müssen vorsichtig sein", sagte Elias und brach damit das Schweigen. „Bleib in meiner Nähe und hör auf keinen Fall auf sie. Sie werden versuchen, dich zu verwirren und dir Dinge vorzuspielen, die nicht real sind. Aber wir dürfen nicht zulassen, dass sie in unseren Kopf eindringen."

Amelia nickte. Ihr Mund war trocken, als sie versuchte, ihre Angst zu unterdrücken. Sie konnte die Anziehungskraft des Abgrunds unter sich spüren, das Gewicht des Ozeans, der von allen Seiten auf sie einwirkte. Es war, als wäre das Meer selbst lebendig, eine bösartige Kraft, die sie in die Dunkelheit hinabziehen wollte.

Das Boot trieb näher an die Felsen heran, und das Wasser wurde immer unruhiger. Amelias Herz raste, ihre Sinne waren in höchster Alarmbereitschaft, während sie das Wasser nach Anzeichen von Bewegung absuchte. Die Sirenen waren da draußen – sie konnte sie spüren, ihre Anwesenheit wie ein Schatten, der knapp außerhalb ihres Blickfelds lauerte.

Plötzlich ruckte das Boot, und der Rumpf schrammte an etwas Hartem. Amelia schnappte nach Luft, ihre Hände umklammerten die Reling, während sie versuchte, das Gleichgewicht zu halten. Der Aufprall schickte eine Schockwelle durch sie hindurch, und das Geräusch von splitterndem Holz hallte in ihren Ohren wider.

„Wir sind zu nah!", rief sie und Panik stieg in ihr auf.

Elias stand bereits am Steuer und versuchte, sie von den Felsen wegzusteuern, aber das Boot reagierte nicht. Es war, als hätte etwas es gepackt und sie trotz Elias' Bemühungen näher an den Felsvorsprung gezogen. Das Wasser schäumte um sie herum, die Wellen wurden heftiger, als sie auf die schroffen Felsen zugezogen wurden.

„Halt durch!", rief Elias, seine Stimme war wegen des Tosens des Meeres kaum zu hören.

Amelia klammerte sich an die Reling, ihre Knöchel waren weiß, als das Boot wieder schwankte und die Felsen immer näher kamen. Das Wasser schäumte und brach um sie herum, die Wellen schlugen höher, und einen Moment lang dachte sie, sie würden in Stücke zerschmettert werden, genau wie die Schiffe vor ihnen.

Doch dann hörte der Sog genauso plötzlich auf, wie er begonnen hatte. Das Boot schaukelte heftig, blieb aber intakt und trieb zurück in ruhigere Gewässer, als der Wind wieder auffrischte. Amelias Atem ging stoßweise, ihr Herz hämmerte in ihren Ohren, während sie sich umsah und versuchte, zu verstehen, was gerade passiert war.

Elias atmete schwer, seine Hände umklammerten immer noch das Steuer, während er auf die Felsen starrte. „Sie versuchen, uns zu verscheuchen", sagte er mit rauer Stimme. „Aber wir können jetzt nicht zurückweichen. Wir sind zu nah dran."

Amelia nickte, obwohl ihr Körper vor Adrenalin und Angst zitterte. Sie konnte die Anwesenheit der Sirenen überall um sie herum spüren, eine unsichtbare Kraft, die an den Rändern ihres Verstandes zerrte und versuchte, sie unter Kontrolle zu bringen. Aber sie würde sie nicht gewinnen lassen. Nicht jetzt, nicht nach allem, was sie durchgemacht hatten.

Als das Boot wieder ruhiger wurde, holte sie tief Luft und zwang sich, sich zu konzentrieren. Der Felsvorsprung lag noch immer vor ihnen, dunkel und bedrohlich, aber sie hatten es bis hierher geschafft. Sie waren der Wahrheit näher als je zuvor, der Konfrontation mit den Sirenen und der Enthüllung ihrer Geheimnisse.

Und egal, was sie in der Tiefe erwartete, Amelia wusste, dass sie es bis zum Ende durchstehen mussten.

CHAPTER 7

Kapitel 6: Der Preis der Neugier

Die unsichtbaren Folgen

Das Meer war beunruhigend ruhig, als das Boot vom Versteck der Sirenen wegtrieb. Die Sonne war unter den Horizont gesunken und die Welt in tiefes Zwielicht getaucht. Amelia lehnte sich an die Reling, den Blick auf das dunkle Wasser gerichtet, und versuchte, das Unbehagen abzuschütteln, das sich wie eine schwere Decke über sie gelegt hatte. Das Adrenalin, das sie durch ihre beinahe erfolgte Flucht empfand, ließ nach und wurde durch eine kalte Furcht ersetzt, die an ihrem Innersten nagte.

Elias stand am Steuer, sein Kiefer war angespannt, während er durch das Wasser navigierte. Er hatte nicht viel gesagt, seit sie den Felsvorsprung verlassen hatten, und die Stille zwischen ihnen war erfüllt von unausgesprochenen Ängsten. Das Boot knarrte, als es sanft mit den Wellen schaukelte, aber irgendetwas fühlte sich komisch an – etwas, das Amelia nicht genau benennen konnte.

Während sie dort stand und in Gedanken versunken war, wehte eine kalte Brise über das Deck und ließ sie erschauern. Sie drehte sich um, um zur Kabine zurückzukehren, hielt aber inne, als ihr etwas Seltsames auffiel. Ein kleiner, verzierter Kompass, der am Navigationstisch befestigt war, lag jetzt auf dem Boden, und seine Nadel drehte sich wild. Amelia runzelte die Stirn, hob ihn auf und drehte ihn in ihren Händen.

„Ich schwöre, ich habe das gesichert", murmelte sie vor sich hin und blickte sich um, als erwarte sie eine Erklärung aus der Luft. Sie legte den Kompass zurück auf den Tisch und vergewisserte sich, dass er diesmal richtig befestigt war.

Gerade als sie gehen wollte, drang ein leises Flüstern an ihr Ohr. Es war kaum hörbar, ein leises Murmeln, das die Brise herübertrug, aber es ließ sie erstarren. Das Geräusch kam von unter Deck, wo sich der Frachtraum befand. Einen Moment lang stand sie still und lauschte aufmerksam, während ihr Herz in ihrer Brust klopfte. Das Flüstern ging weiter, wurde etwas lauter, aber immer noch zu leise, um die Worte zu verstehen.

Amelias Haut kribbelte vor Unbehagen, als sie sich vorsichtig der Geräuschquelle näherte. Sie stieg die schmale Treppe hinunter, die zum Laderaum führte, und ließ ihre Hand an der kalten, feuchten Wand entlanggleiten. Das Flüstern wurde deutlicher, ein sanftes, melodisches Summen, das bis ins Innerste des Schiffes zu hallen schien.

Sie erreichte das Ende der Treppe und spähte mit flachem Atem in die Dunkelheit. Der Laderaum war schwach beleuchtet von einer einzelnen Laterne, die an einem Haken hing und unheimliche Schatten warf, die über die Wände tanzten. Amelia konnte die ordentlich in Reihen gestapelten Kisten und Fässer sehen, aber es gab keine Anzeichen von irgendjemandem – oder irgendetwas –, das das Geräusch verursacht haben könnte.

„Hallo?", rief sie leise und ihre Stimme zitterte.

Das Flüstern hörte abrupt auf und ließ eine bedrückende Stille in der Halle aufkommen. Amelias Herz raste, als sie zögerlich einen Schritt nach vorne machte und den Raum mit den Augen nach Anzeichen einer Bewegung absuchte. Ihr Fuß blieb an etwas hängen und sie stolperte, konnte sich aber gerade noch rechtzeitig fangen. Als sie nach unten blickte, sah sie, worüber sie gestolpert war – eine kleine geschnitzte Figur, die auf dem Boden lag.

Amelia bückte sich, um es aufzuheben, und ihre Finger streiften das glatte Holz. Es war eine alte, verwitterte Matrosenfigur, wie man sie in einem Schifffahrtsmuseum finden würde. Die Details waren exquisit, aber es hatte etwas Beunruhigendes an sich – die Augen waren weit aufgerissen und hohl, als wäre die Seele des Matrosen darin gefangen.

Ein plötzlicher Schauer lief ihr über den Rücken und sie ließ die Figur fallen, als hätte sie sich daran verbrannt. Das Flüstern begann erneut, diesmal lauter und eindringlicher, und hallte von den Wänden des Laderaums wider. Amelia wich zurück, ihr Herz hämmerte in ihren Ohren. Sie drehte sich um, rannte die Treppe hinauf und stürzte zurück auf das Deck, wo die kühle Nachtluft sie wie eine Ohrfeige traf.

Sie lehnte sich gegen das Geländer und versuchte, wieder zu Atem zu kommen, doch die Angst ließ sie nicht los. Der Kompass auf dem Tisch drehte sich wieder, seine Nadel zeigte in alle Himmelsrichtungen gleichzeitig. Amelia spürte, wie das Gewicht des Ozeans sie umgab und die Dunkelheit des Abgrunds ihr bis in die Knochen drang.

„Elias!", rief sie mit zitternder Stimme.

Elias kam vom Steuer, sein Gesicht war blass und angespannt. „Was ist los?", fragte er und kniff die Augen zusammen, als er die Angst in ihrem Gesichtsausdruck sah.

„Ich... ich habe etwas gehört", stammelte Amelia. „Unter Deck. Es gab Geflüster und... und das hier." Sie hielt die kleine Figur hoch, ihre Hände zitterten.

Elias nahm ihr die Figur ab und runzelte die Stirn, als er sie untersuchte. „Die war vorher nicht hier", sagte er mit leiser Stimme. „Wo hast du sie gefunden?"

„Im Frachtraum. Es lag einfach... da."

Elias sah sie mit grimmiger Miene an. „Wir müssen wachsam bleiben. Der Einfluss der Sirenen könnte stärker sein, als wir dachten."

Amelia nickte, ihre Angst wuchs. Sie konnte es jetzt spüren, eine unheimliche Präsenz, die in den Schatten lauerte und jede ihrer Bewegungen beobachtete. Der Ozean um sie herum war nicht mehr nur Wasser; er war eine Erweiterung des Willens der Sirenen und sie waren in seinem Griff gefangen.

Als die Nacht tiefer wurde und die Sterne am Himmel erschienen, wurde Amelia und Elias klar, dass sie nicht mehr allein waren. Die Sirenen waren ihnen gefolgt, und der Preis ihrer Neugier wurde ihnen langsam klar.

Die Spannung steigt

Die Stille auf dem Boot war erdrückend. Die einzigen Geräusche waren das sanfte Plätschern der Wellen gegen den Rumpf und der ferne Ruf der Seevögel. Amelia und Elias saßen sich in der kleinen Kabine gegenüber, das schwache Licht der Öllampe warf lange Schatten auf ihre Gesichter. Die Luft zwischen ihnen war voller Anspannung, und keiner von ihnen war bereit, die Stille als Erster zu brechen.

Amelia spürte Elias' Blick, doch sie wich ihm nicht in die Augen. Die Ereignisse der letzten Stunde beschäftigten sie noch immer – das Flüstern, die unheimliche Figur, der sich drehende Kompass. Sie versuchte, sich einzureden, dass sie sich das alles nur eingebildet hatte, doch die Angst, die in ihrem Innern nagte, sagte ihr etwas anderes.

Schließlich sprach Elias mit leiser, angespannter Stimme: „Du hättest nicht allein unter Deck gehen sollen."

Amelia war über seinen Ton verärgert, ihre eigene Frustration stieg an die Oberfläche. „Ich hatte keine Wahl. Ich habe etwas gehört, Elias. Ich konnte es nicht einfach ignorieren."

„Aber jetzt hast du etwas mitgebracht", fauchte er und ballte die Fäuste auf dem Tisch. „Du hast das Geflüster gehört. Du hast dieses ... Ding gefunden. Verstehst du das nicht? Du hast alles nur noch schlimmer gemacht."

Amelias Wut flammte auf. „Wage es ja nicht, mir die Schuld dafür zu geben! Wir stecken beide zusammen in dieser Sache. Du wolltest die Höhle der Sirenen genauso erkunden wie ich."

Elias' Augen blitzten vor Wut. „Ich wollte Antworten finden, Amelia, und nicht ihren Fluch auf dieses Boot einladen!"

Zwischen ihnen herrschte angespanntes Schweigen, die Schwere ihres Streits hing in der Luft. Amelia verspürte einen Anflug von Schuld, aber sie schob ihn beiseite, da sie nicht nachgeben wollte. Sie hatte zwar Angst, aber sie würde nicht zulassen, dass Elias ihr das Gefühl gab, für das, was passierte, verantwortlich zu sein.

„Du glaubst nicht, dass ich auch Angst habe?", sagte Amelia und ihre Stimme zitterte vor Erregung. „Ich weiß genauso wenig, was hier vor sich geht wie du, aber wir dürfen uns nicht gegenseitig angreifen. Wenn wir das tun, kommen wir hier nie wieder raus."

Elias lehnte sich in seinem Stuhl zurück und rieb sich die Schläfen, als wollte er Kopfschmerzen vertreiben. „Ich weiß", gab er leise zu. „Aber das hier ... was auch immer es ist, es wird schlimmer. Wir müssen herausfinden, womit wir es zu tun haben, bevor es zu spät ist."

Amelia seufzte, die Kampfeslust wich aus ihr. „Ich stimme zu. Aber wir müssen ruhig bleiben. Panik macht alles nur noch schlimmer."

Elias nickte, obwohl die Anspannung in seinen Schultern nicht nachließ. Er stand abrupt auf, ging zum kleinen Fenster und starrte auf den dunklen Ozean hinaus. „Uns läuft die Zeit davon, Amelia", sagte er leise. „Wir wissen nicht, wie mächtig die Sirenen wirklich sind oder wozu sie fähig sind. Aber wenn sie uns markiert haben ... wenn sie dieses Boot verflucht haben ..."

Seine Stimme wurde immer leiser, und Amelia wusste, dass er dasselbe dachte wie sie – dass sie vielleicht nicht lebend hier rauskommen würden.

„Wir werden es herausfinden", sagte sie und versuchte, ihrer Stimme etwas Selbstvertrauen zu verleihen. „Wir haben es bis hierher geschafft, oder nicht? Wir müssen nur konzentriert bleiben und weitermachen."

Elias drehte sich zu ihr um, sein Gesichtsausdruck war undurchschaubar. „Und wenn wir es nicht können? Wenn sie zu stark für uns sind?"

Amelia zögerte und suchte nach den richtigen Worten. „Dann werden wir tun, was wir können, um zu überleben", sagte sie schließlich. „Aber wir werden nicht aufgeben."

Die Entschlossenheit in ihrer Stimme schien Elias zu erreichen, und er nickte langsam. „Na gut", sagte er, seine Stimme war jetzt fester. „Wir machen weiter. Aber wir müssen vorsichtig sein. Wir gehen nicht mehr allein los, wir gehen keine Risiken mehr ein. Wir müssen zusammenbleiben und aufeinander aufpassen."

„Einverstanden", sagte Amelia und war erleichtert. „Wir werden das durchstehen, Elias. Wir müssen."

Doch noch während sie diese Worte aussprach, beschlich sie ein bohrender Zweifel. Der Einfluss der Sirenen forderte bereits seinen Tribut von ihnen und sie konnte das Gefühl nicht loswerden, dass sie sich auf einem schmalen Grat bewegten – einem Grat, der unter der Last ihrer Angst leicht brechen könnte.

Während sie in der Kabine saßen und versuchten, wieder ein Gefühl der Kontrolle zu erlangen, breitete sich plötzlich eine unheimliche Stille auf dem Boot aus. Die Wellen, die sie gerade noch sanft geschaukelt hatten, schienen sich zu beruhigen, und die fernen Rufe der Seevögel verstummten. Es war, als hätte die Welt innegehalten und voller Erwartung den Atem angehalten.

Amelia und Elias tauschten unbehagliche Blicke, beide spürten die Veränderung in der Atmosphäre. Die Luft war schwer, geladen mit einer seltsamen Energie, die Amelia die Nackenhaare zu Berge stehen ließ.

Dann ertönte aus der Stille ein leises Knarren. Zuerst war es schwach und kaum wahrnehmbar, doch dann wurde es lauter und eindringlicher. Das Boot stöhnte, als stünde es unter großem Druck, das Holz spannte sich gegen sich selbst. Amelias Herz raste, während sie lauschte und versuchte, die Quelle des Geräuschs zu lokalisieren.

Elias ging mit der Hand auf der Klinke zur Tür. „Bleib hier", befahl er, aber Amelia war bereits aufgesprungen und schüttelte den Kopf.

„Auf keinen Fall. Wir trennen uns nicht, weißt du noch?"

Elias zögerte, dann nickte er. Gemeinsam traten sie auf das Deck, das unheimliche Knarren hallte noch immer um sie herum. Das Boot schien jetzt stärker zu schwanken, als wäre es in einer unsichtbaren Strömung gefangen. Der Himmel war tiefschwarz, ohne Sterne, die ihnen den Weg weisen konnten, und die Luft war erfüllt von einer bedrückenden Stille.

Als sie sich dem Bug näherten, wurde das Knarren lauter und wilder, bis es zu einer Kakophonie wurde, die alles andere übertönte. Amelia spürte eine tiefe, klirrende Kälte in ihre Haut kriechen und ihr wurde plötzlich klar, dass sich das Boot nicht mehr bewegte. Es war, als wären sie an Ort und Stelle festgefroren, verankert an einer unsichtbaren Kraft unter den Wellen.

Amelia packte Elias am Arm. Ihre Angst wuchs, als sie flüsterte: „Was ist los?"

Elias antwortete nicht. Sein Blick war auf das dunkle Wasser vor ihnen gerichtet. Einen langen Moment lang standen sie da, gelähmt von der völligen Falschheit der Situation.

Dann hörte das Knarren genauso plötzlich auf, wie es begonnen hatte. Das Boot machte einen Satz nach vorne und löste sich von dem, was es an Ort und Stelle gehalten hatte. Die Spannung in der Luft löste sich auf und zurück blieb nur das sanfte, rhythmische Geräusch der Wellen.

Doch die Angst blieb. Der Ozean hatte sie an seine Macht erinnert, und Amelia wusste, dass die Sirenen noch lange nicht mit ihnen fertig waren.

Die Macht der Reliquie

Die Anspannung der beunruhigenden Begegnung war noch immer da, als Amelia und Elias in die Hütte zurückkehrten. Beide waren nervös, ihre Nerven waren durch die unerklärlichen Ereignisse der Nacht angespannt. Die Hütte kam ihnen jetzt kleiner und beengter vor, die Luft war voller Unbehagen. Elias setzte sich an den kleinen Tisch und trommelte mit den Fingern in einem unruhigen Rhythmus, während er die Figur anstarrte, die Amelia zuvor gefunden hatte.

„Was denkst du, was es ist?", fragte Amelia und brach damit das Schweigen. Ihre Stimme war sanft, fast zögerlich, als würde zu lautes Sprechen noch mehr seltsame Ereignisse nach sich ziehen.

Elias nahm die Figur und drehte sie in seinen Händen. „Es ist ein Seemann", sagte er mit ausdrucksloser Stimme, aber in seinen Augen lag etwas – ein Aufflackern von Erkennen oder vielleicht Angst –, das Amelia beunruhigte.

„Das sehe ich", antwortete sie und versuchte, einen lockeren Ton anzuschlagen, obwohl es ihr nicht ernst war. „Aber warum war es im Frachtraum? Und warum fühlt es sich ... falsch an?"

Elias antwortete nicht sofort. Er betrachtete die kleine Schnitzerei mit vor Konzentration gerunzelter Stirn. Die Figur war alt, das Holz verwittert und durch jahrelange Handhabung glatt, aber es waren die Augen, die Elias' Aufmerksamkeit fesselten. Sie waren hohl, leer, und doch hatten sie etwas beinahe Lebensechtes an sich, als würde die Figur ihn beobachten.

Schließlich blickte er mit ernster Miene auf. „Das ist nicht nur eine Schnitzerei, Amelia. Es ist mehr. So etwas habe ich schon einmal gesehen ... damals, als ich ein Kind war und am Meer lebte."

Trotz ihrer Angst war Amelias Interesse geweckt. „Was meinst du? Was ist es?"

Elias stellte die Figur zwischen ihnen auf den Tisch und ließ seine Hand einen Moment darauf liegen, bevor er sie wegzog. „Es ist eine Reliquie", sagte er leise. „Vielleicht ein Talisman. Seeleute trugen sie früher als Amulette bei sich, um sich vor den Gefahren des Meeres zu schützen. Aber diese hier ... diese hier fühlt sich anders an. Es ist, als wäre sie ... verdorben."

„Verdorben?", wiederholte Amelia, und ihr Herz stockte.

„Ja", nickte Elias. „Ich weiß nicht, wie ich es erklären soll, aber an diesem Ding ist etwas Dunkles. Etwas Unnatürliches."

Amelia beugte sich vor und fixierte die Figur. Die hohlen Augen des Matrosen schienen sich in sie zu bohren, und ein Schauer lief ihr über den Rücken. „Denken Sie, dass es etwas mit den Sirenen zu tun hat?"

„Ich weiß es nicht", gab Elias zu, seine Stimme vor Frustration angespannt. „Aber es erschien gleich, nachdem wir die Höhle der Sirenen verlassen hatten, und das kann kein Zufall sein. Vielleicht ist es eine Warnung oder eine Drohung. Vielleicht ist es etwas, das sie platziert haben, um uns unter ihrer Kontrolle zu halten."

Amelia spürte, wie sich kalte Angst in ihrem Magen breitmachte. „Aber warum brauchen sie dafür einen Talisman? Sie haben doch ihre Stimmen und ihre Lieder."

„Vielleicht ist das nur ein weiterer Weg, in unsere Köpfe zu gelangen", vermutete Elias, obwohl er nicht überzeugt klang. „Oder vielleicht ist es Teil von etwas Größerem. Etwas, das wir noch nicht verstehen."

Bei dem Gedanken lief es Amelia kalt den Rücken runter. Sie konnte das Gefühl nicht loswerden, dass die Figur sie beobachtete, dass sie mehr war als nur ein lebloser Gegenstand. „Was machen wir damit?", fragte sie, ihre Stimme kaum mehr als ein Flüstern.

Elias zögerte. „Ich bin mir nicht sicher", gestand er. „Aber ich denke, wir sollten es in unserer Nähe behalten. Es könnte gefährlich sein, aber es könnte auch der Schlüssel sein, um herauszufinden, was mit uns passiert."

Amelia war sich nicht sicher, ob das eine gute Idee war, aber sie nickte trotzdem. „Na gut. Aber wir müssen vorsichtig sein. Wenn das Ding so gefährlich ist, wie du denkst, können wir kein Risiko eingehen."

Elias begegnete ihrem Blick mit grimmiger Miene. „Einverstanden. Wir bewahren es hier unter Verschluss auf und rühren es nicht an, es sei denn, es ist unbedingt nötig."

Dann stand Elias vom Tisch auf und holte eine kleine Metallbox aus einem der Ablagefächer. Er legte die Figur hinein, verschloss die Box und verstaute sie in einer sicheren Schublade. Amelia beobachtete ihn und war ein wenig erleichtert, da die Figur nun außer Sicht war.

Doch als die Schublade zufiel, wurde sie das Gefühl nicht los, dass die Macht des Relikts nicht eingedämmt worden war. Die Kabine fühlte sich nicht sicherer an als zuvor, die Luft war noch immer schwer von einer unsichtbaren Präsenz. Sie wusste, dass sie es mit Kräften zu tun hatten, die weit über ihr Verständnis hinausgingen, Kräfte, die sich nicht an die Regeln der Natur hielten.

Elias kehrte zu seinem Platz zurück und rieb sich die Schläfen, als wollte er Kopfschmerzen vertreiben. „Wir müssen konzentriert bleiben", sagte er, obwohl seine Stimme angespannt klang. „Was auch immer passiert, wir dürfen nicht zulassen, dass uns das ... was auch immer es ist, unterkriegt."

Amelia nickte, doch die Angst, die in ihrem Innern nagte, ließ sich nicht so leicht abtun. „Was, wenn wir nicht dagegen ankämpfen können, Elias? Was, wenn es schon zu spät ist?"

Elias antwortete nicht sofort. Er sah sie an und für einen Moment sah sie einen Anflug von Zweifel in seinen Augen.

Doch dann straffte er die Schultern und sein Gesichtsausdruck verhärtete sich vor Entschlossenheit. „Es ist noch nicht zu spät", sagte er fest. „Wir haben immer noch die Kontrolle über dieses Boot und wir sind immer noch wir selbst. Solange wir das nicht aus den Augen verlieren, können wir es schaffen."

Amelia wollte ihm glauben und an der Hoffnung festhalten, dass sie einen Ausweg aus diesem Albtraum finden würden. Doch tief in ihrem Inneren wusste sie, dass der Ozean Geheimnisse barg, die sie nicht einmal im Ansatz ergründen konnten, und dass das Relikt in der Schublade nur ein kleines Teil eines viel größeren Puzzles war – eines Puzzles, das sie möglicherweise mehr kosten würde, als sie zu zahlen bereit waren.

Als sie im Dämmerlicht der Kabine saßen und das Geräusch der Wellen sie in angespannte Stille wiegte, konnte Amelia nicht anders, als sich zu fragen, welche Schrecken der Ozean noch für sie bereithielt. Die Macht des Relikts begann sich gerade erst zu offenbaren, und mit jedem Augenblick fühlte sie, wie der Abgrund sie tiefer in seine dunkle Umarmung zog.

Visionen im Dunkeln

Die Nacht wurde kälter, während Amelia in ihrer Koje lag und an die Decke starrte. Das leise Knarren des Bootes war normalerweise beruhigend, aber jetzt verstärkte es ihr Unbehagen nur noch. Die Ereignisse des Tages liefen in ihrem Kopf in Dauerschleife ab – die unheimliche Stille des Ozeans, die Figur und Elias' Gerede von Flüchen und verdorbenen Talismanen. Schlaf schien in weiter Ferne.

Sie schloss die Augen und versuchte einzuschlafen , doch sobald sie die Lider schloss, schien die Dunkelheit dahinter zu wirbeln und zu pulsieren, als wäre sie lebendig. Amelias Atem beschleunigte sich. Es fühlte sich an, als wäre etwas mit ihr im Zimmer, das sie beobachtete und wartete.

Als sie die Augen öffnete, war die Kabine dunkler, als sie sie in Erinnerung hatte. Die Öllampe auf dem Tisch flackerte schwach und warf lange, flackernde Schatten an die Wände. Ein Schauer überlief sie und sie zog die Decke fester um sich, doch das half ihr kaum, die Kälte abzuwehren, die ihr bis in die Knochen kroch.

Amelia versuchte, sich selbst zu erklären. Das ist nur Einbildung, dachte sie. Das ist der Stress des Tages, das ist alles. Aber tief in ihrem Inneren wusste sie, dass es nicht so einfach war. Etwas stimmte nicht – ganz und gar nicht – und sie konnte es nicht länger ignorieren.

Sie setzte sich auf und ließ ihren Blick durch den Raum schweifen. Alles schien normal, doch das Gefühl, beobachtet zu werden, ließ sie nicht los. Ihr Blick fiel auf die Schublade, in der Elias die Figur weggeschlossen hatte. Eine schreckliche Neugier nagte an ihr und zwang sie, nachzuschauen, ob die Reliquie noch sicher verstaut war.

Mit zitternden Händen glitt Amelia aus ihrer Koje und trottete leise zur Schublade. Sie zögerte, ihr Herz klopfte in ihrer Brust, bevor sie sie öffnete. Die Metallbox war noch da, ihre Oberfläche schimmerte matt im schwachen Licht. Erleichterung überkam sie, aber sie hielt nicht lange an.

Als sie nach der Kiste griff, durchbrach ein plötzliches, scharfes Geräusch die Stille. Es war schwach, fast unmerklich, aber es ließ sie erstarren. Der Klang war wie eine ferne Melodie, die durch die Luft schwebte, sanft und eindringlich. Amelia stockte der Atem, als sie die Melodie erkannte – es war dasselbe unheimliche Lied, das sie früher am Tag gehört hatte, das sie in die Höhle der Sirenen gelockt hatte.

Die Musik wurde lauter, eindringlicher und erfüllte die Kabine mit ihren überirdischen Klängen. Sie war wunderschön und furchteinflößend zugleich, eine Melodie, die an ihrer Seele zerrte und sie drängte, ihr zu folgen.

Amelias Hand schwebte über der Metallkiste. Sie konnte die Anziehungskraft des Liedes spüren, die Art, wie es ihre Gedanken umhüllte und ihr Urteilsvermögen trübte. Es war, als würden die Sirenen sie erneut rufen und versuchen , sie wieder in ihren Bann zu ziehen.

Doch dieses Mal kam der Ruf aus dem Inneren des Bootes selbst – von der Reliquie.

„Nein", flüsterte sie und schüttelte verzweifelt den Kopf, um ihre Gedanken zu klären. „Ich werde nicht auf dich hören."

Das Lied ließ nicht nach. Es wurde stärker, verführerischer, als würde es ihren Widerstand verspotten. Amelia presste die Hände auf die Ohren, aber es dämpfte den Klang kaum. Die Melodie sickerte in ihre Gedanken, wand sich durch ihre Erinnerungen und verwandelte sie in etwas Dunkles und Unbekanntes.

Plötzlich veränderte sich der Raum. Die Wände schienen sich zu biegen und zu verziehen, die Schatten darauf tanzten wie lebende Kreaturen. Amelia stolperte zurück, ihre Sicht verschwamm, als sich die Hütte um sie herum verwandelte. Es war nicht mehr der enge Raum, den sie kannte – stattdessen dehnte er sich zu einer riesigen, dunklen Fläche aus, wie die Tiefen des Ozeans.

Sie stand auf dem Deck des Bootes, aber es war nicht mehr so wie vorher. Der Himmel hatte eine unnatürliche Schwarztönung, ohne Sterne oder Mondlicht, und das Meer unter ihr brodelte mit bedrohlicher Energie. In der Luft lag der Geruch von Salz und etwas anderem – etwas Metallischem, wie Blut.

Amelias Herz raste, als sie ihre Umgebung wahrnahm. Das war kein Traum. Es fühlte sich zu real an, zu lebendig. Sie spürte den kalten Wind auf ihrer Haut, die Feuchtigkeit der Gischt auf ihrem Gesicht. Das Boot trieb in einem Meer aus Dunkelheit und der Gesang der Sirenen hallte um sie herum, wurde lauter und eindringlicher.

Sie blickte über den Rand des Bootes und ihr stockte der Atem, als sie sie sah – Gestalten, die sich unter Wasser bewegten, ihre Umrisse wandelten sich undeutlich. Es waren die Sirenen, aber nicht so, wie sie sie zuvor gesehen hatte. Sie waren dunkler, monströser, und ihre Augen glühten in einem unnatürlichen Licht, als sie knapp unter der Oberfläche schwammen.

Eine von ihnen brach aus dem Wasser und erhob sich , um ihren Blick zu erwidern. Ihr Gesicht war eine verzerrte Verhöhnung der Schönheit, mit scharfen, kantigen Zügen und Augen, die sich in ihre Seele zu bohren schienen. Die Lippen der Sirene verzogen sich zu einem Lächeln und enthüllten Reihen messerscharfer Zähne.

Amelia taumelte zurück, Angst zerrte an ihrem Innern. Der Gesang der Sirenen wurde lauter und erfüllte ihren Geist mit Visionen – Visionen der Tiefe, der Dunkelheit, die sie erwartete, wenn sie ihrem Ruf nachgab.

„Amelia", flüsterte eine Stimme, und sie wirbelte herum und sah Elias auf dem Deck stehen. Sein Gesicht war blass, seine Augen weiteten sich vor Angst, als er sie ansah. Aber irgendetwas stimmte nicht mit ihm, etwas, das ihr das Blut in den Adern gefrieren ließ.

Elias machte einen Schritt auf sie zu, seine Bewegungen waren langsam und bedächtig. „Komm mit", sagte er mit tiefer, hypnotischer Stimme. „Sie warten auf uns. Sie haben auf dich gewartet."

„Nein!", rief Amelia und wich vor ihm zurück. „Das ist nicht real. Du bist nicht real!"

Elias' Gesichtsausdruck verzog sich zu etwas Dunklem, etwas Grausamem. „Du kannst sie nicht bekämpfen, Amelia. Du gehörst jetzt dem Abgrund. Gib einfach nach."

Amelias Sicht verschwamm, die Welt um sie herum geriet außer Kontrolle. Sie spürte die Anziehungskraft des Liedes, das unerbittliche Ziehen des Abgrunds, aber sie kämpfte mit aller Kraft dagegen an.

„Nein", flüsterte sie mit zitternder Stimme. „Ich werde nicht nachgeben."

Die Sirene unter Wasser stieß einen Schrei aus, ihre Augen glühten vor Wut. Die Dunkelheit umgab Amelia, die Kälte drang ihr bis in die Knochen. Sie spürte, wie sie ausrutschte und den Halt in der Realität verlor, aber sie hielt sich fest und weigerte sich, vom Abgrund verschluckt zu werden.

Mit einem letzten, verzweifelten Schrei schloss Amelia die Augen und wünschte sich , der Albtraum möge enden. Das Lied erreichte einen Höhepunkt, eine Kakophonie von Klängen, die sie zu zerreißen drohten.

Und dann hörte der Lärm genauso plötzlich auf, wie er begonnen hatte.

Amelia schnappte nach Luft und riss plötzlich die Augen auf. Sie war wieder in der Hütte, umgeben von den vertrauten Wänden und Möbeln. Die Öllampe flackerte schwach auf dem Tisch und die Metallbox war noch immer in der Schublade eingeschlossen.

Sie zitterte, ihr ganzer Körper war von kaltem Schweiß durchnässt. Ihr Herz klopfte in ihrer Brust, während sie versuchte, wieder zu Atem zu kommen. Die Vision hatte sich so real angefühlt, so lebendig, aber jetzt war sie verschwunden. Zurück blieben nur die anhaltende Angst und das schwache Echo des Sirenengesangs in ihrem Kopf.

Amelia ließ sich auf ihre Koje fallen, schlang die Arme um sich und versuchte, ihre Atmung zu beruhigen. Was auch immer gerade passiert war, es war noch nicht vorbei. Die Sirenen spielten mit ihr, stellten ihre Entschlossenheit auf die Probe und sie wusste, dass sie wiederkommen würden.

Doch im Moment war sie in Sicherheit – zumindest so sicher, wie sie auf diesem verfluchten Boot sein konnte.

Draußen vor der Hütte herrschte Stille, das Meer war wieder ruhig. Doch Amelia war klug genug, der Stille nicht zu trauen. Der Abgrund war geduldig, und seine Versuchungen waren noch lange nicht vorüber.

Die Warnung

Am nächsten Morgen erwachte Amelia vom Geräusch der Wellen, die sanft gegen den Rumpf des Bootes schlugen. Das Sonnenlicht, das durch das kleine Bullauge fiel, bildete einen starken Kontrast zu den dunklen Visionen, die sie in der Nacht zuvor heimgesucht hatten. Sie lag einen Moment still da und ließ die Wärme der Sonne die Kälte vertreiben, die noch immer an ihrer Haut klebte.

Elias war bereits aufgestanden und bewegte sich mit ruhiger Intensität in der Kabine umher. Sein Gesichtsausdruck war zurückhaltend, als wäre auch er von der Seltsamkeit der Nacht berührt worden. Er warf ihr einen kurzen Blick zu, aber in seinen Augen lag eine Distanz, die vorher nicht da gewesen war.

„Hast du geschlafen?", fragte er mit rauher Stimme, weil er es nicht mehr benutzt hatte.

„Nicht viel", antwortete Amelia und stemmte sich hoch, um sich auf die Kante der Koje zu setzen. Der Boden unter ihren Füßen fühlte sich fest an, aber ihr Geist war immer noch unsicher, als würde sie auf einem schmalen Grat zwischen der Realität und den Überresten ihrer Albträume wandeln. „Du?"

Elias schüttelte den Kopf. „Nein. Das geht nicht. Irgendetwas fühlt sich... komisch an."

Amelia brauchte nicht zu fragen, was er meinte. Sie spürte es auch – die schwere Präsenz, die in der Luft zu hängen schien, die unausgesprochene Furcht, die sich zwischen ihnen breitgemacht hatte. Die Ereignisse der Nacht lasteten schwer auf ihr und sie wusste, dass sie es nicht länger ignorieren konnten.

„Wir müssen darüber reden, was passiert", sagte sie und brach das Schweigen. „Über die Visionen, das Lied, alles."

Elias nickte, aber seine Bewegungen waren zögerlich. Er ging zum Tisch und setzte sich, während er sich mit der Hand durchs Haar fuhr und seine Gedanken sammelte. „Es ist, als ob der Ozean uns etwas sagen will", sagte er schließlich. „Oder vielleicht sind es die Sirenen selbst. Was auch immer es ist, es ist nicht einfach nur zufällig. Dahinter steckt ein Muster, ein Zweck."

Amelia setzte sich zu ihm an den Tisch und ließ ihren Blick durch die Kabine schweifen, als würde sie jeden Moment damit rechnen, dass die Schatten lebendig werden. „Letzte Nacht habe ich Dinge gesehen ... Dinge, die nicht real gewesen sein konnten. Ich war auf dem Deck, aber es war anders – dunkler, verdrehter. Die Sirenen waren da und ... und du warst auch da."

Elias blickte scharf auf. „Ich?"

Sie nickte, und ihr Herz raste, als sie sich an die Angst erinnerte, die sie in der Vision gepackt hatte. „Aber du warst es nicht wirklich. Es war, als ob ... als ob du kontrolliert würdest, als ob sie dich benutzen würden, um an mich ranzukommen. Du hast mir gesagt, ich solle nachgeben und mich von ihnen nehmen lassen."

Elias' Gesichtsausdruck verfinsterte sich, und er ballte die Hände auf dem Tisch zu Fäusten. „Amelia, ich würde niemals ..."

„Ich weiß", unterbrach sie ihn und streckte die Hand aus, um seine zu berühren. „Ich weiß, dass du es nicht warst. Aber es fühlte sich so echt an, Elias. Und das Lied ... es war überall, zerrte an mir und versuchte, mich unter die Oberfläche zu ziehen."

Elias' Kiefer spannte sich an, als er ihre Worte verarbeitete. „Ich habe es auch gehört", gab er nach einem Moment zu. „Nicht so deutlich wie du, aber es war da, ganz hinten in meinem Kopf. Ein Flüstern, als ob es in meine Gedanken sickern wollte."

Amelia schauderte. „Denkst du, es ist die Reliquie? Dass sie irgendwie mit all dem zusammenhängt?"

Elias schwieg einen langen Moment, sein Blick war auf die Schublade gerichtet, in der sie die Figur eingeschlossen hatten. „Das muss so sein", sagte er schließlich. „Seit wir sie gefunden haben, ist alles ... anders. Es ist, als würde das Relikt ihre Macht verstärken und es für uns schwieriger machen, Widerstand zu leisten."

Amelia schluckte schwer. Der Gedanke an die Figur mit ihren hohlen Augen und ihrer beunruhigenden Präsenz erfüllte sie mit Furcht. „Was sollen wir tun? Wir können sie nicht einfach hierlassen, aber wir können sie auch nicht behalten."

Elias stand abrupt auf und ging in der kleinen Kabine auf und ab, während er nachdachte. „Wir müssen einen Weg finden, es zu neutralisieren", sagte er mit dringlicher Stimme. „Um die Verbindung zu den Sirenen zu unterbrechen. Es muss einen Weg geben, das zu stoppen, bevor es zu spät ist."

„Aber wie?", fragte Amelia und ihre Stimme klang verzweifelt. „Wir wissen nicht einmal, was es wirklich ist oder wie es funktioniert. Wir fliegen hier blind."

Elias blieb stehen und drehte sich mit entschlossenem Blick zu ihr um. „Wir geben nicht auf, Amelia. Es gibt immer einen Weg. Wir müssen nur herausfinden, was sie wollen, was ihr Endziel ist. Und wenn wir es herausgefunden haben, werden wir es gegen sie einsetzen."

Amelia wollte ihm glauben, aber die Last der Ereignisse der Nacht machte es ihr schwer, die Hoffnung nicht aufzugeben. „Und wenn wir es nicht können?"

Elias' Gesichtsausdruck wurde sanfter, und er ging zu ihr hinüber und legte ihr eine Hand auf die Schulter. „Das werden wir", sagte er fest. „Aber wir müssen stark bleiben. Sie versuchen, uns niederzuringen, uns verwundbar zu machen. Solange wir zusammenhalten, können wir das schaffen."

Amelia nickte und schöpfte Kraft aus seiner Entschlossenheit. „Du hast recht. Wir können sie nicht gewinnen lassen. Nicht nach allem, was wir durchgemacht haben."

Elias lächelte sie leicht und beruhigend an. „Genau. Wir sind schon zu weit gekommen, um jetzt umzukehren."

Einen Moment lang herrschte Schweigen zwischen ihnen, ein gemeinsames Verständnis, dass sie alles, was als Nächstes passieren würde, gemeinsam bewältigen würden. Das Band zwischen ihnen, geschmiedet durch Not und Angst, war stärker als der Ruf der Sirenen, stärker als die Dunkelheit des Abgrunds.

Während sie so nebeneinander standen, schaukelte das Boot sanft auf den Wellen, als würde der Ozean selbst den Atem anhalten und auf ihre nächste Bewegung warten. Die Reliquie, die in ihrer Schublade eingeschlossen war, schien mit einer dunklen Energie zu pulsieren, eine Erinnerung an die Gefahren, die noch vor ihnen lagen.

Doch vorerst waren Amelia und Elias bereit. Sie hatten einen Plan, wenn auch noch so vage, und sie hatten einander. Und als sie sich daran machten, das Geheimnis der Sirenen und ihres verfluchten Relikts zu lüften, schienen die Schatten in der Hütte zu weichen, wenn auch nur ein wenig.

Die Warnung war ausgesprochen , die Herausforderung ausgesprochen. Jetzt lag es an ihnen, der Situation gerecht zu werden, die Sirenen zu überlisten und ihre Freiheit aus dem Abgrund zurückzuerobern.

CHAPTER 8

Kapitel 7: In den Abgrund

Der Abstieg beginnt

Die Sonne stand tief am bewölkten Himmel und warf ein trübes, graues Licht auf den aufgewühlten Ozean. Das Boot schaukelte sanft auf den Wellen, eine kleine Insel aus Metall und Holz in der unendlichen Weite des Meeres. Amelia stand am Rand des Decks und blickte auf das Wasser hinab. Die Oberfläche war trügerisch ruhig, aber sie wusste, was darunter lag – ein alter Graben, der tief in den Abgrund hinabführte, wo das Licht nicht hinkam und wo der Ruf der Sirenen am stärksten war.

Elias stand neben ihr, sein Gesicht war von grimmiger Entschlossenheit erfüllt. Sie hatten beide gewusst, dass dieser Moment kommen würde, aber jetzt, da er da war, herrschte eine bedrückende Stille zwischen ihnen. Es gab kein Zurück. Die Antworten, die sie suchten, lagen dort unten, in den Tiefen, und warteten darauf, entdeckt zu werden. Aber das Gleiche galt für die Gefahren – die unbekannten Schrecken, die bereits begonnen hatten, sie auf Schritt und Tritt zu verfolgen.

„Bist du bereit?", fragte Elias und seine Stimme durchbrach die Stille.

Amelia nickte und ihre Hand schloss den Riemen ihrer Sauerstoffflasche fester. „So bereit, wie ich nur sein kann", antwortete sie, obwohl ihr Herz bis zum Hals klopfte. Sie blickte erneut über die Seite des Bootes und spürte, wie ihr ein kalter Schauer über den Rücken lief. Das Wasser schien sie zu locken, ein dunkles, offenes Maul, bereit, sie ganz zu verschlingen.

Elias überprüfte ein letztes Mal seine Ausrüstung, dann drehte er sich zu ihr um und suchte mit den Augen ihre. „Wir bleiben nah beieinander", sagte er bestimmt. „Egal, was da unten passiert, wir halten zusammen. Wir lassen nicht zu, dass uns irgendetwas trennt."

„Ich weiß", sagte Amelia mit sanfter, aber entschlossener Stimme. Sie hatte Elias immer vertraut, und jetzt brauchte sie dieses Vertrauen mehr denn je, um auf dem Boden zu bleiben. Der Einfluss der Sirenen war mit jedem Tag stärker geworden, ihre Stimmen drangen in ihren Geist und erfüllten ihre Träume mit Visionen der Tiefe. Aber Elias war ihr Anker, das Einzige, was sie davon abhielt, sich völlig dem dunklen Zauber des Ozeans zu verlieren.

Sie setzten schweigend ihre Taucherhelme auf, das vertraute Zischen der Druckluft erfüllte ihre Ohren. Die Welt draußen wurde leiser, das Tosen der Wellen wurde durch das gleichmäßige Geräusch ihres eigenen Atems ersetzt. Amelia warf einen letzten Blick auf den Himmel, der jetzt fast vollständig von dicken Wolken verdeckt war, und trat dann an den Rand des Decks.

Gemeinsam sprangen sie.

Die Kälte traf sie wie ein Schlag, umhüllte ihren Körper und sickerte durch ihren Neoprenanzug. Einen Moment lang packte sie Panik, als das Wasser über ihrem Kopf zusammenschlug und sie von der Welt über ihr abschnitt. Doch dann spürte sie Elias' Hand auf ihrem Arm, die sie stützte, und die Angst ließ nach.

Sie sanken langsam hinab, und das Boot wurde zu einem kleinen Schatten über ihnen. Das Wasser wurde mit jedem Meter dunkler, das Sonnenlicht verblasste, bis nur noch das schwache Leuchten ihrer Taschenlampen übrig blieb. Amelias Ohren knackten vor Druck, aber sie kämpfte sich durch das Unbehagen und konzentrierte sich auf das rhythmische Geräusch ihres Atems.

Vor ihnen ragte der Graben auf, ein zackiger Riss im Meeresboden, der kein Ende zu nehmen schien. Als sie sich näherten, spürte Amelia eine seltsame Anziehungskraft, als würde die Dunkelheit selbst sie hineinziehen. Sie widerstand dem Drang, schneller zu schwimmen, den Boden zu erreichen und die dort verborgenen Geheimnisse zu lüften. Sie mussten vorsichtig sein. Sie mussten sicher sein.

Schließlich erreichten sie den Rand des Grabens und Amelia hielt inne, ihr Herz klopfte wie wild. Unter ihr herrschte absolute Dunkelheit, eine endlose Leere, die sogar die Strahlen ihrer Taschenlampen verschluckte. Es war, als würde man direkt in den Abgrund starren.

Elias nickte ihr beruhigend zu, und gemeinsam begannen sie ihren Abstieg ins Ungewisse. Das Wasser um sie herum wurde kälter, der Druck intensiver, als wollte der Ozean sie zerquetschen, bevor sie ihr Ziel erreichen konnten.

Amelias Gedanken wanderten zu dem Relikt, das sie gefunden hatten, der kleinen Figur, die all dies in Gang gesetzt hatte. Sie war von dem Moment an, als sie sie sah, davon angezogen worden, und jetzt, als sie in den Abgrund hinabstiegen, konnte sie das Gefühl nicht loswerden, dass sie sie rief und sie tiefer in den Graben führte.

Sie tauchten in das Herz des Reiches der Sirenen ein und es gab keine Garantie, dass sie zurückkehren würden.

Doch nun gab es kein Zurück mehr. Der Abstieg hatte begonnen und damit ihre letzte Konfrontation mit den Geheimnissen der Tiefe. Der Abgrund wartete, und was auch immer sich auf dem Grund befand, würde sich bald offenbaren.

Die einzige Frage war, ob sie noch überleben würden, um es zu sehen.

Die alles umhüllende Dunkelheit

Je tiefer sie hinabtauchten, desto mehr verblasste das Licht über ihnen, verschluckt von den unendlichen Tiefen des Ozeans. Die Welt um Amelia und Elias wurde zu einem kalten, bedrückenden Schwarz, das nur von den schmalen Strahlen ihrer Taschenlampen durchbrochen wurde. Jedes Flackern des Lichts enthüllte kaum mehr als wirbelnde Strömungen aus Schlamm und das gelegentliche Flackern einer Bewegung, die verschwand, bevor sie sie identifizieren konnten. Das Wasser wurde kälter, der Druck intensiver und drückte wie ein unsichtbares Gewicht auf ihre Körper.

Amelia atmete langsam und stoßweise, ihre Gedanken waren auf die bevorstehende Aufgabe konzentriert. Doch die Dunkelheit schien ein Eigenleben zu führen, kroch in die Ränder ihres Blickfelds und ließ sie fragen, ob das, was sie sah, real war oder ein Trick des Abgrunds. Die Kälte war mehr als nur körperlich; sie sickerte in ihre Knochen, in ihre Gedanken und nagte an den Ecken ihrer Entschlossenheit.

Sie behielt Elias im Auge, der nur wenige Meter vor ihr stand und im trüben Wasser kaum zu erkennen war. Seine Bewegungen waren bedächtig und ruhig, aber sie konnte auch die Anspannung in ihm spüren. Ab und zu blickte er zu ihr zurück, und das Licht seines Helms warf einen kurzen, beruhigenden Schimmer auf sein Gesicht. Es reichte, um sie auf dem Boden zu halten, aber nur gerade so.

Als sie tiefer gingen, hörte Amelia es wieder – die schwache, widerhallende Melodie des Sirenengesangs. Zuerst war es fern, wie eine halb vergessene Erinnerung, aber mit jedem Augenblick wurde es lauter und hallte durch das Wasser und in ihren Kopf. Das Lied war wunderschön, auf eine eindringliche Art, aber unter der Melodie lag etwas Unheimliches, eine dunkle Unterströmung, die ihre Haut vor Unbehagen kribbeln ließ.

Sie zwang sich, sich auf ihre Atmung zu konzentrieren, auf den langsamen, gleichmäßigen Rhythmus, der sie an die Realität bindete. Doch das Lied drängte sich in ihre Gedanken und erfüllte sie mit einer seltsamen Sehnsucht. Es war, als würde der Ozean selbst nach ihr rufen und sie drängen, loszulassen, in die Tiefe zu treiben und alles hinter sich zu lassen.

„Amelia", knisterte Elias' Stimme aus dem Funkgerät in ihrem Helm und rettete sie vor dem Abgrund. „Bleib bei mir. Wir sind fast da."

Sie nickte, obwohl sie wusste, dass er es nicht sehen konnte. „Ich bin hier", antwortete sie, ihre Stimme war fester, als sie sich fühlte. Aber die Dunkelheit bedrängte sie von allen Seiten und machte es ihr schwer, sich zu konzentrieren und zu atmen. Der Druck in ihrer Brust kam nicht nur aus der Tiefe – sie näherten sich einem Ort, an dem Realität und Albtraum verschwammen, und sie konnte die Last spüren, die auf ihrer Seele lastete.

Elias wurde langsamer und hob die Hand, als wolle er etwas signalisieren. Amelias Herz setzte einen Schlag aus, als sie in der Ferne eine Bewegung erhaschte – einen Schatten, der knapp außerhalb der Reichweite ihrer Lichter huschte. Er war verschwunden, bevor sie ihn verstehen konnte, aber das Gefühl, beobachtet zu werden, dass etwas knapp außerhalb ihres Blickfelds lauerte, blieb bei ihr.

„Hast du das gesehen?", flüsterte sie, da sie ihren eigenen Sinnen nicht traute.

Elias zögerte, dann nickte er. „Bleib in deiner Nähe", war alles, was er sagte, aber sie konnte die Anspannung in seiner Stimme hören.

Sie gingen weiter, aber das Unbehagen wurde immer größer. Das Wasser um sie herum schien sich zu bewegen und zu verschieben, Schatten wanden und kräuselten sich am Rand ihres Sichtfelds. Amelia versuchte, das Gefühl abzuschütteln, dass sie in eine Falle tappten und die Sirenen sie aus einem bestimmten Grund tiefer hineinführten. Aber welche Wahl hatten sie? Sie waren zu weit gekommen, um jetzt noch umzukehren.

Die Dunkelheit wurde dichter, die Kälte beißender. Amelias Taschenlampe flackerte, und für einen schrecklichen Moment war sie in völlige Dunkelheit getaucht. Ihr Herz raste, während sie mit dem Licht herumfummelte und betete, dass es wieder angehen würde. Als es wieder anging, war die Erleichterung nur von kurzer Dauer. Der Strahl war schwächer, schnitt kaum durch das Wasser, und ihr wurde mit wachsender Angst klar, dass ihnen die Zeit davonlief.

Sie konnte Elias jetzt kaum noch sehen, seine Gestalt war nur ein schattenhafter Umriss in der Ferne. Panik stieg in ihr auf, als der Gesang der Sirenen lauter und eindringlicher wurde und mit unsichtbaren Fingern an ihrem Verstand zog. Sie zwang sich, weiterzugehen und Elias zu folgen, auch wenn die Dunkelheit sie wie ein erstickendes Leichentuch umschloss.

Dann, gerade als sie dachte, sie könne es nicht mehr aushalten, begann das Wasser heller zu werden – ein blasses, geisterhaftes Leuchten kam von unten. Es war ein seltsames, überirdisches Licht, das nicht in die Tiefen des Ozeans zu gehören schien, und doch war es da und führte sie nach unten.

Amelias Angst wurde durch eine tiefe, beunruhigende Neugier ersetzt. Was war das für ein Licht? Was könnte an einem solchen Ort existieren?

Elias wurde wieder langsamer und Amelia konnte sehen, dass er genauso verunsichert war wie sie. Aber es gab kein Zurück. Sie waren zu weit gekommen und die Antworten, die sie suchten, lagen direkt vor ihnen.

Gemeinsam setzten sie ihren Abstieg ins Herz des Abgrunds fort, wo Licht und Dunkelheit an einem Ort aufeinandertrafen, der allem widersprach, was sie über die Welt wussten. Die Geheimnisse des Ozeans waren in Reichweite, aber auch seine Gefahren. Und je tiefer sie gingen, desto mehr wurde ihnen klar, dass sie nicht allein waren.

Das Leuchten von unten

Das blasse, geisterhafte Licht wurde heller, als Amelia und Elias ihren Abstieg fortsetzten und lange Schatten auf die zerklüfteten Wände des Grabens warf. Die unheimliche Beleuchtung sickerte wie ein unnatürlicher Nebel durch die Dunkelheit und enthüllte das raue, unebene Gelände, das sich unter ihnen erstreckte. Es war, als hätten sie eine unsichtbare Grenze überschritten und wären in eine Welt eingetreten, in der die Regeln des Ozeans nicht mehr galten.

Amelias Herz klopfte in ihrer Brust, eine Mischung aus Ehrfurcht und Furcht wirbelte in ihr herum. Das Licht war hypnotisierend, fast hypnotisch, aber irgendetwas stimmte nicht damit. Es flackerte nicht wie das Sonnenlicht, das durch die Wellen sickerte, noch hatte es die sanfte Wärme eines biolumineszierenden Wesens. Es war kalt, fremdartig und beunruhigend, als gehörte es zu einem ganz anderen Reich.

„Was ist das für ein Ort?", flüsterte Amelia mit zitternder Stimme, während sie versuchte, die seltsame Landschaft zu verstehen, die sich vor ihr ausbreitete.

Elias antwortete nicht sofort. Sein Blick war auf das Licht unter ihm gerichtet, seine Stirn war vor Konzentration gerunzelt. Er war immer derjenige gewesen, der vorwärts marschierte, um das Unbekannte zu erkunden, aber selbst er schien jetzt zögerlich. Der Graben war voller Überraschungen gewesen, aber das hier war etwas anderes – etwas, womit sie nicht gerechnet hatten.

„Ich weiß es nicht", antwortete er schließlich mit leiser, vorsichtiger Stimme. „Aber wir müssen es herausfinden."

Die Grabenwände wurden breiter, als sie weiter hinabstiegen, und öffneten sich zu einem riesigen, höhlenartigen Raum. Das Licht wurde intensiver und tauchte die Umgebung in einen kalten, bläulichen Farbton, der alles wie aus einer anderen Welt erscheinen ließ. Seltsame Formationen ragten aus dem Meeresboden, verdreht und knorrig wie die Knochen einer längst vergessenen Kreatur. Das Wasser war voller Schlamm und Schutt und wirbelte in trägen Strömungen um sie herum, als ob der Ozean selbst nicht preisgeben wollte, was vor ihnen lag.

Amelias Atem beschleunigte sich, während sie die Umgebung absuchte, ihre Sinne in höchster Alarmbereitschaft. Der Gesang der Sirenen war immer noch da, schwach, aber beharrlich, und flüsterte am Rande ihres Verstandes. Es war, als ob das Licht selbst ihre Stimmen trug und sie tiefer in den Abgrund lockte. Sie kämpfte gegen den Drang an, umzukehren, wegzuschwimmen vor dem unbekannten Schrecken, der auf sie zu warten schien.

„Bleib in ihrer Nähe", erinnerte Elias sie, und seine Stimme durchbrach den Nebel ihrer Gedanken. Er streckte seine behandschuhte Hand aus, fand ihre und sie klammerte sich daran wie an einen Rettungsring. Die bloße Berührung erdete sie und riss sie vom Rand der Panik zurück.

Sie gingen zusammen weiter, und das Licht wurde mit jedem Augenblick heller. Amelias Taschenlampe war jetzt fast nutzlos, ihr Strahl wurde von dem überwältigenden Schein verschluckt. Sie schaltete sie aus und verließ sich stattdessen auf das unnatürliche Licht, das gleichzeitig von überall und nirgends herzukommen schien.

Als sie tiefer in die Höhle vordrangen, wurde das Wasser um sie herum still, fast stagnierend. Der aufgewirbelte Schlamm setzte sich ab und enthüllte eine glatte, flache Fläche des Meeresbodens, die sich vor ihnen ausbreitete. In der Mitte des Raums war das Licht am hellsten; es kam aus einer großen, kreisförmigen Öffnung im Meeresboden.

Amelias Puls beschleunigte sich, als sie sich der Öffnung näherten. Es war ein perfekter Kreis, dessen Kanten unnatürlich glatt waren, als ob sie von einer uralten Kraft geformt worden wären. Das Licht strömte von innen heraus und erhellte die Höhle mit einer Intensität, die fast blendete. Sie konnte seine Anziehungskraft spüren, eine magnetische Kraft, die sie näher heranzuziehen schien und sie drängte, in die Tiefen des Abgrunds zu blicken.

„Was denkst du, ist es?", fragte Amelia, ihre Stimme kaum mehr als ein Flüstern. Sie konnte ihre Augen nicht vom Licht abwenden, obwohl ihr Instinkt ihr sagte, vorsichtig zu sein.

Elias zögerte und hielt ihre Hand fester. „Ich bin mir nicht sicher", gab er mit angespannter Stimme zu. „Aber was auch immer es ist, es ist nicht natürlich."

Amelia nickte, während ihre Gedanken rasten. Das Licht war wunderschön, auf eine Art, die ihr Herz vor Sehnsucht schmerzen ließ, aber irgendetwas stimmte nicht damit. Es war zu perfekt, zu jenseitig, wie ein Leuchtfeuer aus einer anderen Welt.

Sie schwebten am Rand der Öffnung und spähten in den Abgrund hinab. Das Licht war jetzt fast blendend und warf lange, unheimliche Schatten auf die Höhlenwände. Amelia spürte ein seltsames Gefühl in ihrer Brust, eine Mischung aus Angst und Neugier, die ihr Herz rasen ließ. Sie wollte wissen, was dort unten war, wollte die Geheimnisse lüften, die in den Tiefen verborgen waren. Aber gleichzeitig hatte sie schreckliche Angst vor dem, was sie finden könnte.

„Sollen wir hinuntergehen?", fragte Amelia und ihre Stimme zitterte vor Unsicherheit. Die Anziehungskraft des Lichts war fast unwiderstehlich, aber etwas tief in ihr schrie zur Vorsicht.

Elias antwortete nicht sofort. Er starrte in die Öffnung, seine Augen waren konzentriert zusammengekniffen. „Wir müssen", sagte er schließlich mit entschlossener Stimme. „Wir sind so weit gekommen. Wir können jetzt nicht mehr umkehren."

Amelia nickte und schluckte ihre Angst hinunter. Sie wusste, dass er recht hatte. Sie waren zu weit gekommen, um jetzt noch einen Rückzieher zu machen. Was auch immer dort unten war, sie mussten sich ihm stellen.

Gemeinsam begannen sie ihren Abstieg in den glühenden Abgrund, dessen Licht mit jeder Sekunde heller und intensiver wurde. Die Welt über ihnen verschwand und zurück blieben nur das kalte, unheimliche Leuchten und der erstickende Druck der Meerestiefen.

Während sie hinabstiegen, wurde der Gesang der Sirenen lauter und erfüllte ihre Gedanken mit eindringlichen Melodien, die es ihnen schwer machten, nachzudenken. Das Licht schien im Takt der Musik zu pulsieren, als wären die beiden miteinander verbunden und würden sich in einer seltsamen, symbiotischen Beziehung gegenseitig nähren.

Amelias Gedanken verschwammen, ihr Geist glitt in einen traumähnlichen Zustand, als das Licht sie umhüllte. Sie konnte nicht sagen, wie weit sie hinabgestiegen waren oder wie lange sie gefallen waren. Alles, was sie kannte, war das Licht, das Lied und das überwältigende Gefühl, dass in der Tiefe etwas auf sie wartete.

Und dann, genauso plötzlich, wie er begonnen hatte, hörte der Abstieg auf. Das Licht wurde schwächer, der Gesang der Sirenen verklang und die Welt um sie herum wurde still und ruhig.

Sie hatten den Grund des Abgrunds erreicht.

Der stille Friedhof

Amelias Füße berührten den Meeresboden, der weiche Schlamm bauschte sich um ihre Stiefel herum zu einer Wolke auf, die sich schnell wieder auf dem Boden absetzte. Das unheimliche, bläuliche Licht war schwächer geworden und der Raum war in ein gespenstisches Zwielicht getaucht. Sie nahm ihre Umgebung wahr, die beunruhigende Stille des Ortes gab ihr das Gefühl, als wäre sie in eine völlig andere Welt eingetreten.

Der Boden des Abgrunds war flach und öde und erstreckte sich in alle Richtungen. Er war beunruhigend glatt, wie die Oberfläche eines zugefrorenen Sees, ohne Anzeichen von Leben, ohne Korallen, ohne Pflanzen, nichts als die kalte, unnachgiebige Weite aus Schlamm und Stein. Das unnatürliche Licht schien vom Boden unter ihnen selbst zu kommen und warf lange, verzerrte Schatten, die wie die letzten Überreste eines verblassenden Traums schwankten.

Elias landete neben ihr, seine Bewegungen waren langsam und vorsichtig. Er sah sich um, sein Gesichtsausdruck war hinter der Maske seiner Taucherausrüstung nicht zu deuten. Amelia konnte sein Unbehagen spüren, die Art, wie sein Körper sich anspannte, als erwarte er, dass etwas aus den Schatten hervorspringen würde.

Doch da war nichts. Nur Stille.

Amelias Atem kam in flachen, kontrollierten Stößen, jeder lauter in ihren Ohren als der letzte. Die bedrückende Stille des Abgrunds schien jedes Geräusch zu verstärken, vom leisen Rascheln ihres Anzugs bis zum rhythmischen Pochen ihres Herzschlags. Sie fühlte sich schutzlos, verletzlich, als würde der Abgrund selbst sie beobachten und darauf warten, dass sie den ersten Schritt machte.

„Dieser Ort ...", knisterte Elias' Stimme durch die Kommunikation, seine Worte verliefen in einer unangenehmen Stille. Er musste seinen Satz nicht beenden. Amelia verstand, was er meinte. Irgendetwas stimmte zutiefst nicht mit diesem Abgrund, etwas, das sich jeder Erklärung entzog. Es fühlte sich an wie ein Friedhof, ein Ort, an dem die Toten vergessen und seit Jahrhunderten ungestört lagen.

Amelia nickte, obwohl die Geste in der großen Leere um sie herum hohl wirkte. Sie versuchte, die beunruhigenden Gedanken aus ihrem Kopf zu verdrängen und sich stattdessen auf die bevorstehende Aufgabe zu konzentrieren. Sie waren aus einem bestimmten Grund hierhergekommen und sie konnten es sich nicht leisten, diesen aus den Augen zu verlieren, egal wie seltsam oder furchteinflößend der Ort auch sein mochte.

„Lasst uns weitermachen", sagte Elias, seine Stimme klang jetzt selbstbewusster, obwohl es klar war, dass er sich zwang, gelassen zu bleiben. „Hier muss etwas sein."

Amelia stimmte zu, obwohl sie nicht sicher war, wonach sie suchten. Der Graben war voller Geheimnisse gewesen, aber dieser Ort war anders – er hatte etwas Endgültiges, man hatte das Gefühl, dass alles, was hier lag, verborgen bleiben sollte, begraben unter der erdrückenden Last des Ozeans.

Sie gingen weiter, ihre Taschenlampen durchdrangen das trübe Wasser und enthüllten noch mehr von der trostlosen Landschaft. Der Boden war übersät mit seltsamen, verdrehten Formen – Formationen, die fast organisch aussahen, wie die Überreste einer längst verstorbenen Kreatur. Amelias Herz setzte einen Schlag aus, als sie erkannte, was es waren: Knochen. Hunderte von ihnen, über den Meeresboden verstreut wie die Überreste einer vergessenen Schlacht.

Ihr wurde schlecht, als sie die Gegend überblickte, und ihr Verstand versuchte, das Ausmaß zu begreifen. Die Knochen waren alt, ihre Oberflächen waren vom Lauf der Zeit glattgeschliffen. Einige waren klein, fast zierlich, während andere massiv waren und ihre Herkunft unmöglich zu bestimmen war. Es war, als hätte der Abgrund die Überreste zahlloser Kreaturen verschluckt und sie auf diesem stillen Friedhof ruhen lassen.

„Amelia, hierher." Elias' Stimme unterbrach ihre Gedanken und lenkte ihre Aufmerksamkeit auf die andere Seite der Höhle.

Sie drehte sich um, folgte dem Strahl ihrer Taschenlampe seinem und erstarrte.

In der Ferne, im schwachen Licht kaum zu erkennen, erhob sich ein massives Bauwerk wie ein Monolith aus dem Meeresboden. Es war anders als alles, was Amelia je gesehen hatte – ein uraltes, zerfallendes Gebäude, dessen Oberfläche mit seltsamen, nicht entzifferbaren Markierungen bedeckt war. Das Bauwerk ragte über ihnen auf, sein Schatten erstreckte sich über den Friedhof der Knochen, als würde es die Geheimnisse des Abgrunds hüten.

Amelia spürte einen kalten Schauer über den Rücken laufen, als sie sich dem Bauwerk näherte und ihre Füße durch den dicken Schlamm schlurften. Die Markierungen auf der Oberfläche schienen sich zu verschieben und zu verändern, als sie näher kam, und verformten sich zu Formen und Symbolen, die jeder Logik widersprachen. Sie konnte sie nicht lesen, aber sie spürte ihre Bedeutung tief in ihren Knochen – eine Warnung, ein Fluch, ein Aufruf, sich fernzuhalten.

Elias stand bereits am Fuß des Bauwerks und ließ seine behandschuhten Finger über die alten Schnitzereien gleiten. Sein Gesichtsausdruck war von Ehrfurcht und Angst geprägt, eine Mischung aus Emotionen, die ihre eigenen widerspiegelte. „Das ... das ist unglaublich", hauchte er, und seine

Stimme zitterte vor einer Mischung aus Aufregung und Furcht.

Amelia nickte und konnte ihren Blick nicht von den Markierungen abwenden. Sie waren anders als alles, was sie je gesehen hatte – fremdartig und doch seltsam vertraut, als würden sie eine lange vergrabene Erinnerung anzapfen. Sie fühlte einen Sog, einen Drang, ihre Bedeutung zu entschlüsseln, die Wahrheit aufzudecken, die in dem Abgrund vergraben lag.

„Was glauben Sie, ist es?", fragte sie, ihre Stimme kaum mehr als ein Flüstern.

Elias antwortete nicht sofort. Er war in den Markierungen verloren, und in seinem Kopf rasten die Möglichkeiten. „Ich weiß es nicht", sagte er schließlich mit distanzierter Stimme. „Aber es ist uralt. Was auch immer es ist ... es ist schon seit langer Zeit hier."

Amelia lief ein Schauer über den Rücken, als sie die Bedeutung seiner Worte begriff. Dieses Bauwerk, dieser Friedhof aus Knochen – es waren Überreste einer längst vergessenen Vergangenheit, einer Geschichte, die tief in den Tiefen des Ozeans begraben lag. Und sie waren darüber gestolpert und hatten etwas zum Leben erweckt, das jahrhundertelang geschlummert hatte.

Sie trat einen Schritt zurück, und ihr Unbehagen wuchs mit jedem Augenblick. Der Gesang der Sirenen war jetzt schwach, fast unhörbar, aber er war immer noch da und verweilte am Rande ihres Bewusstseins. Es war, als würde das Gebäude selbst singen, sie rufen und sie dazu verleiten, tiefer in den Abgrund vorzudringen.

„Wir müssen vorsichtig sein", sagte Elias und seine Stimme riss sie aus ihren Gedanken. „Was auch immer das ist ... wir sind nicht die Ersten, die es finden."

Amelia nickte, ihre Augen noch immer auf die seltsamen, sich verändernden Markierungen gerichtet. Die Wahrheit war da draußen, begraben in der Dunkelheit des Abgrunds. Aber zu welchem Preis?

Als sie dort standen und das uralte Bauwerk betrachteten, wurde Amelia das Gefühl nicht los, dass sie am Rande von etwas standen, das viel größer war als sie selbst – etwas, das geduldig in den kalten, stillen Tiefen des Ozeans auf sie gewartet hatte.

Und als das Licht von unten flackerte und pulsierte und seltsame, tanzende Schatten über den Friedhof warf, wusste sie, dass sie eine Grenze überschritten hatten. Jetzt gab es kein Zurück mehr. Der Abgrund hatte sie gepackt, und was auch immer vor ihnen lag, würde sie an ihre Grenzen bringen und sie an den Rand des Wahnsinns treiben.

Der Preis ihrer Neugier würde sich bald zeigen.

Das Erwachen

Amelias Finger fuhren über die alten Schnitzereien auf dem Bauwerk, ihre behandschuhte Hand zitterte, als sie über den kalten Stein strich. Die seltsamen Symbole schienen unter ihrer Berührung zu pulsieren, als wären sie lebendig und reagierten auf ihre Anwesenheit. Sie spürte eine seltsame Energie, die von dem Monolithen ausging, ein Summen, das durch ihr ganzes Wesen vibrierte und etwas tief in ihrer Seele bewegte.

Elias stand neben ihr, seine Augen waren ebenfalls auf die Markierungen gerichtet, doch sein Gesichtsausdruck hatte sich verändert. Die Ehrfurcht und Aufregung von vor wenigen Augenblicken waren verflogen und durch ein tiefes, nagendes Unbehagen ersetzt. Er blickte zu Amelia hinüber, sein Gesicht war blass unter dem schwachen, bläulichen Licht, das noch immer aus dem Boden sickerte.

„Amelia", sagte er mit angespannter Stimme, „ich glaube, wir müssen gehen. Jetzt."

Sie reagierte nicht sofort, ihr Geist war zu sehr mit den seltsamen Empfindungen beschäftigt, die sie durchströmten. Die Anziehungskraft der Schnitzereien war fast überwältigend, eine magnetische Kraft, die ihr Geheimnisse in einer Sprache zuzuflüstern schien, die sie nicht ganz verstand. Aber da war noch etwas anderes – eine unterschwellige Furcht, eine Warnung, die in ihrem Hinterkopf widerhallte.

Doch bevor sie sich losreißen konnte, begann der Boden unter ihnen zu beben.

Zuerst war es eine subtile Vibration, nur ein leises Grollen, das durch den Stein hallte, aber es wurde schnell intensiver und mit jeder Sekunde stärker. Die ganze Höhle schien zu beben, die alten Knochen, die über den Meeresboden verstreut waren, klapperten, als ob sie von einer unsichtbaren Hand geschüttelt worden wären.

Amelias Herz schlug ihr bis zum Hals. „Was ist los?", keuchte sie und trat instinktiv von dem Monolithen zurück.

Elias antwortete nicht. Seine Augen waren vor Angst weit aufgerissen, sein Körper war angespannt, als würde er sich auf das Schlimmste vorbereiten. Die Erschütterungen wurden heftiger und sandten Wellen aus Schlamm in das Wasser um sie herum, die ihnen die Sicht nahmen. Das unheimliche Licht, das sie hierher geführt hatte, flackerte und warf seltsame, unzusammenhängende Schatten auf die Höhlenwände.

„Amelia, wir müssen hier raus!", rief Elias, seine Stimme war wegen des zunehmenden Dröhnens der Erdbeben kaum zu hören.

Doch bevor sie sich bewegen konnten, erfüllte ein tiefes, hallendes Geräusch die Luft – ein leises, klagendes Heulen, das aus dem tiefsten Herzen des Abgrunds zu kommen schien. Es war der Klang der Sirenen , aber nicht wie zuvor. Dies war anders, intensiver, kraftvoller, als würde der ganze Ozean vor Qual aufschreien.

Die Schnitzereien auf dem Monolithen erwachten zum Leben und leuchteten mit einem blendenden Licht, das wie ein Messer durch die Dunkelheit schnitt. Die Symbole drehten und wanden sich, ordneten sich in unmöglichen Mustern neu an, ihre Bedeutung entglitt Amelias Verständnis. Die Energie aus dem Stein strömte, knisterte wie Elektrizität durch das Wasser, und sie konnte fühlen, wie sie sich um sie legte, sie hineinzog und sie an die uralte Macht band, die erweckt worden war.

Amelia schrie, doch der Laut wurde vom Abgrund verschluckt und ging in der Kakophonie des Sirenengesangs unter. Der Monolith schien im Takt der Musik zu pulsieren, im Takt der eindringlichen Melodie zu vibrieren, und sie hatte das Gefühl, als würde ihre Seele durch die Kraft der Musik zerrissen.

Elias streckte die Hand nach ihr aus, aber er war zu spät. Das Licht des Monolithen explodierte und umhüllte sie beide mit einem Energieschwall, der sie taumeln ließ. Amelia fühlte, wie sie vom Boden gehoben und wie eine Stoffpuppe in die heftige Strömung geworfen wurde, während die Welt um sie herum sich in einem blendenden, chaotischen Wirbel aus Licht und Ton auflöste.

Sie versuchte, nach Elias zu greifen, doch ihre Hand glitt durch leeres Wasser. Panik durchströmte sie, als ihr klar wurde, dass sie ihn nicht sehen, nicht spüren konnte, als wären sie von der Kraft, die sie geweckt hatten, auseinandergerissen worden.

Und dann, genauso plötzlich wie es begonnen hatte, war es vorbei.

Das Licht verblasste, die Erschütterungen hörten auf und der Abgrund versank wieder in Stille. Amelias Körper sank langsam zu Boden, ihre Glieder waren schwach und zitterten. Sie rang nach Luft, ihr Kopf war von den überwältigenden Empfindungen überwältigt, ihr Herz klopfte in ihrer Brust.

Sie sah sich um, ihre Sicht war noch immer von der Intensität des Lichts verschwommen, aber von Elias war keine Spur zu sehen. Der Monolith stand wieder dunkel und still vor ihr, seine alten Markierungen waren jetzt kalt und leblos.

„Elias?", rief sie schwach, ihre Stimme war kaum mehr als ein Flüstern.

Aber es kam keine Antwort. Die Stille war ohrenbetäubend und bedrängte sie von allen Seiten. Das Licht, das einst die Höhle erfüllt hatte, war verschwunden. Zurück blieb nur das schwache, bläuliche Leuchten vom Boden unter ihr.

Der Gesang der Sirenen war in der Ferne verklungen, ein schwaches Echo, das am Rande ihres Bewusstseins verweilte.

Amelias Brust zog sich vor Angst zusammen. Sie stemmte sich hoch, ihr Körper schmerzte von der Wucht der Explosion, und blickte hektisch in die Umgebung. Der Knochenfriedhof erstreckte sich in alle Richtungen, aber Elias war nirgends zu sehen.

Sie war allein.

„Elias!", rief sie und ihre Stimme zitterte vor Verzweiflung.

Immer noch nichts. Nur die endlose Stille des Abgrunds.

Amelias Herz sank, als ihr die Erkenntnis kam. Was auch immer geschehen war, was auch immer sie geweckt hatten, es hatte Elias genommen. Sie spürte, wie eine Welle der Verzweiflung sie überkam, aber darunter begann sich eine eiserne Entschlossenheit zu formen. Sie konnte ihn nicht zurücklassen. Das würde sie nicht.

Amelia nahm all ihre verbliebene Kraft zusammen und zwang sich, aufzustehen. Ihre Beine zitterten unter ihr, aber sie hielt sich fest, während ihre Gedanken vor Entschlossenheit rasten. Sie musste ihn finden, musste herausfinden, was passiert war. Sie konnte nicht zulassen, dass der Abgrund ihn einholte.

Mit einem letzten Blick auf den leblosen Monolithen drehte sie sich um und begann, tiefer in den Graben vorzudringen, während die Schatten des Abgrunds sie immer näher rückten . Die Stille war bedrückend, aber sie drängte weiter, getrieben von dem Verlangen, Elias zu finden und die Wahrheit darüber herauszufinden, was sie erweckt hatten.

Und als sie sich weiter ins Unbekannte wagte, erklang erneut der Gesang der Sirenen, schwach, aber unverkennbar, und zog sie tiefer in das Herz des Abgrunds.

CHAPTER 9

Kapitel 8: Die Wahrheit der Sirenen

Die verborgene Stadt

Amelia trieb durch das kalte, dunkle Wasser des Abgrunds, ihr Herz klopfte in ihrer Brust. Das seltsame Licht, das sie so weit gebracht hatte, flackerte auf und ab und warf unheimliche Schatten auf die hoch aufragenden Felswände um sie herum. Sie konnte kaum mehr als ein paar Meter weit sehen, die Dunkelheit drängte von allen Seiten. Jeder Lichtimpuls erhellte gerade genug vom Weg, um sie weiter vorwärts, tiefer ins Unbekannte, zu bringen.

Ihre Gedanken rasten, als sie die Ereignisse der letzten Stunden noch einmal durchging. Elias war verschwunden, vom Abgrund verschluckt, und sie war allein an diesem alptraumhaften Ort. Die Angst, die sie seit ihrem Abstieg in den Graben gepackt hatte, nagte jetzt an ihr, aber sie schob sie beiseite. Sie musste ihn finden. Sie musste weiter.

Das Wasser wurde kälter, der Druck intensiver, als sie tiefer in den Graben hinabstieg. Dann wurde der Weg plötzlich breiter und die Wände um sie herum öffneten sich zu einem riesigen, höhlenartigen Raum. Das flackernde Licht wurde stärker und offenbarte einen Anblick, der ihr den Atem raubte.

Vor ihr lag eine riesige Unterwasserstadt, deren hoch aufragende Türme und geschwungene Bögen wie die Knochen eines längst vergessenen Riesen aus dem Meeresboden ragten. Die Stadt war uralt, ihre Strukturen waren mit den seltsamen Symbolen bedeckt, die sie zuvor gesehen hatte, denselben Markierungen, die in der Kammer darüber vor Energie gepulst hatten. Jetzt waren sie in den Stein der Stadt gehauen, ihre Muster flossen über die Wände wie die Adern eines Lebewesens.

Amelia schwebte in fassungslosem Schweigen, ihre Augen weiteten sich vor Ehrfurcht. Die Stadt war sowohl schön als auch eindringlich, ein Denkmal einer Zivilisation, die einst in diesen Tiefen gediehen war. Aber sie war auch unheimlich, verlassen, und die Stille wurde nur durch das schwache Echo der Meeresströmungen unterbrochen, die durch die Straßen fegten.

Sie schwamm näher heran, ihre Neugier war stärker als ihre Angst. Die Gebäude waren riesig, aus dunklem, glattem Stein gebaut, der das Licht eher zu absorbieren als zu reflektieren schien. Die Strukturen waren kompliziert, jede Oberfläche war mit Schnitzereien verziert, die eine Geschichte erzählten, die sie nicht ganz verstand. Die Gebäude waren in konzentrischen Kreisen angeordnet, die von einem zentralen Punkt ausgingen, der durch die Dunkelheit verdeckt war.

Während sie das Gelände erkundete, fielen Amelia die Überreste einer einstmals lebendigen Gesellschaft auf. Zerbrochene Statuen lagen halb im Schlamm vergraben, ihre

Gesichter waren vom Lauf der Zeit glattgeschliffen. Überall auf dem Meeresboden lagen seltsame, verrostete Gegenstände – vielleicht Werkzeuge oder Artefakte irgendeiner Art, deren Zweck jedoch im Laufe der Geschichte verloren gegangen war.

Doch es waren die Wandgemälde, die ihre Aufmerksamkeit erregten. Sie zierten die Wände aller Gebäude, ihre Farben waren verblasst, aber immer noch erkennbar. Sie zeigten Szenen aus dem Leben in der Stadt – Kreaturen, die wie die Sirenen aussahen, denen sie begegnet war, aber anders. Sie waren menschlicher, ihre Gesichter waren heiter, ihre Ausdrücke friedlich, während sie ihrem Alltag nachgingen. Auf einem Wandgemälde versammelte sich eine Gruppe von Sirenen um eine zentrale Figur, die Hände erhoben, scheinbar zu einem Ritual oder einer Feier.

Amelia schwamm näher heran und betrachtete die Einzelheiten des Wandgemäldes. Die Figur in der Mitte hielt etwas – eine leuchtende Kugel oder vielleicht eine Flamme, obwohl das schwer zu sagen war. Das Licht des Objekts schien nach außen zu strahlen und die Gesichter der Sirenen um es herum zu erhellen. Das Bild hatte etwas Heiliges an sich, etwas, das von einer tiefen Verbindung zwischen den Sirenen und dem Ozean selbst sprach.

Sie ging weiter in die Stadt hinein, und das Licht wurde schwächer, als sie durch eine Reihe von Torbögen ging. Je tiefer sie vordrang, desto kunstvoller schien die Stadt zu werden, die Schnitzereien komplizierter, die Wandmalereien detailreicher. Sie bemerkte eine Veränderung in den Darstellungen – wo die früheren Wandmalereien Frieden und

Harmonie gezeigt hatten, wurden die späteren düsterer und chaotischer. Die Gesichter der Sirenen waren vor Angst verzerrt, ihre Hände waren nicht zum Jubeln, sondern aus Verzweiflung erhoben.

Amelias Herz zog sich zusammen, als sie dem Weg der Wandgemälde folgte, von denen jedes eine Geschichte des Niedergangs und der Verzweiflung erzählte. Die Stadt war nicht einfach nur verlassen – sie war zerstört. Das letzte Wandgemälde, auf das sie stieß, war das verstörendste von allen. Es zeigte die Sirenen in ihren monströsen Gestalten, ihre Augen voller Wut, während sie auf die Welt um sie herum losgingen. Die leuchtende Kugel der früheren Wandgemälde war zerschmettert, ihr Licht erloschen und die Stadt lag in Trümmern.

Amelia schauderte, ein kalter Schauer lief ihr über den Rücken. Was auch immer hier passiert war, es war eine Katastrophe, und die Sirenen hatten den Preis dafür bezahlt. Sie blickte sich in der dunklen Stadt um, und ihre frühere Ehrfurcht war einem tiefen Gefühl des Unbehagens gewichen. Dieser Ort war ein Friedhof, ein Grab für eine verlorene Zivilisation, und sie war eine Eindringlingin.

Doch als sie sich zum Gehen umdrehte, fiel ihr etwas auf – ein schwaches Leuchten, das aus der zentralen Kammer der Stadt kam. Es war dasselbe bläuliche Licht, das sie hierher geführt hatte, nur stärker und intensiver. Die Luft um sie herum schien vor Energie zu summen, und die Vibrationen wurden stärker, als sie näher kam.

Amelia zögerte. Angst und Neugier kämpften gegeneinander. Sie wusste, dass sie gehen sollte, denn was auch immer diese Stadt zerstört hatte, könnte immer noch in den Tiefen lauern. Aber sie konnte jetzt nicht mehr umkehren. Sie musste die Wahrheit erfahren.

Mit einem tiefen Atemzug schwamm sie zur zentralen Kammer. Mit jedem Schwimmzug wurde das Licht heller. Die Stadt schien sich um sie herum zu schließen, als sie sich näherte, die Wände wurden schmaler, bis sie am Eingang der Kammer stand.

Sie hielt einen Moment inne, nahm ihren Mut zusammen und trat dann ein.

Das Licht flackerte und erfüllte den Raum mit einem hellen Schein. Amelia hob die Hand, um ihre Augen abzuschirmen, ihr Herz klopfte in ihrer Brust. Und als das Licht verblasste, sah sie es – die Quelle der Energie, den Schlüssel zur Vergangenheit der Sirenen und vielleicht die Antwort auf ihre Zukunft.

Vor ihr stand ein Monolith, dessen Oberfläche mit denselben alten Symbolen bedeckt war, aber diese waren anders – komplexer, mächtiger. Der Monolith pulsierte mit einem eigenen Leben, die Energie in ihm pulsierte durch das Wasser und hallte mit einer tiefen, ursprünglichen Kraft wider.

Amelia stockte der Atem, als ihr klar wurde, was sie sah. Dies war kein gewöhnliches Artefakt – dies war etwas viel Mächtigeres, etwas, das jahrhundertelang verborgen gewesen war und darauf wartete, entdeckt zu werden.

Und jetzt hatte sie es gefunden.

Der Ursprung der Sirenen

Amelia starrte auf den Monolithen, dessen Oberfläche in einem unheimlichen, jenseitigen Glanz schimmerte. Die in den Stein eingravierten Symbole schienen im Takt ihres Herzschlags zu pulsieren und zogen sie näher heran, als ob das uralte Artefakt eine magnetische Kraft hätte. Sie konnte ihre Augen nicht davon abwenden; die Energie, die er ausstrahlte, war überwältigend und erfüllte die Kammer mit einem spürbaren Gefühl von Macht und Mysterium.

Sie schwebte vorsichtig mit ausgestreckter Hand darauf zu und spürte, wie die Vibrationen stärker wurden, als sie sich näherte. In dem Moment, als ihre Finger den kalten Stein berührten, durchfuhr sie ein Energieschub, der ihre Nerven elektrisierte und Schockwellen der Emotionen durch ihren Geist schickte. Im nächsten Augenblick war sie nicht mehr in der verlassenen Stadt – sie war woanders, irgendwo in der fernen Vergangenheit.

Die Vision kam plötzlich und lebhaft. Amelia fand sich am Rande eines riesigen Ozeans wieder, der Himmel über ihr war tief azurblau. Die Luft war warm, erfüllt von den Geräuschen des Lebens – einer geschäftigen, pulsierenden Zivilisation. Sie blickte nach unten und sah, dass sie nicht mehr sie selbst war, sondern eine der Sirenen, ihre Hände waren zart und mit Schwimmhäuten versehen, ihre Haut schimmerte im gleichen Glanz wie der Monolith.

Die Szene um sie herum entfaltete sich wie ein Märchenbuch. Die Sirenen – wunderschöne, ätherische Wesen – bewegten sich anmutig durch das Wasser und entlang des Ufers, ihre Bewegungen waren fließend und harmonisch. Sie waren ein Volk, das tief mit dem Ozean verbunden war und in Harmonie mit der Natur lebte. Amelia konnte ihre Freude spüren, ihr Gefühl, zu etwas Größerem zu gehören. Sie waren

Wächter, Beschützer der Geheimnisse des Ozeans, und der Monolith war ihr heiliges Artefakt, ein Symbol ihrer Einheit mit dem Meer.

Während die Vision weiterging, sah Amelia die Sirenen in einer großen Halle versammelt, die der Kammer sehr ähnlich war, die sie gerade verlassen hatte. Sie feierten, ihre Stimmen erhoben sich zu einem melodischen Gesang, der durch das Wasser hallte und mit der gleichen Energie vibrierte wie der Monolith. In der Mitte der Halle leuchtete das Artefakt hell, ein Leuchtfeuer ihrer Macht und ihrer Verbindung zum Ozean.

Doch dann änderte sich die Atmosphäre. Der Himmel verdunkelte sich und eine düstere Vorahnung erfüllte die Luft. Amelia spürte, wie sich ein tiefes Unbehagen über die Sirenen legte, deren fröhlicher Gesang sich in ein eindringliches, trauriges Klagelied verwandelte. Das Licht des Monolithen flackerte und wurde schwächer, als die Energie in ihm nachließ.

Plötzlich brach in der Ferne eine gewaltige Katastrophe aus. Der Ozean tobte wütend, die Wellen türmten sich auf und schlugen mit einer Kraft gegen die Küste, die die Erde erschütterte. Die friedliche Welt der Sirenen wurde ins Chaos gestürzt, ihre einst harmonische Existenz wurde durch die Katastrophe zerstört. Amelia konnte ihre Angst und Verzweiflung spüren, während sie versuchten zu verstehen, was geschah.

Die Vision veränderte sich erneut, diesmal schneller, und zeigte Amelia kurze Bilder der Verwandlung der Sirenen. Die Katastrophe hatte sie verändert, ihre Gestalt verzerrt und ihren Geist verzerrt. Die einst so schönen Wesen wurden zu Monstern, ihre Gesichtszüge wurden durch die freigesetzte dunkle Energie verzerrt. Der Monolith, einst eine Quelle des Lebens und des Lichts, pulsierte nun mit einer bösartigen Kraft, die sich von der Verzweiflung und Wut der Sirenen ernährte.

Amelias Herz schmerzte, als sie ihren Fall in Ungnade miterlebte. Die Sirenen waren zu etwas anderem geworden, getrieben von dem Bedürfnis, in einer Welt zu überleben, die sich gegen sie gewendet hatte. Ihr Gesang, einst ein Symbol der Einheit und des Friedens, wurde zu einer Waffe, die Seeleute in ihrem verzweifelten Versuch, die verlorene Energie zurückzugewinnen, ins Verderben lockte.

Die Vision verschwand und Amelia fand sich wieder in der Kammer wieder, ihre Hand immer noch gegen den Monolithen gepresst. Tränen stiegen in ihre Augen, als sie den wahren Schrecken dessen erkannte, was geschehen war. Die Sirenen waren nicht böse; sie waren Opfer, verflucht durch eine Katastrophe, die außerhalb ihrer Kontrolle lag. Ihre Wut und ihr Hass waren aus Jahrhunderten des Leidens geboren, ihre monströsen Formen eine grausame Erinnerung an das, was sie verloren hatten.

Sie zog ihre Hand vom Monolithen weg, ihr Körper zitterte vor der Intensität der Vision. Das Leuchten des Artefakts wurde schwächer und nahm wieder seinen vorherigen Zustand an, aber die Bilder, die es ihr gezeigt hatte, hatten sich in ihr Gedächtnis eingebrannt. Die Wahrheit war unbestreitbar: Die Sirenen waren einst eine friedliche, aufgeklärte Rasse, Beschützer der Geheimnisse des Ozeans. Aber jetzt waren sie in einem Albtraum gefangen, und ihre einzige Hoffnung auf Erlösung lag in den Händen eines Menschen, der über ihre vergessene Stadt gestolpert war.

Amelia holte tief und zitternd Luft, ihre Entschlossenheit wurde stärker. Sie konnte sie nicht so zurücklassen, nicht nach allem, was sie gesehen hatte. Sie musste einen Weg finden, ihnen zu helfen, den Fluch zu brechen, der sie so lange an den Abgrund gefesselt hatte. Aber die Frage blieb: Wie?

Als sie sich umdrehte, um den Raum zu verlassen, während ihr Kopf vor lauter Möglichkeiten raste, spürte sie eine Präsenz hinter sich. Amelia erstarrte, ihr Herz sctzte einen Schlag aus, als sie sich langsam umdrehte.

Dort trat eine Gestalt aus den Schatten – eine der Sirenen, deren Gestalt ein verzerrtes Spiegelbild der Wesen war, die sie in der Vision gesehen hatte. Ihre Augen glühten in einem blassen, geisterhaften Licht und ihre Stimme, als sie sprach, war ein eindringliches Echo des Liedes, das sie hierher gelockt hatte.

„Wir wissen, was Sie gesehen haben", sagte die Sirene, deren Stimme Trauer und Hoffnung zugleich war. „Sie haben die Wahrheit darüber gesehen, was wir waren ... und was aus uns geworden ist. Jetzt müssen Sie sich entscheiden. Werden Sie uns helfen oder werden Sie sich abwenden, wie so viele andere vor uns?"

Amelia blieb der Atem im Halse stecken. Die Worte der Sirene lasteten schwer auf ihren Schultern. Sie wusste, dass ihre Entscheidung alles ändern würde – nicht nur für die Sirenen, sondern auch für sie selbst.

„Ich werde dir helfen", flüsterte sie, ihre Stimme war in dem riesigen, hallenden Raum kaum zu hören. „Aber ich weiß nicht wie."

Der Blick der Sirene wurde sanfter und sie nickte langsam. „Der Weg ist nicht leicht", sagte sie. „Aber der Monolith birgt den Schlüssel. Wir können dir den Weg zeigen ... wenn du bereit bist, uns zu folgen."

Amelia nickte, ihre Angst wich der Entschlossenheit. Sie war so weit gekommen, hatte sich der Dunkelheit des Abgrunds und der Wahrheit über die Vergangenheit der Sirenen gestellt. Jetzt gab es kein Zurück mehr.

„Zeig es mir", sagte sie und trat vor. „Zeig mir, wie ich dich retten kann."

Das Angebot der Sirene

Die blassen Augen der Sirene hefteten sich mit einer Intensität auf Amelia, die sie erschauern ließ. Das Leuchten des Monolithen warf lange, wellenförmige Schatten durch die Kammer und ließ die Gestalt der Sirene noch außerweltlicher erscheinen. Amelias Herz klopfte in ihrer Brust, aber sie zwang sich, ruhig zu bleiben und sich auf die bevorstehende Aufgabe zu konzentrieren. Sie hatte versprochen zu helfen, und jetzt musste sie verstehen, was das wirklich bedeutete.

Die Sirene kam näher, ihre Bewegungen waren langsam und bedächtig. Trotz ihrer monströsen Erscheinung lag in ihrer Art, sich zu bewegen, eine gewisse Anmut, ein anhaltendes Echo der Schönheit, die sie einst besaß. Amelia konnte die Traurigkeit in ihren Zügen erkennen, die Last jahrhundertelangen Leidens, die sie wie einen schweren Anker nach unten zog.

„Wir haben gewartet", begann die Sirene, ihre Stimme ein tiefes, melodisches Summen, das durch das Wasser hallte. „Wir haben auf jemanden gewartet, der unser wahres Lied hören konnte, jemanden, der hinter den Fluch blickt, der unsere Gestalt verzerrt hat, und den Schmerz versteht, der uns antreibt. Du bist diese Person, Amelia."

Amelia schluckte schwer und versuchte, die enorme Tragweite der Worte der Sirene zu begreifen. „Aber ... was kann ich tun?", fragte sie mit leicht zitternder Stimme. „Wie kann ich Ihnen helfen?"

Der Blick der Sirene wurde sanfter und sie deutete auf den Monolithen. „Die Antwort liegt im Monolithen. Er ist die Quelle unserer Macht, das Herz unserer Verbindung zum Ozean. Aber er ist auch der Schlüssel zu unserer Rettung – oder unserer Vernichtung. Jahrhundertelang haben wir versucht, seine Energie zu nutzen, um den Fluch, der uns befallen hat, rückgängig zu machen, aber wir haben versagt. Wir brauchen dich, einen Menschen, um das zu tun, was wir nicht können."

Amelia runzelte die Stirn und versuchte, die Worte der Sirene zu verstehen. „Aber warum ich? Warum könnt ihr den Monolithen nicht selbst benutzen?"

Die Sirene seufzte, ein Geräusch, das Jahrhunderte der Frustration und Verzweiflung widerspiegelte. „Der Monolith wurde von unseren Vorfahren geschaffen, lange bevor der Fluch zuschlug. Er sollte ein Leuchtfeuer des Lichts und der Macht sein, eine Verbindung zwischen unserer Welt und den tiefsten Geheimnissen des Ozeans. Aber als die Katastrophe eintrat, wurde der Monolith verdorben, seine Energie von derselben Kraft verzerrt, die auch uns verzerrt hat."

Die Sirene hielt inne, ihr Blick wanderte zum Monolithen, als würde sie sich an eine längst vergangene Zeit erinnern. „Wir haben immer wieder versucht, seine Energie zu reinigen und ihn in seinen ursprünglichen Zustand zurückzuversetzen. Aber der Fluch hat uns zu schwach und zu verzerrt gemacht. Unsere Versuche nähren nur die Dunkelheit in ihm und machen ihn stärker. Aber du, Amelia, bist vom Fluch unberührt. Du hast die Macht, mit dem Monolithen auf eine Weise zu interagieren, die uns nicht mehr möglich ist."

Amelias Gedanken rasten, tausend Gedanken und Fragen schwirrten in ihrem Kopf umher. Die Vorstellung, die Macht des Monolithen anzuzapfen, war erschreckend. Was, wenn sie einen Fehler machte? Was, wenn sie am Ende alles nur noch schlimmer machte? Doch dann sah sie in die Augen der Sirene und sah den Hoffnungsschimmer, der unter den Schichten der Verzweiflung begraben lag.

„Was muss ich tun?", fragte sie, ihre Stimme klang jetzt fester.

Die Augen der Sirene leuchteten heller und sie streckte die Hand aus und nahm Amelias Hand in ihre kalten, mit Schwimmhäuten versehenen Finger. „Du musst in das Herz des Monolithen vordringen", sagte sie, ihre Stimme kaum mehr als ein Flüstern. „Dort liegt ein Fragment der ursprünglichen Energie, rein und unberührt vom Fluch. Wenn du es finden und zu uns zurückbringen kannst, haben wir vielleicht eine Chance, den Fluch rückgängig zu machen und unsere wahre Gestalt wiederherzustellen."

Amelias Herz setzte einen Schlag aus. Den Monolithen betreten? Allein der Gedanke daran jagte ihr einen Schauer der Angst über den Rücken. Aber sie wusste, dass es keine andere Wahl gab. Wenn sie den Sirenen helfen und ihr Leiden beenden wollte, musste sie das Risiko eingehen.

„Ich werde es tun", sagte sie mit fester, entschlossener Stimme. „Ich werde das Fragment finden und zurückbringen."

Der Griff der Sirene um ihre Hand wurde fester und für einen Moment glaubte Amelia, eine Träne in den Augen der Kreatur glitzern zu sehen. „Danke, Amelia", sagte sie mit vor Erregung bebender Stimme. „Du bist mutiger, als du denkst. Aber sei gewarnt – der Monolith ist nicht nur ein Stein. Er ist ein Lebewesen und er wird dich auf die Probe stellen. Er wird dir deine tiefsten Ängste und deine dunkelsten Wünsche zeigen. Du musst stark sein, sonst wird er dich verzehren."

Amelia nickte und spürte, wie ihr ein kalter Schauer über den Rücken lief. Die Worte der Sirene unterstrichen nur die Schwere der bevorstehenden Aufgabe. Aber sie war schon zu weit gekommen, um jetzt noch umzukehren.

„Zeig mir den Weg", sagte sie mit fester Stimme trotz der Angst, die an ihr nagte.

Die Sirene ließ ihre Hand los und deutete auf den Monolithen. „Folgen Sie dem Licht", sagte sie. „Es wird Sie zum Eingang führen. Sobald Sie drinnen sind, vertrauen Sie Ihren Instinkten. Der Monolith wird versuchen, Sie zu verwirren und in die Irre zu führen, aber Sie müssen konzentriert bleiben. Denken Sie daran, warum Sie das tun."

Amelia holte tief Luft und nickte, während sie sich auf das vorbereitete, was kommen würde. Der Monolith ragte vor ihr auf, seine Oberfläche pulsierte in einem bedrohlichen Glanz. Sie konnte seine Energie im Wasser pulsieren fühlen, eine dunkle, mächtige Kraft, die sie anzurufen schien.

Mit einem letzten Blick auf die Sirene, die sie mit einer Mischung aus Hoffnung und Angst beobachtete, schwamm Amelia auf den Monolithen zu. Das Licht darin wurde heller, als sie sich näherte, und die Symbole auf seiner Oberfläche begannen sich zu verschieben und zu wirbeln, wodurch ein hypnotisches Muster entstand, das sie anzog.

Sie zögerte einen Moment, Angst packte ihr Herz, doch dann erinnerte sie sich an die Vision der Vergangenheit der Sirenen – ihre Schönheit, ihre Freude und die schreckliche Tragödie , die sie ereilt hatte. Sie konnte ihr Leiden nicht weiter zulassen.

Amelia holte tief Luft, streckte die Hand aus und berührte den Monolithen noch einmal. In dem Moment, als ihre Finger ihn berührten, flammte das Licht auf und hüllte sie in ein blendendes, überirdisches Leuchten. Sie spürte, wie das Wasser um sie herum verschwand und durch ein Gefühl der Schwerelosigkeit ersetzt wurde, als ob sie in einem Vakuum schwebte.

Und dann, genauso plötzlich wie es begonnen hatte, verblasste das Licht und Amelia fand sich in einem seltsamen, schattigen Reich wieder, während die Energie des Monolithen um sie herum pulsierte.

Der Test hatte begonnen.

Der Test des Monolithen

Amelia stand wie erstarrt im Schattenreich, ihr Herz hämmerte in ihrer Brust. Das Wasser war verschwunden und durch eine unheimliche Stille ersetzt worden, die wie dichter Nebel auf sie niederdrückte. Die Dunkelheit um sie herum schien zu atmen, sich zu bewegen und zu wirbeln, als wäre sie lebendig. Die einzige Lichtquelle kam von dem Monolithen, dessen Oberfläche nun glatt und spiegelglatt war und ihr ihr Bild zurückwarf.

Sie machte einen vorsichtigen Schritt nach vorne, ihre Sinne waren in höchster Alarmbereitschaft. Das Reich fühlte sich unnatürlich an, die Luft selbst war mit einer bedrohlichen Energie aufgeladen, die ihre Haut kribbeln ließ. Ihr Spiegelbild auf der Oberfläche des Monolithen starrte sie an, aber irgendetwas stimmte nicht – etwas, das sie zögern ließ.

Als sie näher kam, begann sich das Spiegelbild zu verändern. Ihre Gesichtszüge verzerrten und verwandelten sich und wurden zu etwas Monströsem, etwas Groteskem. Sie schnappte nach Luft und stolperte zurück, aber das verzerrte Bild folgte ihr und wurde größer und bedrohlicher. Es war nicht mehr nur ihr Gesicht; es war ein Spiegelbild ihrer tiefsten Ängste, ihrer dunkelsten Gedanken, die zum Leben erweckt wurden.

„Was ist das?", flüsterte sie mit zitternder Stimme.

Das Spiegelbild antwortete nicht. Stattdessen verzerrte und veränderte es sich weiter und zeigte ihr Dinge, die sie nicht sehen wollte – Erinnerungen, die sie tief in sich vergraben hatte. Die Nacht, in der sie als Kind fast ertrunken wäre, die Angst, die sie gepackt hatte, als das Wasser über ihrem Kopf zusammenschlug, die Hilflosigkeit, als sie um Atem rang. Der Monolith zwang sie, diesen Albtraum noch einmal zu durchleben, und sie spürte, wie die Panik in ihr aufstieg und sie zu überwältigen drohte.

„Nein", flüsterte sie und ballte die Fäuste. „Das ist nicht echt. Es ist nur ein Trick."

Doch die Erinnerungen wollten nicht aufhören. Die Spiegelung veränderte sich erneut und zeigte ihr eine andere Szene, eine, die noch schmerzhafter war. Die Beerdigung ihrer Mutter, der Sarg, der in die Erde gelassen wurde, die überwältigende Trauer, die sie überwältigt hatte. Sie hatte sich nie vollständig von diesem Verlust erholt, und nun verwendete der Monolith ihn gegen sie und versuchte, ihre Entschlossenheit zu brechen.

Tränen stiegen ihr in die Augen, als sie das Bild anstarrte. Sie wollte wegsehen, vor dem Schmerz davonlaufen, aber sie wusste, dass sie es nicht konnte. Die Sirene hatte sie gewarnt, dass der Monolith sie auf die Probe stellen würde, dass er ihr Dinge zeigen würde, denen sie sich nicht stellen wollte. Sie musste stark sein, musste die Angst und den Kummer überwinden, wenn sie die Sirenen retten wollte.

Mit einem tiefen Atemzug zwang sich Amelia, näher an den Monolithen heranzugehen. Das Spiegelbild drehte und wand sich weiter, aber sie ignorierte es und konzentrierte sich auf die bevorstehende Aufgabe. Die Sirene hatte gesagt, dass sich im Monolithen ein Fragment reiner Energie befand, ein Schlüssel zur Umkehrung des Fluchs. Sie musste es finden, egal was passierte.

Als sie die Oberfläche des Monolithen berühren wollte, veränderte sich die Spiegelung erneut. Diesmal zeigte sie ihr etwas anderes – etwas, das ihr das Blut in den Adern gefrieren ließ. Es war eine Vision der Zukunft, in der es ihr nicht gelang, das Fragment zurückzuholen. Der Ozean war im Chaos, der Fluch der Sirenen hatte sich verschlimmert und die Dunkelheit hatte sich ausgebreitet und alles auf ihrem Weg verschlungen. Amelia sah entsetzt zu, wie die Welt, die sie kannte, in Trümmer zerfiel und vom Abgrund verschluckt wurde.

„Nein!", rief sie, und ihre Stimme hallte durch die Leere. „Das wird nicht passieren. Das werde ich nicht zulassen!"

Doch die Vision spielte sich weiterhin vor ihren Augen ab, ein erschreckender Blick auf das, was passieren könnte. Der Monolith zeigte ihr die Konsequenzen eines Scheiterns, was für ein Einsatz ihre Mission bedeutete. Er versuchte, ihren Willen zu brechen, sie zum Aufgeben zu bringen, bevor sie überhaupt angefangen hatte.

Amelia biss die Zähne zusammen, ihre Entschlossenheit festigte ihre Entschlossenheit. „Du wirst mich nicht brechen", flüsterte sie grimmig. „Ich werde nicht versagen."

Mit einem letzten, entschlossenen Stoß drückte sie ihre Hand gegen die Oberfläche des Monolithen. Der kalte, glatte Stein schickte einen Energiestoß durch ihren Arm und für einen Moment fühlte sie sich, als würde sie in das Herz des Monolithen selbst gezogen. Die Welt um sie herum verschwamm, die Schatten kamen näher und sie fühlte sich fallen, fallen in die Tiefen der Macht des Monolithen.

Und dann, genauso plötzlich, zerbrach die Dunkelheit. Amelia fand sich in einer hellen, leuchtenden Kammer wieder, die erdrückende Last des Schattenreichs war verschwunden. In der Mitte der Kammer schwebte in einem Pool aus schimmerndem Licht ein kleines, leuchtendes Fragment – die reine Energie, von der die Sirene gesprochen hatte.

Amelia blieb der Atem im Hals stecken, als sie vortrat und ihre Augen auf das Fragment gerichtet hielt. Es war wunderschön und strahlte eine Wärme und ein Licht aus, das sie mit Hoffnung erfüllte. Sie streckte die Hand aus, ihre Finger zitterten, und als sie das Fragment berührte, spürte sie eine Woge der Kraft, wie sie sie noch nie erlebt hatte. Sie strömte durch sie hindurch, erfüllte sie mit Kraft und Klarheit und vertrieb die Ängste und Zweifel, die sie geplagt hatten.

Der Test des Monolithen war vorbei, und sie hatte bestanden.

Als sie das Fragment in der Hand hielt, begann die Kammer zu verblassen, das Licht wurde schwächer. Amelia fühlte, wie sie zurückgezogen wurde, zurück in das Reich der Schatten, zurück in die Welt, die sie kannte. Die Energie des Monolithen pulsierte um sie herum und führte sie zurück, und sie wusste, dass der schwierigste Teil ihrer Reise noch vor ihr lag.

Aber sie wusste auch, dass sie die Kraft hatte, sich ihm zu stellen. Der Monolith hatte versucht, sie zu brechen, sie in ihren Ängsten zu ertränken, aber sie hatte es überstanden. Sie hatte das Licht in der Dunkelheit gefunden, und jetzt, mit dem Fragment in der Hand, konnte sie endlich damit beginnen, die Sirenen zu retten.

Mit einem letzten, blendenden Lichtblitz wurde Amelia aus dem Monolithen gezogen und zurück in die Unterwasserkammer, wo die Sirene auf sie wartete. Der Test war vorbei, aber die wahre Herausforderung fing gerade erst an.

Die Offenbarung der Sirenen

Amelia löste sich keuchend aus der Umarmung des Monolithen, ihre Lungen füllten sich mit dem kühlen, salzigen Wasser des Ozeans. Einen Moment lang schwebte sie desorientiert und überwältigt da, das leuchtende Fragment fest in ihrer Hand. Die Welt um sie herum kam langsam wieder in den Fokus – die dunkle, schattige Kammer, der uralte Monolith und das leise, rhythmische Summen der Tiefen des Ozeans.

Die Sirene wartete, ihre leuchtenden Augen beobachteten sie aufmerksam, während sie sich orientierte. Sie kam näher und ihre ätherische Gestalt warf ein sanftes, überirdisches Leuchten durch die Kammer. Amelias Blick traf den der Sirene und sie sah die Vorfreude und Hoffnung, die sich in ihrem Gesichtsausdruck widerspiegelten.

„Du hast es geschafft", flüsterte die Sirene, ihre Stimme war erfüllt von Ehrfurcht und so etwas wie Ehrerbietung. „Du hast das Fragment gefunden."

Amelia nickte und hielt noch immer den Atem an, während sie die glühende Scherbe in die Höhe hielt. Das Fragment pulsierte in einem sanften, warmen Licht, und die reine Energie, die es ausstrahlte, vertrieb die Dunkelheit, die einst an den Wänden der Kammer gehangen hatte.

„Das habe ich", antwortete sie, und ihre Stimme zitterte vor einer Mischung aus Erschöpfung und Triumph. „Ich habe es gefunden ... aber es war nicht einfach. Der Monolith ... er hat mir Dinge gezeigt. Schreckliche Dinge."

Der Blick der Sirene wurde sanfter, und sie streckte die Hand aus, wobei sie das Fragment mit einer zarten Berührung ihrer Schwimmhäute berührte. „Der Monolith stellt alle auf die Probe, die seine Macht suchen", murmelte sie. „Er offenbart unsere Ängste, unsere Zweifel, unsere dunkelsten Wünsche. Er ist sowohl ein Wächter als auch ein Richter. Aber du ... du warst stark genug, ihm gegenüberzutreten."

Amelia schauderte, als sie sich an die Visionen erinnerte, die eindringlichen Bilder ihrer Vergangenheit und den erschreckenden Blick auf eine Zukunft voller Verwüstungen. „Ich hatte Angst", gab sie zu, ihre Stimme kaum mehr als ein Flüstern. „Aber ich konnte mich davon nicht abhalten lassen. Ich musste dir helfen."

Die Augen der Sirene glitzerten vor unausgesprochenen Gefühlen und für einen Moment schien es, als würde sie jeden Moment weinen. „Du hast mehr getan, als uns zu helfen, Amelia", sagte sie leise. „Du hast uns Hoffnung gegeben. Mit diesem Fragment haben wir vielleicht endlich eine Chance, den Fluch aufzuheben, der uns seit Jahrhunderten plagt."

Die Sirene nahm das Fragment behutsam aus Amelias Hand und wiegte es, als wäre es das Kostbarste auf der Welt. Das Licht der Scherbe schien heller zu werden, als es mit der Sirene in Berührung kam , und warf einen warmen Schimmer auf ihre einst monströsen Züge. Amelia beobachtete voller Ehrfurcht, wie sich die Gestalt der Sirene zu verändern begann, das verdrehte, verfluchte Fleisch glättete sich langsam und enthüllte einen Blick auf die Schönheit, die es einst besessen hatte.

Doch die Verwandlung war unvollständig. Der Fluch saß zu tief und war zu mächtig, als dass ein einziges Fragment ihn hätte aufheben können. Die Gesichtszüge der Sirene wechselten zwischen ihrer verfluchten Gestalt und ihrem wahren Ich hin und her, eine schmerzhafte Erinnerung daran, wie weit sie noch gehen mussten.

„Wir brauchen mehr", sagte die Sirene mit Trauer in der Stimme. „Das Fragment ist mächtig, aber es ist nur ein Teil dessen, was verloren ging. Um den Fluch vollständig zu brechen, müssen wir die anderen Fragmente finden, die in den Tiefen verstreut sind."

Amelias Herz sank, als sie die enorme Aufgabe erkannte, die noch vor ihr lag. Die Reise, um dieses eine Fragment zu bergen, war schon erschütternd genug gewesen, und jetzt würden sie alles noch einmal machen müssen – vielleicht sogar mehrere Male, bevor der Fluch aufgehoben werden konnte.

„Aber wir wissen nicht, wo sie sind", sagte Amelia mit unsicherer Stimme. „Wie sollen wir sie finden?"

Die Augen der Sirene verdunkelten sich vor Entschlossenheit. „Der Monolith ist mit den tiefsten Geheimnissen des Ozeans verbunden. Er kann uns den Weg weisen, wenn wir zuhören können. Mit dem Fragment, das Ihr geborgen habt, ist seine Macht jetzt stärker. Ich werde in der Lage sein, die Standorte der verbleibenden Teile zu spüren, aber es wird große Anstrengung erfordern und die Reise wird gefährlich sein."

Amelia nickte, denn sie verstand, was die Sirene von ihr wollte. „Ich bin bereit zu helfen", sagte sie mit fester Stimme, obwohl die Angst in ihrem Innern nagte. „Was auch immer es kostet, wir werden die Fragmente finden und diesen Fluch aufheben."

Die Sirene betrachtete sie mit einem Blick tiefen Respekts und Dankbarkeit. „Du bist mutig, Amelia. Mutiger als jeder, den ich je gekannt habe. Aber wisse – je tiefer wir gehen, desto gefährlicher wird es . Der Ozean hütet seine Geheimnisse eifersüchtig und es sind Kräfte am Werk, die nicht wollen, dass der Fluch gebrochen wird."

Amelia schluckte schwer, die Worte der Sirene lasteten schwer auf ihren Schultern. Sie wusste, dass der Weg vor ihr voller Gefahren sein würde, aber sie war schon zu weit gekommen, um jetzt noch umzukehren. Die Sirenen zählten auf sie und sie konnte sie nicht enttäuschen.

„Ich verstehe", antwortete sie mit fester, entschlossener Stimme. „Aber ich werde nicht aufgeben. Wir werden die Fragmente finden und den Fluch brechen."

Die Sirene nickte ihr ernst zu, und ihre Augen glühten vor neu entdeckter Zielstrebigkeit. „Dann lasst uns beginnen", sagte sie mit starker, entschlossener Stimme. „Der erste Schritt ist getan, und jetzt gibt es kein Zurück mehr. Die Geheimnisse des Ozeans erwarten uns, und gemeinsam werden wir sie lüften."

Als die Worte der Sirene in ihr widerhallten, spürte Amelia eine Welle der Entschlossenheit. Sie hatte sich ihren Ängsten gestellt, den Test des Monolithen bestanden und das erste Fragment geborgen. Jetzt, mit der Sirene an ihrer Seite, war sie bereit, noch tiefer in den Abgrund einzutauchen, die Geheimnisse aufzudecken, die in den Tiefen verborgen lagen, und den Fluch zu brechen, der die Sirenen so lange verfolgt hatte.

Mit einem letzten, entschlossenen Blick auf den Monolithen drehte sich Amelia zur Sirene um und nickte. „Lass uns gehen", sagte sie mit unerschütterlicher Entschlossenheit in der Stimme. „Wir müssen einen Fluch brechen."

CHAPTER 10

Kapitel 9: Die letzte Versuchung

Der Abstieg ins Herz des Abgrunds
Das Wasser wurde kälter, als Amelia und die Sirene in den Abgrund hinabstiegen, die letzten Lichtspuren verschwanden in bedrückender Dunkelheit. Das erdrückende Gewicht des Ozeans drückte auf Amelias Körper, ihr Atem kam in flachen, kontrollierten Zügen durch das Beatmungsgerät. Die einzigen Geräusche waren der gleichmäßige Rhythmus ihres Herzschlags, der in ihren Ohren pochte, und das leise, unheimliche Summen des Abgrunds, der sie umgab.

Die Sirene schwamm neben ihr, ihre leuchtenden Augen durchschnitten die Dunkelheit wie zwei Leuchtfeuer. Amelia konnte das Unbehagen der Kreatur spüren, ihre einst anmutigen Bewegungen wirkten jetzt angespannt und bedächtig. Die Reise in den Abgrund war von Anfang an gefährlich gewesen, aber als sie tiefer vordrangen, schien der Ozean selbst ihrem Vorankommen Widerstand zu leisten. Strömungen wirbelten unberechenbar, schroffe Felsen ragten hervor wie die Zähne eines urzeitlichen Tieres, und das Wasser schien sich durch eine unsichtbare Kraft zu verdichten, die ihnen die Kraft raubte.

Ein kalter Schauer lief Amelia über den Rücken, obwohl sie nicht sicher war, ob es an der Temperatur lag oder an etwas Urtümlicherem – einer instinktiven Angst vor den unbekannten Tiefen, die vor ihr lagen. Sie blickte zur Sirene, um sich zu beruhigen, aber der Gesichtsausdruck der Kreatur war nicht zu deuten, sie war ganz auf den Weg vor ihnen konzentriert.

„Wir sind nah dran", murmelte die Sirene, ihre Stimme war in der umgebenden Stille kaum zu hören. „Das Herz des Abgrunds ist nah . Bleib in meiner Nähe."

Amelia nickte, obwohl sie bezweifelte, dass die Sirene die Geste in der Dunkelheit sehen konnte. Sie verstärkte ihren Griff um das Seil, das sie zusammenhielt, eine Rettungsleine in der unnachgiebigen Dunkelheit. Während sie vorwärts kämpften, begann sich der Abgrund um sie herum zu schließen, die Wände der Unterwasserschlucht verengten sich und bildeten einen klaustrophobischen Tunnel.

Der Druck war enorm, jeder Schlag vorwärts fühlte sich an wie ein Kampf gegen das Gewicht des gesamten Ozeans. Amelias Muskeln brannten vor Anstrengung, ihr Körper mühte sich ab, sich durch das dichte Wasser zu bewegen. Es war, als ob der Abgrund selbst versuchte, sie zurückzudrängen, um sie davon abzuhalten, das zu erreichen, was in seinen Tiefen verborgen lag.

Ein Flüstern erfüllte das Wasser, ein leises, heimtückisches Murmeln, das von den Wänden des Abgrunds selbst zu kommen schien. Amelia runzelte die Stirn und versuchte, zuzuhören, aber die Worte waren verzerrt und undeutlich. Sie schüttelte den Kopf, um ihre Gedanken zu ordnen, aber das Flüstern blieb und wurde mit jedem Augenblick lauter.

„Was ist das?", fragte sie mit leicht zitternder Stimme, als sie nach der Sirene griff.

Die Sirene antwortete nicht sofort. Sie kniff die Augen zusammen, während sie die Dunkelheit absuchte. „Der Abgrund", antwortete sie schließlich mit angespannter Stimme. „Sie weiß, dass wir hier sind. Sie stellt uns auf die Probe."

„Uns auf die Probe stellen?", wiederholte Amelia die Worte in Gedanken, und Unbehagen legte sich wie ein Bleigewicht auf ihre Brust. Das Flüstern wurde intensiver und wirbelte um sie herum wie ein Nebel aus halbfertigen Gedanken und Erinnerungen. Es war aufdringlich, drang in ihren Geist ein und brachte eine Flut von Gefühlen mit sich, die sie lange vergraben hatte – Angst, Bedauern, Einsamkeit.

Sie schauderte und versuchte, die Gefühle zu verdrängen, aber sie klammerten sich an sie und sickerten wie eine tintenschwarze Wolke in ihre Gedanken. Das Flüstern begann, zusammenhängende Worte zu bilden, sanft und verführerisch, die Dinge versprachen, die sich sowohl tröstlich als auch erschreckend anfühlten.

„Du kannst dem ein Ende setzen, Amelia", schienen sie zu sagen. „Du musst nicht weitermachen. Über der Oberfläche herrscht Frieden. Ein Leben, das du haben könntest, wenn du einfach umkehrst."

Amelia ballte die Fäuste und schüttelte den Kopf, um der verführerischen Anziehungskraft der Stimmen zu entgehen. „Es versucht, uns auszutricksen", sagte sie mit fester Stimme, als sie mit der Sirene sprach, obwohl Zweifel an ihrer Entschlossenheit nagten.

Die Sirene drehte sich zu ihr um, ihre leuchtenden Augen strahlten wild und entschlossen. „Widerstehe, Amelia. Der Abgrund wird versuchen, dich zu brechen und dich alles in Frage stellen zu lassen. Aber du bist stärker als er. Wir sind stärker."

Amelia nickte, obwohl das Flüstern noch immer in ihrem Kopf widerhallte. Sie konzentrierte sich auf die Sirene, auf die Verbindung, die sie auf ihrer Reise geschmiedet hatten. Gemeinsam hatten sie zahllose Gefahren überstanden, und gemeinsam würden sie sich dieser letzten Prüfung stellen. Sie würde den Abgrund nicht gewinnen lassen.

Mit neuer Entschlossenheit schob sich Amelia vorwärts, jeder Schlag ihrer Arme schnitt mit Entschlossenheit durch das Wasser. Das Flüstern versuchte, sich an sie zu klammern, sie zurückzuziehen, aber sie konzentrierte sich auf die Stimme der Sirene, auf die Mission, die sie so weit gebracht hatte. Der Abgrund würde sie nicht brechen.

Während sie weiter abstiegen, wurde das Wasser immer kälter und die Dunkelheit immer erdrückender. Der Weg vor ihnen schien endlos, der Tunnel zog sich endlos hin, aber Amelia ließ sich nicht beirren. Sie konnte die Präsenz des Abgrunds um sie herum spüren, eine bösartige Macht, die darauf wartete, dass sie einen Fehler machten.

Aber diese Genugtuung wollte sie sich nicht gönnen. Das letzte Fragment war in Reichweite, und nichts – egal wie tief oder dunkel – würde sie davon abhalten, es zu holen.

Gemeinsam schwammen sie tiefer in das Herz des Abgrunds, das Flüstern wurde leiser, während sie seinen Versuchungen widerstanden. Die Dunkelheit drängte von allen Seiten, aber Amelias Entschlossenheit brannte mit jedem Augenblick stärker. Der Abgrund stellte sie vielleicht auf die Probe, aber er hatte ihre Stärke unterschätzt.

Sie würden das letzte Fragment finden. Und den Fluch brechen.

Die Illusion des Friedens

Eine plötzliche Wärme umhüllte Amelia, die eisige Kälte des Abgrunds wich etwas völlig anderem. Sie blinzelte desorientiert, als die erstickende Dunkelheit verschwand und durch das sanfte Leuchten des Sonnenlichts ersetzt wurde, das durch einen klaren, blauen Himmel fiel. Sie schwamm nicht mehr in den Tiefen des Ozeans – sie stand an einem Strand, die sanften Wellen schwappten an ihre Füße.

Amelias Herz raste, als sie sich umsah und die Szenerie in sich aufnahm. Der Sand unter ihren Zehen war warm und golden und erstreckte sich in beide Richtungen, so weit das Auge reichte. Der Ozean vor ihr war ruhig, seine Oberfläche glitzerte im Sonnenlicht wie ein Meer aus Diamanten. Die Luft war erfüllt vom Geräusch der Möwen, die einander zuriefen, während sie über ihnen schwebten, und ihre Schreie vermischten sich mit dem rhythmischen Krachen der Wellen.

Sie spürte eine Brise auf ihrem Gesicht, warm und wohlriechend, mit dem Duft von Salz und Wildblumen. Es war, als wäre sie an einen Ort versetzt worden, von dem sie immer nur geträumt hatte – ein Paradies, unberührt von der harten Realität der Welt.

Amelias Verwirrung wuchs, als sie an sich hinabblickte. Sie trug nicht mehr den schweren Taucheranzug, der sie vor den erdrückenden Tiefen geschützt hatte. Stattdessen trug sie ein einfaches weißes Sommerkleid, dessen Stoff leicht und luftig im Wind flatterte. Sie stand nackt da, der Sand unter ihnen war weich und nachgiebig.

„Was... was ist das?", murmelte sie vor sich hin, ihre Stimme klang im Freien seltsam.

Das ergab keinen Sinn. Gerade eben war sie noch tief in der Tiefe gewesen und hatte gegen die Last des Ozeans gekämpft. Und jetzt ... jetzt war sie hier, an diesem Strand, an diesem unmöglichen Ort.

Sie machte vorsichtig einen Schritt nach vorne und erwartete beinahe, dass die Illusion zerbrechen würde und sie sich wieder in den kalten, dunklen Tiefen wiederfand. Doch die Szene blieb unverändert, so real wie der Atem, den sie in ihre Lungen zog. Ihr Herz hämmerte in ihrer Brust, eine Mischung aus Angst und Staunen wirbelte in ihr herum.

„Amelia."

Die Stimme, die ihren Namen rief, war sanft und vertraut und berührte etwas tief in ihrem Inneren. Sie drehte sich um und ihr stockte der Atem, als sie ihn sah.

Nathan.

Er stand ein kleines Stückchen entfernt und lächelte sie mit demselben lockeren Charme an, der ihr Herz immer höher schlagen ließ. Sein dunkles Haar war von der Brise zerzaust, seine Augen waren warm und voller Zuneigung, als sie ihre trafen. Er war leger gekleidet, auf eine Art, wie sie ihn seit ihren ersten gemeinsamen Tagen nicht mehr gesehen hatte, als das Leben einfacher war – vor dem Fluch, vor den Sirenen, bevor sich alles verändert hatte.

„Ist das echt?", fragte Amelia mit zitternder Stimme, als sie einen Schritt auf ihn zumachte.

„Es ist so real, wie du es dir wünschst", antwortete Nathan, und sein Lächeln blieb ungebrochen. „Du musst nicht mehr kämpfen, Amelia. Du musst die Last des Ozeans nicht mehr auf deinen Schultern tragen. Du kannst es loslassen. Wir können hier zusammen glücklich sein."

Seine Worte waren wie Balsam für ihre Seele und linderten die Wunden, die durch die Reise ausgefranst worden waren. Die Versuchung war fast unerträglich, der Gedanke, einfach loszulassen und in dieses perfekte, friedliche Leben einzutreten. Sie spürte, wie die Anspannung in ihrem Körper nachließ und die Müdigkeit ihres endlosen Kampfes verschwand.

„Könnten wir hier bleiben?", fragte sie, und ihre Stimme war kaum mehr als ein Flüstern, als sie die Hand nach ihm ausstreckte.

Nathan nickte und nahm ihre Hand in seine. Seine Berührung war warm und tröstend, eine Erinnerung an das Leben, das sie einst geteilt hatten. „Das könnten wir. Alles, was du dir jemals gewünscht hast, ist hier, Amelia. Du musst es nur wählen."

Amelia spürte, wie ihr die Tränen in die Augen stiegen. Es war so verlockend, so perfekt. Ein Leben ohne die Sirenen, ohne den Fluch, ohne die endlosen Kämpfe gegen Mächte, die sie kaum verstand. Sie konnte frei sein – wirklich frei. Mit

Nathan, mit dem Leben, von dem sie geträumt hatten, bevor alles schiefgegangen war.

Doch tief in ihrem Inneren nagte ein Hauch von Zweifel an ihr. Das war alles, was sie sich je gewünscht hatte ... zu perfekt, zu einfach. Der Gedanke löste Unbehagen in ihr aus, eine leise Stimme flüsterte, dass etwas nicht stimmte.

Sie zögerte, ihr Blick wanderte zum Horizont, wo das Meer auf den Himmel traf. Es war wunderschön, ruhig. Aber es war nicht real. Es konnte nicht sein.

„Das ist nicht richtig", flüsterte Amelia, mehr zu sich selbst als zu Nathan. „Es ist ... ein Trick."

Nathans Lächeln verschwand für einen kurzen Moment, etwas Dunkles flackerte über sein Gesicht. Aber es verschwand so schnell, wie es aufgetaucht war, und wurde durch seine übliche Wärme ersetzt. „Amelia, tu dir das nicht an. Hast du es nicht verdient, glücklich zu sein? Frieden zu haben?"

Die Worte rissen an ihrer Entschlossenheit, aber sie klammerte sich an den Zweifel, das nagende Gefühl, dass das alles nicht wahr war. Sie zog ihre Hand zurück und schüttelte den Kopf, während sie einen Schritt von ihm wegtrat.

„Nein", sagte sie, ihre Stimme klang jetzt kräftiger. „Das ist nicht real. Es ist der Abgrund, der versucht, mich vergessen zu lassen. Der versucht, mich zum Aufgeben zu bringen."

Nathans Gesichtsausdruck veränderte sich, die Wärme in seinen Augen wurde durch kalte Gleichgültigkeit ersetzt. Die Illusion um sie herum begann zu wanken, der helle, sonnige Tag verdunkelte sich, als sich am Himmel Wolken zusammenzogen. Die Wärme des Sandes verblasste und wurde durch die beißende Kälte des Ozeans ersetzt.

„Du bist stärker als das", sagte sie sich und schloss die Augen vor der Dunkelheit, die immer tiefer in sie eindrang. „Das ist nicht real. Ich muss das Fragment finden. Ich muss weitermachen."

Als sie die Augen wieder öffnete, war der Strand verschwunden. Sie war wieder im Abgrund, die erstickende Dunkelheit drängte von allen Seiten auf sie ein. Die Sirene war neben ihr, ihre Augen voller Sorge, während sie sie aufmerksam beobachtete.

„Du hast Widerstand geleistet", sagte die Sirene, und ihre Stimme war eine Mischung aus Erleichterung und Bewunderung. „Der Abgrund hat versucht, dich wegzulocken, aber du hast Widerstand geleistet."

Amelia nickte, obwohl ihr Herz noch immer bei der Erinnerung an das schmerzte, was sie gerade erlebt hatte. Die Versuchung war so stark, so perfekt gewesen. Aber es war nichts weiter als eine Illusion – eine Falle, die ihr der Abgrund gestellt hatte, um sie davon abzuhalten, ihre Mission zu erfüllen.

„Ich bin immer noch bei dir", sagte sie mit fester Stimme trotz der anhaltenden Traurigkeit. „Lass uns weitermachen."

Die Sirene nickte und gemeinsam setzten sie ihren Abstieg ins Herz des Abgrunds fort und ließen das falsche Paradies hinter sich.

Der Abgrund schlägt zurück

Die Dunkelheit wurde jetzt dichter, fast greifbar, als Amelia und die Sirene tiefer in den Abgrund vordrangen.

Das erdrückende Gewicht des Ozeans lastete auf ihnen, jede Bewegung war ein Kampf gegen die unsichtbare Kraft, die ihre Geister zu brechen schien. Die kurze Ruhepause der Illusion hatte Amelia verwundbarer gemacht als je zuvor, aber sie wusste, dass sie weitermachen musste. Das letzte Fragment war nah und mit ihm die Chance, den Fluch zu brechen, der sie so lange verfolgt hatte.

Doch der Abgrund war für sie noch nicht vorbei.

Ohne Vorwarnung schäumte das Wasser um sie herum heftig, eine starke Strömung stieg aus der Tiefe auf. Amelia schnappte nach Luft, als sie nach hinten gerissen wurde, ihr Körper taumelte durch das Wasser, als hätte ihn eine riesige Hand gepackt. Das Seil, das sie mit der Sirene festhielt, riss sich fest und brachte sie zum Stehen, aber die Kraft der Strömung war unerbittlich und zog sie tiefer in die Dunkelheit.

Die Sirene kämpfte gegen die Strömung an und riss ihre leuchtenden Augen vor Schreck auf, während sie versuchte, sie zu erreichen. Doch der Abgrund schien lebendig geworden zu sein, das Wasser wirbelte mit chaotischer Energie und zog sie auseinander.

Amelias Gedanken rasten, während sie darum kämpfte, die Orientierung zu behalten. Ihre Arme ruderten, während sie versuchte, sich zu stabilisieren. Sie spürte, wie sich kalte Ranken der Angst um ihr Herz wanden und drohten, sie vor Angst zu lähmen. Die Strömung war zu stark, zu wild. Es war, als wäre der Abgrund selbst zu einem lebendigen Wesen geworden, entschlossen, sie von ihrem Weg abzubringen.

„Amelia!" Die Stimme der Sirene durchbrach das Chaos, scharf und drängend. „Lass nicht los! Was auch immer passiert, lass nicht los!"

Doch die Kraft des Abgrunds war überwältigend und zog Amelia immer weiter weg. Das Seil brannte auf ihrer Haut, als es versuchte, sie zusammenzuhalten, doch sie spürte, wie es abrutschte und sich der Knoten mit jeder Sekunde auflöste.

Das Wasser um sie herum wurde kälter, die Dunkelheit dichter, als sie in eine enge Spalte in der Canyonwand gezogen wurde. Die Stimme der Sirene wurde leiser, ging im Tosen der Strömung unter und war bald ganz verschwunden. Amelias Herz klopfte in ihrer Brust, als sie tiefer in die Spalte hineingezogen wurde und die engen Wände von allen Seiten auf sie eindrangen.

Sie rang nach Atem, das Wasser drückte wie ein Schraubstock gegen ihre Brust. Die Spalte wand sich und drehte sich, ein scheinbar endloses Labyrinth aus zerklüftetem Gestein. Das Seil glitt aus ihrer Hand, der letzte Faden, der sie mit der Sirene verband, riss, als sie in die Tiefe gezogen wurde.

Amelia versuchte, ihren Abstieg zu verlangsamen, ihre Hände kratzten an den rauen Wänden, aber es war sinnlos. Die Strömung war zu stark, der Abgrund zu unerbittlich. Sie spürte, wie ihre Kraft schwand, ihre Lungen brannten, während sie um jeden Atemzug kämpfte.

Sie war allein in der Dunkelheit, umgeben von der erdrückenden Last des Ozeans, die Stille war ohrenbetäubend. Panik durchströmte sie, eine Urangst, die drohte, sie völlig zu verzehren. Sie musste einen Ausweg finden, aber der Abgrund war ein Labyrinth, eine endlose Weite der Schwärze, aus der es keinen Ausweg gab.

Amelias Gedanken rasten, während sie darum kämpfte, ruhig zu bleiben und klar zu denken. Der Abgrund hatte ihr seine Macht gezeigt, seine Fähigkeit, ihren Geist und Körper zu manipulieren. Aber sie konnte ihn nicht gewinnen lassen. Sie war zu weit gekommen und hatte zu hart gekämpft, um sich jetzt vom Abgrund besiegen zu lassen.

Sie schloss die Augen und konzentrierte sich auf den gleichmäßigen Rhythmus ihres Atems und das leise Pochen ihres Herzschlags. Der Abgrund versuchte, sie zu brechen und sie zum Aufgeben zu bringen. Aber sie ließ es nicht zu.

Langsam begann sie gegen die Strömung zu schwimmen, ihre Muskeln protestierten bei jedem Zug. Das Wasser leistete ihr Widerstand, die Dunkelheit drängte von allen Seiten, aber sie schwamm weiter, entschlossen, den Weg zurück zu finden. Die Spalte wand sich und drehte sich, ein Labyrinth aus Felsen und Wasser, aber sie folgte dem schwächsten Lichtschimmer, einem fernen Leuchten, das sie weiterwinkte.

Die Strömung zog weiter an ihr, der Abgrund weigerte sich, sie loszulassen, aber Amelia kämpfte dagegen an, ihre Entschlossenheit wuchs mit jedem Schlag. Das Leuchten wurde heller, ein schwaches, aber unverkennbares Licht, das die Dunkelheit durchschnitt. Sie konzentrierte sich darauf und ließ sich von ihm durch das Labyrinth führen, ihr Geist war klar und entschlossen.

Die Wände der Spalte weiteten sich, das Wasser wurde weniger turbulent, als sie auf das Licht zuschwamm. Ihre Lungen brannten vor Anstrengung, ihre Muskeln schrien nach Erleichterung, aber sie schwamm weiter und weigerte sich, dem Abgrund nachzugeben.

Schließlich öffnete sich der Spalt, und der schmale Durchgang führte in eine riesige Unterwasserhöhle. Das Licht war hier heller und erhellte die Höhle mit einem sanften, ätherischen Schein. Amelia hielt inne, ihr Atem ging stoßweise, während sie die Szenerie in sich aufnahm.

Die Höhle war riesig, ihre Wände waren mit biolumineszierenden Pflanzen gesäumt, die ein blasses, unwirkliches Licht verbreiteten. Das Wasser war still, die Strömung, die sie durch den Spalt gezogen hatte, war nun völlig verschwunden. Es war, als wäre sie in eine andere Welt eingetreten, einen Ort, der vom Chaos des Abgrunds unberührt blieb.

Doch der Frieden war trügerisch. Amelia konnte die Präsenz des Abgrunds um sich herum spüren, eine bösartige Macht, die direkt hinter den Rändern des Lichts lauerte. Sie beobachtete sie und wartete darauf, dass sie einen Fehler machte.

Sie musste wachsam bleiben. Der Abgrund war noch lange nicht fertig mit ihr und sie wusste, dass diese Höhle nur ein weiterer Teil seines verdrehten Spiels war.

Doch jetzt hatte sie einen Moment der Ruhe. Einen Moment, um Luft zu holen und ihre Kräfte für das zu sammeln, was auch immer vor ihr lag.

Amelia trieb im stillen Wasser, ihr Blick war auf die leuchtenden Wände der Höhle gerichtet. Der Abgrund hatte versucht, sie zu zerreißen, ihren Willen zu brechen. Aber sie war noch immer hier und kämpfte noch immer.

Und sie war noch nicht fertig.

Ein Blick auf die Wahrheit

Amelia schwebte in der Stille der Unterwasserhöhle, ihr Atem wurde langsam gleichmäßiger, als das Echo des Angriffs aus dem Abgrund verklang. Die biolumineszierenden Pflanzen an den Höhlenwänden warfen ein sanftes Licht und vermittelten ein seltsames Gefühl der Ruhe inmitten des Aufruhrs, dem sie gerade entkommen war. Sie fühlte sich, als wäre sie in eine andere Welt eingetreten, einen Ort, an dem die Zeit anders verlief und der unerbittliche Griff des Ozeans sich gelockert hatte.

Das Licht in der Höhle war beruhigend, fast hypnotisch, als es von den Wänden reflektiert wurde und Muster erzeugte, die über das Wasser tanzten. Amelias Herzschlag verlangsamte sich allmählich, die Panik über ihr Beinahe-Ertrinken ließ nach. Zum ersten Mal, seit ihre Reise in den Abgrund begonnen hatte, fühlte sie so etwas wie Frieden.

Doch dieser Frieden war zerbrechlich. Sie wusste, dass der Abgrund noch nicht mit ihr fertig war und dieser Moment der Ruhe nur die Ruhe vor dem Sturm war. Dennoch konnte sie nicht anders, als von der Schönheit der Höhle fasziniert zu sein. Die Pflanzen leuchteten in einem sanften blauen Licht und winzige, leuchtende Fische schossen wie lebende Sterne durch das Wasser.

Amelias Gedanken wanderten zu der Sirene, ihrem geheimnisvollen Führer auf dieser alptraumhaften Reise. Sie fragte sich, ob die Sirene ihr folgen konnte oder ob die Strömung sie in entgegengesetzte Richtungen getrieben hatte. Die Stille der Höhle bot keine Antworten, sondern erinnerte sie nur ständig an die Isolation, die sie umgab.

Als sie vorsichtig die Höhle erkundete, bemerkte Amelia am anderen Ende ein schwaches Schimmern, ein subtiles Leuchten, das sie näher zu locken schien. Es war nicht dasselbe wie das der biolumineszierenden Pflanzen; dieses Licht war anders, intensiver, wie ein Leuchtfeuer. Ihre Neugier war geweckt, und sie schwamm darauf zu, während sich das Wasser sanft um sie herum teilte.

Je näher sie kam, desto intensiver wurde das Leuchten und enthüllte einen kleinen, kunstvoll geschnitzten Steinsockel im Herzen der Höhle. Auf dem Sockel ruhte ein Gegenstand, der vor Licht zu pulsieren schien und eine Wärme ausstrahlte, die das kalte Wasser durchdrang. Amelia zögerte einen Moment. Ihr Instinkt warnte sie, vorsichtig zu sein, aber die Anziehungskraft des Gegenstands war zu stark, um ihr zu widerstehen.

Sie streckte die Hand aus, und ihre Finger zitterten leicht, als sie die Oberfläche des Objekts berührten. In dem Moment, als sie es berührte, durchströmte sie eine Energiewelle, eine Mischung aus Wärme und Kälte, Licht und Dunkelheit. Es war, als ob das Objekt die Essenz des Abgrunds selbst enthielt, ein Bruchstück seiner Kraft, destilliert in dieser kleinen, unscheinbaren Form.

Das Licht um sie herum wurde schwächer und die Höhle schien sich zu verändern, die Wände kamen näher, als die Kraft des Objekts in sie hineinströmte. Bilder blitzten in ihrem Kopf auf – Visionen der Tiefen des Ozeans, uralt und riesig, voller Kreaturen, die sowohl schön als auch furchterregend waren. Sie sah die Sirenen, nicht so, wie sie ihr jetzt erschienen, sondern so, wie sie einst waren – mächtig, verehrt und gefürchtet.

Die Visionen überwältigten sie und zogen sie tiefer in die Geschichte des Abgrunds. Sie sah die Geburt der Sirenen, ihren Aufstieg zur Macht und den Fluch, der sie an die Tiefen gebunden und sie in die Kreaturen verwandelt hatte, die sie jetzt waren. Der Schmerz und die Trauer ihrer Existenz überkam sie, und Amelia empfand Mitgefühl mit ihnen und verstand ihre Notlage auf eine Weise, wie sie es noch nie zuvor getan hatte.

Doch hinter dem Kummer verbarg sich etwas Dunkleres – eine Böswilligkeit, die das Schicksal der Sirenen verdrehte, eine Macht, die sie zu genau den Verführerinnen gemacht hatte, die sie zu sein schienen. Es war eine Macht, die älter war als der Ozean selbst, eine Dunkelheit, die in der Tiefe gedieh und sich von der Verzweiflung und dem Leid derer ernährte, die sich zu nahe in ihren Griff begaben.

Amelias Herz raste, als ihr die Erkenntnis kam. Der Abgrund war nicht nur ein Ort; er war ein lebendiges Wesen, eine bösartige Macht, die die Sirenen verdorben hatte und dasselbe mit ihr anstellen wollte. Er war die Quelle der Albträume, der Flüstertöne, die sie an den Rand des Ozeans gelockt hatten, der Versuchungen, die sie tiefer in seine Tiefen gezogen hatten.

Der Gegenstand in ihrer Hand pulsierte erneut und die Visionen verschwanden, sodass Amelia wieder allein in der Höhle zurückblieb. Das Licht kehrte zurück, sanft und tröstlich, aber das Wissen, das sie nun besaß, ließ die Höhle kalt und leer erscheinen. Sie ließ den Gegenstand los und ließ ihn wieder auf dem Sockel ruhen. Sein Leuchten wurde schwächer, als sie ihre Hand zurückzog.

Die Last der Wahrheit lastete auf ihr, die Ungeheuerlichkeit dessen, was sie aufgedeckt hatte, war fast zu viel, um sie zu ertragen. Die Sirenen waren Opfer, verflucht vom Abgrund, aber sie waren auch seine Instrumente, gefangen in einem Kreislauf aus Versuchung und Zerstörung. Und jetzt versuchte dieselbe Macht, sie zu fangen, sie zu einer weiteren Schachfigur in ihrem endlosen Spiel zu machen.

Amelias Entschlossenheit wurde stärker. Sie durfte nicht in die Falle des Abgrunds tappen. Sie musste einen Weg finden, den Fluch zu brechen und die Sirenen und sich selbst aus der Dunkelheit zu befreien, die sie zu verschlingen suchte. Aber zuerst musste sie den Abgrund und alle anderen Prüfungen, die er für sie bereithielt, überleben.

Mit einem tiefen Atemzug wandte Amelia sich vom Sockel ab. Das schwache Licht der Höhle führte sie zurück zum Eingang. Die Stille des Wassers war nicht länger beruhigend; es war die Ruhe vor dem Sturm, und sie wusste, dass der Abgrund noch lange nicht mit ihr fertig war. Aber jetzt hatte sie etwas, das sie vorher nicht hatte – Wissen. Und mit diesem Wissen kam ein Hoffnungsschimmer.

Der Weg vor ihr war ungewiss, aber Amelia war entschlossen, ihn zu gehen. Der Abgrund hatte ihr seine Wahrheit gezeigt, und jetzt war es an ihr, sich zu wehren.

Wiedersehen mit der Sirene

Amelia kam aus der Höhle, das sanfte Leuchten der biolumineszierenden Pflanzen verblasste hinter ihr, als sie wieder in die Abgründe eintauchte. Die Dunkelheit war wieder allumfassend, aber jetzt fühlte sie sich anders an – weniger wie eine Leere, sondern mehr wie eine Präsenz, ein Wesen, das jede ihrer Bewegungen beobachtete. Die Last des Wissens, das sie in der Höhle gewonnen hatte, lastete schwer auf ihren Schultern, aber es stärkte auch ihre Entschlossenheit. Sie wusste jetzt, dass sie nicht nur für sich selbst kämpfte, sondern auch für die Sirenen, gefangen und gequält von derselben Macht, die sie verschlingen wollte.

Sie suchte das trübe Wasser ab und suchte nach einem Anzeichen der Sirene, die sie so weit geführt hatte. Der Gedanke, allein im Abgrund zu sein, ohne die Führung der Sirene, ließ ihr einen Schauer über den Rücken laufen. Aber sie durfte sich nicht von der Angst beherrschen lassen; sie musste konzentriert bleiben und einen Weg finden, die Reise fortzusetzen.

Gerade als Zweifel aufkamen, drang eine schwache, vertraute Melodie an ihr Ohr, getragen von den Strömungen der Tiefe. Das Lied war eindringlich und doch tröstlich, seine Töne schlängelten sich wie eine Rettungsleine durch das Wasser. Amelias Herz machte einen Sprung, als sie es erkannte. Die Sirene war nah .

Sie folgte dem Lied, ihre Bewegungen waren fest und entschlossen, und ihre Augen bemühten sich, durch die dichte Dunkelheit zu sehen. Die Melodie wurde kräftiger, deutlicher und führte sie zu einer schattenhaften Gestalt, die in der Dunkelheit allmählich Gestalt annahm. Es war die Sirene, deren leuchtende Augen die Dunkelheit durchdrangen, während sie im Wasser schwebte und auf sie wartete.

Erleichterung durchströmte Amelia, als sie sich der Sirene näherte. „Du bist hier", flüsterte sie mit leicht zitternder Stimme. Die Anwesenheit der Sirene war ein Trost, eine Erinnerung daran, dass sie in diesem Kampf nicht ganz allein war.

Der leuchtende Blick der Sirene wurde weicher und sie streckte ihre Hand aus, ihre schlanken Finger berührten Amelias Arm. „Ich habe dir gesagt, ich werde dich führen", murmelte die Sirene mit tiefer, melodischer Stimme. „Aber der Abgrund ... er ist unberechenbar. Du musst in ihrer Nähe bleiben."

Amelia nickte, ihre Entschlossenheit wurde stärker. „Ich habe etwas in der Höhle gefunden", sagte sie mit fester Stimme. „Einen flüchtigen Blick auf die Wahrheit. Der Abgrund ... er ist lebendig, nicht wahr? Eine Macht, die alles ausbeutet, was ihr in die Hände fällt."

Der Gesichtsausdruck der Sirene verfinsterte sich und sie nickte langsam. „Ja. Der Abgrund ist uralt, älter als der Ozean selbst. Er ist eine Macht der Dunkelheit, die sich von den Ängsten und Wünschen derer ernährt, die ihm zu nahe kommen. Er hat uns, die Sirenen, zu dem gemacht, was wir heute sind – Geschöpfe der Versuchung und des Kummers. Aber er kann besiegt werden, Amelia. Du hast die Macht dazu."

„Wie?", fragte Amelia, die Dringlichkeit in ihrer Stimme war spürbar. „Wie kann ich es stoppen?"

Die Sirene zögerte, ihre Augen flackerten vor Unsicherheit. „Der Abgrund ist mächtig, aber er ist nicht unbesiegbar. Er wird von dir angezogen, weil du anders bist, weil du die Kraft hast, ihm zu widerstehen. Du musst das Herz des Abgrunds finden, die Quelle seiner Macht, und ihn zerstören.

Aber das wird nicht einfach sein. Der Abgrund wird alles auf dich werfen, um dich aufzuhalten."

Amelias Gedanken rasten, als sie die Worte der Sirene verarbeitete. Sie hatte es schon vermutet, aber als sie es bestätigt hörte, erschien ihr die bevorstehende Aufgabe noch entmutigender. Trotzdem durfte sie sich davon nicht aufhalten lassen. Sie war zu weit gekommen, um jetzt noch umzukehren.

„Wo ist das Herz des Abgrunds?", fragte Amelia mit fester Stimme.

Der Blick der Sirene wanderte nach unten, in die dunkelsten Tiefen des Ozeans. „Weit unten, im tiefsten Teil des Abgrunds. Es ist ein Ort der Albträume, wo die Dunkelheit so dicht ist, dass man das Gefühl hat, als wäre etwas physisch vorhanden. Aber dort musst du hin."

Amelia schluckte schwer. Ihr Herz klopfte wie wild bei dem Gedanken, noch tiefer in den Abgrund hinabzusteigen. Aber es gab keinen anderen Weg. Wenn sie diesen Albtraum beenden wollte, musste sie dem Herzen der Dunkelheit direkt gegenübertreten.

„Ich werde es tun", sagte sie, und jedes Wort zeugte von Entschlossenheit. „Aber ich brauche dich an meiner Seite. Ich kann das nicht alleine schaffen."

Der Blick der Sirene wurde sanfter und sie nickte. „Ich werde dich führen, Amelia. Aber denk daran, der Abgrund wird versuchen, dich zu täuschen und dich gegen dich selbst aufzubringen. Du musst auf deine Stärke vertrauen und auf mich."

Amelia begegnete dem Blick der Sirene und empfand in der Gegenwart des Wesens einen seltsamen Trost. Jetzt herrschte ein Verständnis zwischen ihnen, eine Verbindung, die in den Tiefen des Ozeans, unter der Last der Dunkelheit des Abgrunds, geschmiedet worden war. Was auch immer vor ihnen lag, sie würden es gemeinsam bewältigen.

Die Sirene drehte sich um, ihre Gestalt glitt mit unheimlicher Anmut durch das Wasser, und Amelia folgte ihr mit unerschütterlicher Entschlossenheit. Der Weg vor ihr war voller Gefahren, aber sie war bereit. Der Abgrund hatte ihr seine Wahrheit gezeigt, und jetzt würde sie ihm den Kampf ansagen.

Je tiefer sie in die Tiefe hinabstiegen, desto dichter und bedrückender wurde die Dunkelheit, doch Amelia behielt die leuchtende Gestalt der Sirene im Auge und ließ sich von ihr durch die Schwärze führen. Sie spürte, wie sich der Abgrund um sie herum schloss, seine bösartige Präsenz drückte auf sie, doch sie ließ sich nicht unterkriegen.

Sie schwammen schweigend. Das einzige Geräusch war Amelias gleichmäßiger Herzschlag und das leise Flüstern der Strömung. Das Wasser wurde kälter, der Druck stärker, aber sie schwammen weiter, angetrieben von dem Wissen, dass das Herz des Abgrunds in Reichweite war.

Schließlich lichtete sich die Dunkelheit, die drückende Last ließ etwas nach, als sie sich einem riesigen, gähnenden Abgrund näherten, der sich scheinbar endlos nach unten erstreckte. Die Sirene blieb am Rand stehen, ihre Augen leuchteten hell im Dämmerlicht.

„Das ist es", sagte die Sirene, deren Stimme kaum mehr als ein Flüstern war. „Der Eingang zum Herzen des Abgrunds."

Amelia holte tief Luft und wappnete sich für das, was vor ihr lag. „Lass uns das zu Ende bringen", sagte sie mit entschlossener Stimme.

Die Sirene nickte, und gemeinsam stürzten sie sich in den Abgrund. Die Dunkelheit umgab sie immer stärker, als sie tief ins Herz des Abgrunds hinabstiegen.

CHAPTER 11

Kapitel 10: Den Fluch brechen

Abstieg in den Abyssal-Kern

Das Wasser um Amelia wurde kälter, als sie und die Sirene tiefer in den Abgrund hinabstiegen. Das einstmals schwache Flüstern der Tiefe hatte sich in einen eindringlichen Chor verwandelt, der in den Höhlen ihres Geistes widerhallte. Die biolumineszierenden Pflanzen, die in den oberen Ebenen ein schwaches Leuchten verbreitet hatten, waren längst verschwunden und durch eine bedrückende Dunkelheit ersetzt worden, die von allen Seiten auf sie eindrang. Die Leere war lebendig und beobachtete sie.

Amelias Atem ging langsam und gleichmäßig, während sie versuchte, ihre Angst unter Kontrolle zu halten. Die Sirene schwebte vor ihr, ihre leuchtenden Augen durchbohrten die Dunkelheit wie Leuchtfeuer. Trotz des unerbittlichen Drucks des Abgrunds war ihre Präsenz beständig, eine stille Beruhigung angesichts des Unbekannten. Doch selbst die Sirene schien angespannt, ihre Bewegungen waren bedächtiger, als wäre jeder Schlag durch das Wasser ein Kampf gegen die Macht, die sie umgab.

Je tiefer sie hinabstiegen, desto dichter schien die Dunkelheit zu werden, fast greifbar. Es war nicht nur die Abwesenheit von Licht – es war eine Präsenz, ein Gewicht, das sich auf Amelias Brust legte und ihr das Atmen erschwerte. Sie spürte, wie es sich in ihre Gedanken schlich und Zweifel und Ängste flüsterte, die an ihrer Entschlossenheit nagten.

„Welchem Ziel nähern wir uns hier?", fragte Amelia, ihre Stimme war kaum mehr als ein Flüstern.

„Das Herz des Abgrunds", antwortete die Sirene mit tiefer, melodischer Stimme, die jedoch von einem Hauch Unbehagen begleitet war. „Die Quelle des Fluchs, der uns seit Jahrhunderten gefangen hält."

Amelia schluckte schwer und versuchte, die Angst zu verdrängen, die sie zu überwältigen drohte. Sie hatte seit Antritt dieser Reise viele Gefahren überstanden, aber das hier war anders. Der Abgrund war nicht nur ein Ort – er war ein lebendiges, atmendes Wesen, das sich von ihren tiefsten Ängsten ernährte.

Während sie weiter abstiegen, wurden die Strömungen turbulenter und wirbelten in chaotischen Mustern um sie herum. Es fühlte sich an, als würde der Abgrund selbst versuchen, sie auseinander zu reißen, sie in verschiedene Richtungen zu ziehen und sie zu trennen. Amelia umklammerte die Hand der Sirene fester, entschlossen, ihren einzigen Führer an diesem dunklen, unbarmherzigen Ort nicht zu verlieren.

Das Flüstern wurde lauter, eindringlicher und formte zusammenhängende Worte, die in ihren Kopf drangen. „Du bist nicht stark genug", zischten sie. „Du wirst scheitern, genau wie die anderen. Diese Dunkelheit wird dich verzehren."

Amelia schüttelte den Kopf und versuchte, die Stimmen zu vertreiben, aber sie wurden nur noch hartnäckiger. Sie klangen so echt, so überzeugend, dass sie ihnen einen Moment lang fast glaubte. Doch dann sah sie die Sirene an, deren leuchtende Augen von stiller Entschlossenheit erfüllt waren, und sie erinnerte sich, warum sie hier war. Sie kämpfte nicht nur für sich selbst – sie kämpfte für die Sirenen, für ihre Freiheit und für die Chance, den Fluch zu brechen, der sie so lange gefangen hielt.

Die Dunkelheit bedrängte sie weiterhin, aber Amelia zwang sich, hindurchzudringen und die Stimmen zu ignorieren, die sie nach unten ziehen wollten. Sie konzentrierte sich auf die stetige Präsenz der Sirene, auf die Wärme ihrer Hand in ihrer und auf das Wissen, dass sie mit jedem Schlag ihrem Ziel näher kamen.

Endlich, nach einer gefühlten Ewigkeit des Schwimmens durch die erstickende Dunkelheit, öffnete sich der Abgrund zu einem riesigen, höhlenartigen Raum. Das Wasser war hier unheimlich still, als hätten selbst die Strömungen Angst, die Stille zu stören. In der Mitte der Kammer pulsierte ein schwaches Leuchten und warf lange Schatten, die an den Wänden tanzten.

„Wir sind da", sagte die Sirene, ihre Stimme war in der bedrückenden Stille kaum zu hören. „Vor uns liegt das Herz des Abgrunds."

Amelias Herz klopfte wie wild, als sie auf die leuchtende Masse vor ihnen starrte. Das war es – die Quelle des Fluchs, genau das, wonach sie gesucht hatte. Sie konnte die Dunkelheit spüren, die davon ausging, eine bösartige Kraft, die nach ihr zu greifen schien und versuchte, sie hineinzuziehen.

Sie wappnete sich und holte tief Luft, während sie sich auf die letzte Konfrontation vorbereitete. Die Reise war lang und voller Gefahren gewesen, aber jetzt war es an der Zeit, sich dem Abgrund zu stellen und seiner Schreckensherrschaft ein für alle Mal ein Ende zu setzen.

„Lass es uns tun", flüsterte Amelia mit zitternder, aber entschlossener Stimme.

Mit der Sirene an ihrer Seite schwamm sie vorwärts, entschlossen, sich dem Herzen des Abgrunds zu stellen und den Fluch zu brechen, der die Tiefen seit Jahrhunderten heimsuchte.

Der Abgrund enthüllt seine wahre Form

Als Amelia und die Sirene sich dem pulsierenden Glühen im Herzen des Abgrunds näherten, begann das Wasser um sie herum mit einer tiefen, resonanten Vibration zu summen. Je näher sie kamen, desto stärker wurden die Vibrationen, die durch Amelias Knochen hallten und ihr das Gefühl gaben, als wäre der tiefste Kern des Ozeans lebendig und pulsierend vor dunkler Energie.

Das Leuchten, das von weitem fern und gedämpft gewirkt hatte, loderte nun mit einer Intensität, die die gesamte Höhle erhellte und scharfe, gezackte Schatten warf, die sich an den Felswänden entlangwanden und wanden. Amelias Augen weiteten sich, als sie die Quelle des Lichts sah: einen wirbelnden Strudel aus Dunkelheit und Licht, einen Mahlstrom aus Energie, der im Wasser brodelte und toste. Es war, als hätte der Abgrund das Gewebe der Realität aufgerissen und die chaotische Leere enthüllt, die dahinter lag.

Die Sirene hielt abrupt inne und Amelia spürte, wie sie neben ihr angespannt war. „Dies ist das Herz des Abgrunds", sagte die Sirene, und ihre Stimme war erfüllt von Ehrfurcht und Angst. „Der Ort, an dem der Fluch geboren wurde."

Amelia blieb der Atem im Hals stecken, als sie in den Wirbel starrte. Er war hypnotisierend, ein Strudel aus Schatten, der sich scheinbar unendlich ausdehnte und alles um sich herum mit sich zog. Ranken dunkler Energie schlugen aus seinem Zentrum hervor und wanden sich wie Schlangen durch das Wasser, wobei ihre Berührung Spuren eiskalter Kälte hinterließ. Doch in der Dunkelheit konnte Amelia Lichtblitze sehen – kurze, flackernde Bilder, die ins Blickfeld hinein- und wieder hinaushuschten.

„Was... was ist es?", flüsterte Amelia mit zitternder Stimme.

Die Sirene kniff die Augen zusammen, als sie in den Wirbel blickte. „Es ist die Essenz des Abgrunds. Der Höhepunkt jahrhundertelanger Schmerzen, Angst und Verzweiflung. Der Fluch, der uns alle an diese Dunkelheit bindet."

Als Antwort auf die Worte der Sirene begann sich der Wirbel zu verschieben und zu verändern. Die Lichtblitze darin wurden heller und häufiger, bis sie sich zu zusammenhängenden Bildern verfestigten. Amelia schnappte nach Luft, als sie die erste Vision sah – ihre Mutter stand am Ufer und blickte mit Tränen in den Augen auf das Meer hinaus. Das Bild war so lebendig, so real, dass es Amelias Herz vor Sehnsucht schmerzte, wie sie sie seit Jahren nicht mehr gespürt hatte.

Doch dann verzerrte sich das Bild und nahm eine groteske Gestalt an. Das Gesicht ihrer Mutter verzerrte sich zu einer Maske der Trauer, ihre Augen waren hohl und leer. Die Sicht veränderte sich und zeigte Amelia selbst, die allein an einem verlassenen Strand stand, über ihr ein dunkler und stürmischer Himmel. In der Ferne ragte eine monströse Welle auf, bereit, über sie hereinzubrechen und sie zu verschlingen.

„Nein ...", flüsterte Amelia und schüttelte den Kopf, als könnte sie die Vision vertreiben. „Das ist nicht real."

Die Stimme der Sirene war ruhig, aber bestimmt. „Der Abgrund ernährt sich von deinen Ängsten. Er zeigt dir, was du am meisten fürchtest, was du dir am meisten wünschst, und verdreht es in etwas, das deinen Geist brechen wird."

Amelia versuchte wegzuschauen, aber die Visionen hielten sie gefangen. Der Wirbel veränderte sich erneut und zeigte ihr weitere Szenen – eine verstörender als die andere. Sie sah sich in einem dunklen, endlosen Meer gefangen, umgeben von den leblosen Körpern derer, die sie liebte. Sie sah, wie die Welt über ihr vom Abgrund verschlungen wurde, der Himmel sich verdunkelte, die Ozeane sich erhoben, um das Land zu verschlingen. Die Stimmen kehrten zurück, flüsterten in ihrem Kopf und sagten ihr, dass dies ihr Schicksal sei, dass sie der Dunkelheit niemals entkommen würde.

„Genug!", rief Amelia und umklammerte ihren Kopf, als wolle sie die Stimmen ausblenden. „Das werde ich mir nicht anhören!"

Doch der Wirbel wurde nur noch stärker, seine dunklen Ranken wickelten sich um sie und zogen sie näher an sein Zentrum heran. Sie spürte, wie die Kälte in ihre Knochen sickerte, spürte, wie das Gewicht des Abgrunds sie nach unten zog. Einen Moment lang fürchtete sie, sie würde darin verlorengehen, von der Dunkelheit verschluckt werden.

Dann ergriff eine warme Hand ihre und zog sie zurück. Die Stimme der Sirene durchbrach das Chaos, klar und stark. „Gib nicht auf, Amelia. Der Abgrund ist mächtig, aber nicht unbesiegbar. Du hast die Kraft, ihm zu widerstehen."

Amelia holte tief Luft und zwang sich, sich auf die Worte der Sirene zu konzentrieren. Sie schloss die Augen, schloss die Visionen aus und konzentrierte sich auf die Wärme der Hand der Sirene und den gleichmäßigen Rhythmus ihres eigenen Herzschlags. Langsam begannen die Stimmen zu verblassen, die Kälte ließ nach und die Anziehungskraft des Wirbels ließ nach.

Als sie die Augen wieder öffnete, waren die Visionen verschwunden und durch die wirbelnden Schatten des Abgrunds ersetzt. Der Wirbel pulsierte noch immer mit dunkler Energie, aber er schien nicht mehr so furchterregend. Amelia wusste, dass er versuchte, sie zu brechen, sie an sich selbst zweifeln zu lassen. Aber sie wusste auch, dass sie zu weit gekommen war, um jetzt aufzugeben.

„Ich habe keine Angst vor dir", flüsterte sie mit fester Stimme. „Ich habe schon Schlimmeres erlebt als dich und stehe immer noch."

Der Wirbel schien als Antwort zu zischen, seine Ranken schlugen ein letztes Mal nach vorn, bevor sie sich in die Dunkelheit zurückzogen. In der Höhle wurde es still, die drückende Last ließ ein wenig nach, als der Abgrund erkannte, dass er sie nicht brechen konnte.

Amelia wandte sich der Sirene zu, die zustimmend nickte. „Du bist stärker, als sie denkt. Aber das ist erst der Anfang. Das Herz des Abgrunds wird seine Macht nicht so leicht aufgeben."

„Ich bin bereit", sagte Amelia und ihre Entschlossenheit wuchs. „Lass uns das beenden."

Mit der Sirene an ihrer Seite bereitete sie sich darauf vor, der wahren Macht hinter dem Fluch gegenüberzutreten, entschlossen, seinen Einfluss zu brechen und die Sirenen von ihrer ewigen Qual zu befreien.

Der Wächter des Abgrunds

Amelia und die Sirene drängten weiter, ihre Entschlossenheit wurde mit jedem Augenblick stärker. Der Weg vor ihnen wurde schmaler, die Wände der Abgrundhöhle kamen näher, als wollten sie jede verbleibende Hoffnung ersticken. Die bedrückende Atmosphäre wurde dichter, die Dunkelheit pulsierte jetzt mit einer beinahe empfindsamen Bösartigkeit. Das Leuchten des Wirbels hinter ihnen verblasste und wurde durch eine andere Art von Licht ersetzt – ein schwaches, unheimliches Leuchten, das aus den Wänden selbst zu sickern schien.

Plötzlich öffnete sich die Höhle zu einer riesigen Kammer, viel größer als die, die sie gerade verlassen hatten. Die Stille war ohrenbetäubend, eine Leere, die selbst das leiseste Geräusch verschluckte. Amelia konnte hier eine Präsenz spüren, etwas Uraltes und Mächtiges, das knapp jenseits ihrer Wahrnehmung lauerte. Es war, als ob der Abgrund selbst ihr Eindringen bemerkt hätte.

Die Sirene hielt inne und musterte den Raum misstrauisch. „Wir sind nicht allein", flüsterte sie mit kaum hörbarer Stimme.

Amelias Herz klopfte wie wild, während sie ihre Sinne anstrengte und versuchte herauszufinden, was die Sirene gefühlt hatte. Dann sah sie es – eine Bewegung in den Schatten, etwas Massives und Schlangenartiges, das sich um die Wände der Kammer wand. Es bewegte sich mit langsamer, bedächtiger Anmut, und seine dunkle Gestalt verschmolz nahtlos mit der umgebenden Dunkelheit. Das Einzige, was es verriet, war das schwache Schimmern der Biolumineszenz, das sich entlang seiner Schuppen zog, wie Adern aus leuchtendem Gift.

„Was ist das?", fragte Amelia und ihre Stimme zitterte, obwohl sie sich nach Kräften bemühte, ruhig zu bleiben.

„Der Wächter", antwortete die Sirene mit ernster Stimme. „Er beschützt das Herz des Abgrunds und sorgt dafür, dass niemand, der diese Kammer betritt, sie je wieder verlässt."

Amelia stockte der Atem, als der Kopf des Wächters aus den Schatten auftauchte und ein Gesicht enthüllte, das sowohl furchterregend als auch faszinierend war. Seine Augen waren riesige, wirbelnde dunkle Kreise mit Lichtpunkten, die ihre Seele zu durchdringen schienen. Sein Mund war von Reihen messerscharfer Zähne gesäumt, von denen jeder vor kaltem, räuberischem Hunger glänzte. Aber es war nicht nur sein Aussehen, das sie verunsicherte – es war das Gefühl uralter Intelligenz hinter diesen Augen, eines Geistes, der unzählige Seelen seiner Macht zum Opfer fallen sah.

Der Wächter löste sich von den Wänden, sein massiver Körper bewegte sich mit einer fließenden Anmut, die seine Größe Lügen strafte. Er umkreiste die Kammer, ohne Amelia und die Sirene aus den Augen zu lassen. Das Wasser um sie herum wurde kälter, der Druck stieg, als die Präsenz der Kreatur den Raum erfüllte.

„Du bist weit gekommen", sagte der Wächter , und seine Stimme war ein tiefes, dröhnendes Vibrieren, das durch das Wasser hallte. „Aber deine Reise endet hier. Niemand, der sich dem Abgrund stellt, überlebt."

Amelia schluckte schwer, ihr Mut schwankte unter dem Blick des Wächters. Aber sie wusste, dass es jetzt kein Zurück mehr gab. Sie war zu weit gekommen und hatte zu viele Gefahren überstanden, um sich von diesem letzten Hindernis aufhalten zu lassen.

„Wir sind nicht hier, um euch herauszufordern", sagte Amelia mit fester Stimme, obwohl die Angst in ihrem Innern nagte. „Wir sind hier, um den Fluch zu brechen, der die Sirenen seit Jahrhunderten fesselt."

Die Augen des Wächters verengten sich, und das Licht darin flackerte vor etwas, das Belustigung hätte sein können. „Du sprichst davon, den Fluch zu brechen, als wäre es eine einfache Aufgabe. Der Abgrund lässt nicht so leicht locker. Du wirst verzehrt werden, genau wie alle anderen."

Die Sirene kam näher an Amelia heran, ihre Präsenz war ein beruhigender Anker angesichts der überwältigenden Macht des Wächters. „Wir sind nicht wie die anderen", sagte sie mit starker und entschlossener Stimme. „Wir haben die Kraft, dem ein Ende zu setzen. Uns selbst und den Abgrund aus dieser ewigen Dunkelheit zu befreien."

Einen Moment lang war der Wächter still und musterte sie mit zusammengekniffenen Augen. Dann stürzte er sich mit plötzlicher, furchterregender Geschwindigkeit nach vorne und öffnete sein Maul weit. Amelia hatte kaum Zeit zu reagieren, bevor die Sirene sie zur Seite zog und die Zähne des Wächters nur Zentimeter von der Stelle entfernt zuschnappten, an der sie gewesen war.

Amelias Herz raste, als sie ihr Gleichgewicht wiederfand, und ihr Verstand suchte nach einem Weg, dieses uralte Biest zu konfrontieren. Die Sirene schien jedoch unbeeindruckt, ihre Bewegungen waren fließend und kontrolliert, als sie dem Wächter frontal gegenüberstand.

„Wir können ihn nicht mit Gewalt besiegen", sagte die Sirene mit ruhiger, aber eindringlicher Stimme. „Der Wächter ist eine Manifestation des Abgrunds selbst. Wir müssen einen anderen Weg finden."

Amelia nickte, als ihr langsam klar wurde, was los war. Der Wächter war nicht nur eine Kreatur – er war ein Symbol, eine Manifestation des Fluchs, der die Sirenen so lange gefangen gehalten hatte. Wenn sie ihn besiegen wollten, konnten sie sich nicht allein auf rohe Gewalt verlassen.

Der Wächter umkreiste sie erneut, diesmal jedoch langsamer, als wolle er ihre Entschlossenheit testen. „Du glaubst, du kannst einen Weg finden, den Fluch zu brechen?", zischte er, und seine Stimme triefte vor Verachtung. „Der Abgrund hat schon viele vor dir verschlungen. Was lässt dich glauben, dass du anders bist?"

Amelia holte tief Luft, ihre Angst schmolz dahin, als eine neue Entschlossenheit in ihr erwachte. „Denn wir haben etwas, was der Abgrund nicht hat", sagte sie mit starker, klarer Stimme. „Hoffnung."

Das Wort hing im Wasser zwischen ihnen, eine Herausforderung, die durch den ganzen Raum zu hallen schien. Der Wächter hielt inne und verengte die Augen, als würde er über ihre Worte nachdenken. Zum ersten Mal war Unsicherheit in seinem Blick, ein Anflug von Zweifel, der vorher nicht da gewesen war.

„Hoffen", wiederholte der Wächter mit leisem Grollen. „Eine dumme Meinung. Aber vielleicht ..." Er verstummte und sein Blick wanderte von Amelia zu der Sirene. „Vielleicht steckt mehr in dir, als ich dachte."

Amelia und die Sirene tauschten einen Blick, während sie einander verstanden. Der Wächter war nicht unbesiegbar – er war an denselben Fluch gebunden, der die Sirenen gefangen hatte. Und wie die Sirenen sehnte er sich nach Freiheit, auch wenn er es sich nicht eingestehen konnte.

„Wir werden den Fluch brechen", sagte Amelia und trat mit neuer Entschlossenheit vor. „Und wenn wir das tun, wird der Abgrund frei sein."

Der Wächter starrte sie einen langen Moment an, seine Augen waren von einer Emotion erfüllt , die sie nicht ganz einordnen konnte. Dann zog er sich mit einer langsamen, bedachten Bewegung zurück und seine massive Gestalt verschwand in den Schatten.

„Also gut", sagte es, seine Stimme war jetzt sanfter, fast nachdenklich. „Beweise es."

Damit verschwand der Wächter in der Dunkelheit und ließ Amelia und die Sirene allein in der Kammer zurück. Die erdrückende Last des Abgrunds ließ leicht nach, als hätte die Dunkelheit selbst ihre Stärke anerkannt.

Amelia stieß den Atem aus, den sie unbewusst angehalten hatte, und ihr Körper zitterte vom Adrenalin der Begegnung. „Wir haben es geschafft", flüsterte sie, mehr zu sich selbst als zur Sirene.

Die Sirene nickte und ihr Gesichtsausdruck war von stillem Stolz geprägt. „Ja, aber der schwierigste Teil kommt noch. Das Herz des Abgrunds wartet noch auf uns."

Amelia richtete sich auf, ihre Entschlossenheit wuchs. „Dann lass es uns zu Ende bringen."

Die Warnung des Wächters hallte in Amelias Kopf wider, und sie bereitete sich auf die letzte Konfrontation vor. Sie wusste, dass das Schicksal der Sirenen – und vielleicht des gesamten Ozeans – von ihren nächsten Schritten abhing.

Der Abgrund enthüllt

Amelia und die Sirene drängten weiter, die Kammer des Wächters war nur noch eine ferne Erinnerung, als sie tiefer in den Abgrund vordrangen. Das Wasser wurde kälter, dichter und die Dunkelheit um sie herum schien mit einem eigenen

Leben zu pulsieren. Das schwache Licht, das sie zuvor geleitet hatte, war nun verschwunden und ließ sie in einer Leere zurück, die so vollkommen war, dass selbst das biolumineszierende Leuchten der Sirene schwach schien.

Trotz der überwältigenden Dunkelheit verspürte Amelia ein seltsames Gefühl der Klarheit. Die Angst, die sie zuvor gepackt hatte, hatte sich in wilde Entschlossenheit verwandelt. Sie hatte sich dem Wächter gestellt und überlebt; jetzt würde sie sich allem stellen, was der Abgrund ihr sonst noch entgegenwerfen würde.

Während sie schwammen, begannen sich die Wände der Höhle zu verändern. Der raue, schroffe Fels wich etwas Glatterem, Polierterem. Amelia ließ ihre Finger über die Oberfläche gleiten und war überrascht, dass die Oberfläche eine fast glasartige Textur hatte. Es war, als wäre der Fels selbst geschmolzen und dann wieder erstarrt und hätte einen unnatürlichen, jenseitigen Tunnel gebildet.

„Was ist das für ein Ort?", fragte Amelia mit gedämpfter Stimme in der unheimlichen Stille.

„Dies ist das Herz des Abgrunds", antwortete die Sirene mit ehrfürchtiger und vorsichtiger Stimme. „Nur wenige sind jemals so weit gekommen. Hier hat der Fluch seinen Ursprung, hier hat die erste Sirene ihren Pakt mit dem Abgrund geschlossen."

Amelias Herz setzte einen Schlag aus. Sie hatte Geschichten über die erste Sirene gehört, die ihre Freiheit gegen Macht eingetauscht und ihre Art zu einer Ewigkeit der Dunkelheit verdammt hatte. Aber an dem Ort zu sein, an dem alles begonnen hatte – wo der Abgrund zum ersten Mal seine Versuchungen geflüstert hatte – war etwas völlig anderes.

Der Tunnel weitete sich zu einer weiteren Kammer, aber diese war anders als alle, die sie zuvor gesehen hatten. Die Wände schimmerten in einem ätherischen Licht und warfen seltsame, schwankende Schatten, die wie Phantome tanzten. In der Mitte der Kammer ragte ein massiver Kristall aus dem Boden, dessen Oberfläche glatt und durchscheinend war. Im Inneren des Kristalls bewegte sich etwas Dunkles und Wirbelndes, als wäre es in einem ewigen Sturm gefangen.

Amelia und die Sirene näherten sich vorsichtig, die Luft – oder vielmehr das Wasser – um sie herum kribbelte vor Energie. Hier war eine Macht spürbar, etwas Uraltes und Unergründliches. Es war das Herz des Abgrunds, die Quelle des Fluchs, der die Sirenen seit Jahrhunderten plagte.

„Das ist es", flüsterte die Sirene, ihre Stimme war von Ehrfurcht und Angst durchzogen. „Das Herz des Abgrunds. Die Quelle unseres Fluchs."

Amelia starrte auf den Kristall, während ihre Gedanken rasten. Er war wunderschön und furchteinflößend zugleich, ein Leuchtfeuer der Dunkelheit, das mit seinem eigenen Leben pulsierte. Sie konnte fühlen, wie er sie rief und ihr Versprechen von Macht und Wissen zuflüsterte, genau wie er es bei der ersten Sirene getan hatte.

Aber Amelia wusste es besser. Sie hatte gesehen, was der Abgrund den Sirenen angetan hatte, wie er sie in Schatten ihrer selbst verwandelt hatte. Sie hatte den Schmerz und das Leid gesehen, die er verursacht hatte, und sie würde nicht zulassen, dass er noch mehr Leben forderte.

„Wir müssen es zerstören", sagte Amelia mit fester Stimme.

Die Sirene sah sie mit großen, überraschten Augen an. „Es zerstören? Aber es ist die Quelle unserer Macht. Ohne es wären wir nichts."

„Nein", Amelia schüttelte den Kopf. „Ohne sie werdet ihr frei sein. Frei von dem Fluch, frei, euer Leben so zu leben, wie ihr es wollt."

Die Sirene zögerte und ließ ihren Blick von Amelia zum Kristall wandern. Es war klar, dass sie hin- und hergerissen war, gefangen zwischen der Macht, die sie seit so langer Zeit kannte, und dem Versprechen der Freiheit, das fast zu schön schien, um wahr zu sein.

„Wir können das nicht alleine schaffen", sagte die Sirene schließlich. „Das Herz des Abgrunds ist zu stark. Es wird zurückschlagen."

Amelia nickte, denn sie verstand die Tragweite dessen, was sie vorhatten. Aber sie wusste auch, dass sie keine Wahl hatten. Wenn sie das Herz des Abgrunds nicht zerstörten, würde der Kreislauf weitergehen und die Sirenen würden in ihrer verfluchten Existenz gefangen bleiben.

„Dann werden wir zusammen kämpfen", sagte Amelia mit fester Stimme. „Wir sind so weit gekommen. Wir können das zu Ende bringen."

Die Sirene begegnete ihrem Blick, eine neue Entschlossenheit leuchtete in ihren Augen. „Zusammen", stimmte sie zu.

Dann richteten sie ihre Aufmerksamkeit wieder auf den Kristall. Die Dunkelheit darin schien ihre Absicht zu spüren, ihr Wirbeln wurde immer wilder, chaotischer. Die Kammer um sie herum zitterte, die Wände stöhnten, als würde der Abgrund selbst auf ihren Widerstand reagieren.

Amelia spürte, wie der Druck zunahm und das Gewicht des Abgrunds auf ihr lastete, doch sie weigerte sich, nachzugeben. Sie streckte ihre Hand aus, die Sirene tat dasselbe, und gemeinsam berührten sie den Kristall.

Eine Schockwelle aus Energie durchströmte sie, deren Kraft sie beinahe überwältigte. Aber Amelia hielt durch und konzentrierte all ihre Willenskraft darauf, den Fluch zu brechen. Sie spürte, wie das Herz des Abgrunds zurückschlug, seine Dunkelheit schlug um sich und versuchte, sie wegzustoßen. Aber sie und die Sirene waren zusammen stärker, ihre vereinte Kraft erzeugte einen Riss in der Oberfläche des Kristalls.

Der Riss wurde größer, die Dunkelheit im Kristall schlug wild um sich, als hätte sie Schmerzen. Die ganze Kammer bebte, die Wände begannen zu bröckeln, aber Amelia ließ nicht locker. Sie schüttete alles, was sie hatte, in den Riss, wollte, dass der Fluch brach, wollte, dass die Dunkelheit ihren Griff um die Sirenen löste.

Schließlich explodierte der Kristall mit einem Geräusch wie zersplitterndes Glas, die Dunkelheit in seinem Inneren löste sich im Wasser auf und ließ nichts als einen schwachen Lichtschimmer zurück. In der Kammer wurde es still, die erdrückende Last des Abgrunds ließ nach und wurde durch ein Gefühl der Ruhe und des Friedens ersetzt.

Amelia und die Sirene schwebten in der Mitte der nun leeren Kammer. Beide atmeten schwer und ihre Körper zitterten vor Erschöpfung. Aber da war noch etwas anderes – ein

Gefühl des Sieges, des Triumphs. Sie hatten es geschafft. Sie hatten den Fluch gebrochen.

Amelia sah die Sirene an und ein Lächeln breitete sich auf ihrem Gesicht aus. „Wir haben es geschafft", sagte sie mit einer Stimme voller Unglauben und Freude.

Die Sirene lächelte zurück, ihr Gesichtsausdruck war von Erleichterung und Dankbarkeit geprägt. „Ja", sagte sie leise. „Wir sind frei."

Zum ersten Mal, seit sie in den Abgrund gestürzt war, verspürte Amelia ein Gefühl der Hoffnung. Die Dunkelheit war verschwunden und an ihrer Stelle war das Versprechen eines Neuanfangs. Gemeinsam hatten sie und die Sirene den Lauf der Geschichte verändert und nun konnten sie endlich die Reise zurück an die Oberfläche antreten – zurück ins Licht.

Das Licht dahinter

Amelia und die Sirene blieben in den Nachwehen ihres Triumphs zurück, beide noch immer benommen von der Macht, die sie entfesselt hatten. Der Abgrund um sie herum, einst ein Ort erstickender Dunkelheit, fühlte sich jetzt seltsam heiter an. Die erdrückende Last, die während ihrer gesamten Reise auf ihnen gelastet hatte, war verschwunden und durch ein Gefühl der Leichtigkeit ersetzt worden, das Amelia seit dem Betreten dieses verfluchten Ortes nicht mehr gespürt hatte.

Das Herz des Abgrunds war zerschmettert, seine dunkle Energie verflogen und mit ihr der Fluch, der die Sirenen jahrhundertelang gefesselt hatte. Doch als sich Stille um sie legte, wusste Amelia, dass ihre Reise noch nicht zu Ende war.

„Wir müssen diesen Ort verlassen", sagte Amelia und ihre Stimme hallte leise durch den Raum.

Die Sirene nickte. Ihre leuchtenden Augen reflektierten das schwache Licht, das nun von den Wänden des Abgrunds selbst zu strahlen schien. „Die anderen werden auf uns warten. Sie müssen wissen, dass der Fluch gebrochen ist."

Gemeinsam schwammen sie durch den Tunnel zurück, dessen einst imposante Wände nun in einem sanften Glanz schimmerten. Während sie sich bewegten, fühlte sich das Wasser wärmer und einladender an, als würde der Abgrund selbst sie aus seinem Griff befreien. Amelia konnte fast das erleichterte Aufatmen spüren, das durch die Strömung zu rauschen schien, als wäre auch der Abgrund froh, von seiner Last befreit zu sein.

Als sie die Kammer des Wächters erreichten, hielt Amelia inne. Der Wächter, einst eine furchterregende Erscheinung, lag nun schlafend da, seine kolossale Gestalt strahlte nicht mehr die dunkle Energie aus, die durch den Abgrund gepulst war. Seine Augen, die einst in einem unheilvollen Licht leuchteten, waren nun geschlossen, sein Körper ruhig und friedlich.

„The Guardian ..." , murmelte Amelia mit trauriger Stimme.

„Es war genauso an den Fluch gebunden wie wir", erklärte die Sirene. „Da der Fluch gebrochen ist, ist es auch frei."

Amelia nickte verständnisvoll. Der Wächter war Teil der Dunkelheit des Abgrunds gewesen, aber er war auch ein Opfer gewesen. Jetzt konnte er, wie die Sirenen, endlich zur Ruhe kommen.

Sie setzten ihren Aufstieg fort, und das Wasser wurde heller, als sie sich der Oberfläche näherten. Amelias Herz schlug schneller vor Vorfreude. Sie hatte nicht gemerkt, wie sehr sie die Sonne, den offenen Himmel und das Gefühl des Windes auf ihrem Gesicht vermisst hatte. Die Dunkelheit hatte sich endlos angefühlt, aber jetzt, nach einer gefühlten Ewigkeit, kehrte sie endlich in die Welt da oben zurück.

Als sie durch die Wasseroberfläche brachen, geschah der Übergang so plötzlich, dass Amelia einen Moment brauchte, um sich daran zu gewöhnen. Das Sonnenlicht war blendend, der Himmel war strahlend blau und erstreckte sich endlos über ihnen. Amelia blinzelte und schirmte ihre Augen ab, während sie auf der Wasseroberfläche trieb und die Schönheit der Welt in sich aufnahm, die sie fast vergessen hatte.

Die Sirene tauchte neben ihr auf, ihre Gestalt war nun vollständig von der Sonne beleuchtet. Ohne die erdrückende Last des Fluches war ihre Schönheit atemberaubend. Ihre Schuppen schimmerten im Sonnenlicht und reflektierten alle Schattierungen von Blau und Grün, und ihre Augen, die einst vom Abgrund beschattet waren, waren nun klar und hell.

Amelia und die Sirene tauschten einen Blick, ein stilles Verständnis ging zwischen ihnen hin und her. Sie hatten etwas Außergewöhnliches miteinander geteilt – etwas, das sie beide verändert hatte. Die Verbindung, die sie in den Tiefen des Abgrunds geknüpft hatten, war unzerbrechlich, geschmiedet im Feuer ihres gemeinsamen Kampfes.

Während sie auf dem offenen Meer dahintrieben, dachte Amelia an die Sirenen, die zurückgeblieben waren. Der Fluch war gebrochen, aber ihre Reise war noch nicht zu Ende. Sie mussten zu den anderen zurückkehren, ihnen die Neuigkeiten mitteilen und ihnen helfen, sich an diese neue Realität anzupassen.

Die Sirene tauchte wieder unter die Oberfläche, ihre Bewegungen waren anmutig und fließend, als würde sie Amelia winken, ihr zu folgen. Amelia zögerte nur einen Moment, bevor sie wieder ins Wasser tauchte, ihr Herz klopfte vor einer Mischung aus Aufregung und Angst. Sie hatte sich der Dunkelheit gestellt und gewonnen, aber jetzt musste sie sich dem stellen, was als Nächstes kam.

Als sie zur Höhle der Sirene schwammen, staunte Amelia darüber, wie anders sich das Meer jetzt anfühlte. Das Wasser, das einst kalt und unwirtlich gewesen war, fühlte sich jetzt warm und lebendig an. Fischschwärme schossen um sie herum, ihre Schuppen blitzten im Sonnenlicht, und die Korallenriffe unter ihnen leuchteten in leuchtenden Farben. Es war, als würde das Meer selbst ihren Sieg feiern.

Als sie die Höhle erreichten, warteten die anderen Sirenen bereits auf sie. Amelia konnte die Veränderung in ihnen sofort erkennen. Ihre Augen, einst von Verzweiflung getrübt, waren nun voller Hoffnung. Die Last des Fluches war von ihnen genommen und mit ihm die Dunkelheit, die sie so lange verfolgt hatte.

„Du hast es geschafft", flüsterte eine der Sirenen, ihre Stimme zitterte vor Erregung.

Amelia nickte, ihre Brust schwoll vor Stolz und Erleichterung an. „Wir haben es geschafft", korrigierte sie und ihr Blick wanderte zu der Sirene, die die ganze Zeit an ihrer Seite gewesen war. „Wir haben den Fluch gemeinsam gebrochen."

Die Sirenen versammelten sich um sie, ihre Mienen waren eine Mischung aus Ehrfurcht und Dankbarkeit. Zum ersten Mal seit Jahrhunderten waren sie frei – wirklich frei. Die Dunkelheit des Abgrunds lag hinter ihnen, und eine neue Zukunft lag vor ihnen.

Amelia spürte eine Hand auf ihrer Schulter und drehte sich um, um die Sirene zu sehen, mit der sie gereist war . Ihre Augen waren von einer Wärme erfüllt, die Amelia noch nie zuvor gesehen hatte, eine Verbindung, die unbeschreiblich war.

„Was wirst du jetzt tun?", fragte die Sirene mit sanfter Stimme.

Amelia blickte auf die unendliche Weite des Ozeans, und ihr Kopf raste vor Möglichkeiten. Sie war auf der Suche nach Antworten in den Abgrund gekommen und hatte mehr gefunden, als sie sich je hätte vorstellen können. Doch jetzt wusste sie, dass ihr Platz nicht unter den Wellen war.

„Ich werde an die Oberfläche zurückkehren", sagte Amelia leise. „Aber ich werde nie vergessen, was wir hier getan haben. Das ist jetzt ein Teil von mir."

Die Sirene nickte verständnisvoll. „Und wir werden immer hier sein, falls du uns brauchst."

Amelia lächelte und verspürte ein Gefühl des Abschlusses, das sie nicht erwartet hatte. Die Reise war lang und schwierig gewesen, aber sie hatte sie an einen Ort des Friedens und des Verständnisses geführt. Der Abgrund hatte sie auf die Probe gestellt, aber er hatte ihr auch etwas Wertvolles gegeben – eine Verbindung zu einer Welt, die sie nie gekannt hatte, und die Kraft, sich allem zu stellen, was als Nächstes kommen würde.

Mit einem letzten Blick auf die Sirenen begann Amelia ihren Aufstieg. Ihr Herz war leichter als seit Jahren. Das Sonnenlicht wurde heller, als sie zur Oberfläche schwamm, und jeder Schwimmzug brachte sie der Welt näher, die sie hinter sich gelassen hatte. Sie wusste nicht, was die Zukunft bringen würde, aber sie wusste, dass sie bereit dafür war. Die Dunkelheit lag hinter ihr und vor ihr war nichts als Licht.

CHAPTER 12

Kapitel 11: Die Folgen

Die Rückkehr
Amelias Füße sanken in den warmen, vertrauten Sand der Insel, die Körner klammerten sich an sie, als wollten sie sie nach ihrer Reise durch den Abgrund am Boden verankern. Das Sonnenlicht tauchte sie in sein goldenes Leuchten, ein starker Kontrast zu der erstickenden Dunkelheit, der sie gerade entkommen war. Die Insel, die immer mit einer geheimnisvollen Energie zu pulsieren schien, fühlte sich jetzt ruhig und heiter an – als wäre auch sie durch ihre Rückkehr erleichtert.

Sie blieb am Rand des Wassers stehen, die Wellen schwappten sanft an ihre Knöchel, und blickte auf den Ozean hinaus. Das Wasser war klarer, als sie es in Erinnerung hatte, seine Oberfläche war glatt und unberührt und spiegelte den blauen Himmel darüber wider. Es gab keine Spur des bösartigen Einflusses des Abgrunds, keinen Hinweis auf die dunklen Mächte, die einst unter den Wellen gelauert hatten. Es war, als wäre der Ozean wiedergeboren worden, gereinigt durch die Ereignisse, die sich unten zugetragen hatten.

Eine Gruppe von Inselbewohnern wartete in der Nähe der Baumgrenze auf sie . Ihre Mienen waren eine Mischung aus Sorge und Hoffnung. Unter ihnen waren die vertrauten Gesichter derjenigen, die sie während ihrer Zeit auf der Insel kennengelernt hatte – Fischer, Alte, Kinder – und alle sahen sie an, um Antworten und Zuspruch zu erhalten. Als sie auf sie zuging, schwoll ihr Herz an, und eine Mischung aus Gefühlen empfand sie: Erleichterung darüber, überlebt zu haben, Dankbarkeit für die Bindungen, die sie geknüpft hatte, und eine unausgesprochene Trauer über die Welt, die sie zurückgelassen hatte.

„Amelia!", rief eine Stimme und durchbrach die Stille. Es war Elena, die Älteste, die ihr als Erste die Legenden der Sirenen erzählt hatte. Die Augen der alten Frau leuchteten vor einer Mischung aus Erleichterung und Sorge, als sie mit ausgestreckter Hand vortrat.

Amelia nahm Elenas Hand und spürte, wie die Wärme der Berührung der Älteren in ihre kalte Haut sickerte. „Ich bin zurück", sagte sie mit heiserer Stimme.

Elena nickte und musterte Amelias Gesicht, als wollte sie die Geschichte in ihren Augen lesen. „Wir haben es gespürt – die Veränderung im Ozean. Es ist ... jetzt anders."

Amelia nickte langsam, ihre Gedanken wanderten zurück ins Herz des Abgrunds, zu dem Moment, als der Fluch endlich gebrochen war. „Die Dunkelheit ist verschwunden", murmelte sie. „Der Abgrund wurde ... befreit."

Ein Raunen machte sich unter den versammelten Inselbewohnern breit, eine Welle der Erleichterung überkam sie. Sie alle hatten die Veränderung gespürt, den Moment, in dem die bedrückende Energie, die seit Generationen über der Insel gehangen hatte, nachgelassen hatte und durch etwas Leichteres, Friedlicheres ersetzt worden war. Aber es gab immer noch Fragen und Ängste, die wie die Überreste eines Sturms in der Luft lagen.

„Ist es vorbei?", fragte ein Fischer und trat mit einer Mischung aus Beklommenheit und Hoffnung vor. „Sind die Sirenen...?"

„Sie sind frei", antwortete Amelia mit fester Stimme. „Der Fluch, der sie gefangen hielt, ist gebrochen. Sie stellen keine Bedrohung mehr für die Insel dar."

Die Menge schien wie ein einziges Mal auszuatmen, ein kollektiver Seufzer der Erleichterung hallte durch die stille Luft. Gesichter, die zuvor vor Sorge angespannt gewesen waren, entspannten sich, und ein paar Lächeln begannen die Anspannung zu durchbrechen.

Elena drückte Amelias Hand und ihr Blick wurde vor Dankbarkeit sanfter. „Du hast etwas Außergewöhnliches getan, Kind. Die Insel wird nie vergessen, was du getan hast."

Amelia blickte nach unten, und die Worte waren ihr schwer ums Herz. Sie hatte getan, was sie sich vorgenommen hatte, aber die Reise hatte sie mehr gekostet, als sie erwartet hatte. Der Abgrund hatte ihr etwas genommen, ein Stück ihrer Seele, das in seinen dunklen Tiefen zurückgeblieben war. Und doch wusste sie, dass sie auch etwas gewonnen hatte – eine Verbindung zum Ozean, zu den Sirenen und zur Insel selbst, die sie für immer begleiten würde.

„Ich habe nur getan, was getan werden musste", sagte Amelia leise und ihr Blick wanderte zurück zum Meer. Die

Wellen glitzerten in der Nachmittagssonne, ihr Rhythmus war sanft und beruhigend, weit entfernt von den turbulenten Gewässern, die sie einst gefürchtet hatte.

Die Inselbewohner begannen sich zu zerstreuen. Amelias Rückkehr und das Wissen, dass das Schlimmste hinter ihnen lag, hoben ihre Stimmung. Doch als sie gingen, lag ein Gefühl der Endgültigkeit in der Luft, als hätten sie alle verstanden, dass sich etwas unwiderruflich verändert hatte – nicht nur im Ozean, sondern auch in Amelia selbst.

Während die letzten Dorfbewohner in ihre Häuser zurückkehrten, blieb Amelia am Wasserrand, Elena an ihrer Seite. Der Älteste beobachtete sie einen Moment lang schweigend, bevor er sprach.

„Du bist nicht mehr dieselbe Person wie damals, als du gegangen bist", bemerkte Elena mit sanfter, aber fester Stimme. „Der Ozean hat dich gezeichnet."

Amelia nickte und traute sich nicht, zu sprechen. Sie spürte es in ihren Knochen, wie sich der Ruf des Ozeans verändert hatte – vom Lockruf einer Sirene zu einer sanften Einladung, einer Verbindung, die in den Tiefen des Abgrunds geschmiedet worden war.

„Was auch immer als nächstes passiert", fuhr Elena fort, „du sollst wissen, dass du hier immer willkommen bist. Diese Insel ist genauso dein Zuhause wie unseres."

Amelias Brust war vor Erregung ganz eng. Sie war als Außenseiterin auf die Insel gekommen, als Fremde auf der Suche nach Antworten. Jetzt, nach allem, wurde ihr klar, dass sie etwas viel Wertvolleres gefunden hatte – einen Ort, an den sie wirklich gehörte.

„Danke", flüsterte sie, ihre Stimme war beim Rauschen der Wellen kaum zu hören. „Für alles."

Elena lächelte und ihre Augenwinkel bildeten Fältchen . „Nein, meine Liebe. Danke."

Mit einem letzten Nicken drehte sich die Älteste um und machte sich auf den Weg zurück ins Dorf. Amelia ließ sie mit ihren Gedanken allein. Vor ihr erstreckte sich der Ozean, weit und endlos, voller Möglichkeiten.

Amelia wusste, dass sie Entscheidungen treffen musste – über ihre Zukunft, darüber, wohin sie von hier aus gehen würde. Aber jetzt gönnte sie sich einen Moment des Friedens, stand am Rande der Welt, die sie liebgewonnen hatte, ihr Herz voller Dankbarkeit und Hoffnung. Die Dunkelheit lag hinter ihr, und vor ihr lag ein Horizont voller Licht und Neuanfänge.

Konfrontation mit Lysandra

Eamon ging vor Lysandras Zelt auf und ab, die kühle Nachtluft biss ihm ins Gesicht, während er versuchte, seine Gedanken zu ordnen. Die Sterne am Himmel schienen fern und gleichgültig gegenüber dem Aufruhr, der in ihm tobte. Seine jüngste Entdeckung und das dunkle Geheimnis, das sie enthüllte, hatten ihn ruhelos und unruhig gemacht. Er hatte gehofft, Lysandra in einem Moment der Ruhe gegenübertreten zu können, fern von den neugierigen Blicken ihrer Gefährten.

Schließlich holte er tief Luft und schob die Zeltklappe beiseite. Drinnen warf der sanfte Schein einer Laterne warmes Licht ins Innere. Lysandra saß an einem kleinen Tisch und brütete über einem Stapel Dokumente. Sie sah auf, und ihr

Gesichtsausdruck wechselte von Überraschung zu vorsichtiger Ruhe, als Eamon eintrat.

„Eamon", grüßte sie mit fester Stimme. „Was führt Sie zu dieser späten Stunde hierher?"

Eamon schloss die Klappe hinter sich und holte tief Luft. „Wir müssen reden, Lysandra. Über das, was wir gefunden haben."

Lysandras Augen verengten sich leicht, aber sie nickte. „Also gut. Was möchtest du besprechen?"

Eamon kam näher, seine Gefühle kamen hoch. „Wir haben etwas Bedeutsames entdeckt – etwas, das eigentlich verborgen bleiben sollte. Die Schriftrollen und das Artefakt ... das sind nicht nur Reliquien. Sie sind mit einer Macht verbunden, die alles verändern könnte."

Lysandras Blick blieb ruhig, doch in ihren Augen flackerte Anspannung auf. „Ja, ich weiß, was wir gefunden haben. Und ich bin mir auch der Gefahren bewusst, die damit verbunden sind."

„Warum hast du es uns dann nicht gesagt?" Eamons Stimme wurde frustrierter. „Warum lässt du uns im Dunkeln? Wir haben unser Leben auf der Grundlage unvollständiger Informationen riskiert."

Lysandras Gesichtsausdruck verhärtete sich, ihre Fassung geriet für einen Moment ins Wanken. „Es gibt Gründe, warum manche Dinge geheim gehalten werden. Das Artefakt ist nicht einfach irgendein Gegenstand. Es kann großen Schaden anrichten, wenn es missbraucht wird. Ich wollte keine Panik oder noch schlimmere Gefährdung unserer Mission riskieren."

Eamons Hände ballten sich zu Fäusten. „Also, du hast uns zu unserem Besten belogen? Du glaubst, es wäre besser für uns, wenn wir die Wahrheit nicht kennen?"

Lysandras Blick wurde sanfter, aber ihre Stimme war fest. „Ich habe dich nicht angelogen, Eamon. Ich habe Informationen zurückgehalten, weil ich sicherstellen musste, dass wir nicht von Angst oder Verwirrung beeinflusst werden. Der Erfolg der Mission ist entscheidend und ich musste die Kontrolle behalten."

Eamon schüttelte den Kopf, seine Frustration kochte über. „Du hast unser Vertrauen aufs Spiel gesetzt, Lysandra. Wir haben Befehle blind befolgt, ohne das volle Ausmaß dessen zu verstehen, womit wir es zu tun haben. Wie können wir für eine Sache kämpfen, wenn wir nicht einmal wissen, was wir beschützen?"

Lysandra erhob sich von ihrem Stuhl und überquerte mit bedachten Schritten den kleinen Raum zwischen ihnen. Ihre Augen bohrten sich in seine, eine Mischung aus Entschlossenheit und Bedauern zeichnete sich in ihren Zügen ab. „Ich verstehe deine Wut, Eamon. Aber du musst verstehen, dass es bei dieser Mission nicht nur um das Artefakt geht – es geht darum, eine größere Katastrophe zu verhindern. Das Artefakt wurde aus einem bestimmten Grund versteckt und muss sicher aufbewahrt werden."

Eamons Gedanken rasten, während er versuchte, seine Loyalität zu Lysandra mit dem Gefühl des Verrats in Einklang zu bringen. „Und was, wenn wir versagen? Was, wenn das Artefakt in die falschen Hände fällt? Du kannst nicht von uns erwarten, dass wir uns einfach auf dein Wort verlassen, dass alles gut wird."

Lysandra seufzte und senkte den Blick zu Boden. „Ich erwarte nicht, dass du es ohne Fragen annimmst. Ich erwarte, dass du verstehst, dass ich meine Entscheidungen in bester Absicht treffe. Dieses Artefakt war ein letzter Ausweg – etwas, das nur verwendet werden sollte, wenn es absolut notwendig ist . Unser oberstes Ziel ist es, sicherzustellen, dass es nicht in die Hände des Feindes fällt."

Eamon verspürte einen Anflug von Zweifel, aber er zwang sich, standhaft zu bleiben. „Ich möchte glauben, dass du das aus den richtigen Gründen tust, Lysandra. Aber ich brauche mehr als nur Zusicherungen. Ich muss wissen, dass wir nicht in eine Falle gelockt werden."

Lysandras Gesichtsausdruck wurde weicher und sie legte eine Hand auf Eamons Schulter. „Eamon, ich bitte dich, mir zu vertrauen, auch wenn es schwierig ist. Es steht viel auf dem Spiel und die Entscheidungen, die wir treffen, werden weitreichende Konsequenzen haben. Ich verspreche dir, ich werde alles in meiner Macht Stehende tun, um unseren Erfolg sicherzustellen."

Eamon sah ihr in die Augen und suchte nach der Wahrheit hinter ihren Worten. Er wollte ihr glauben und darauf vertrauen, dass sie das Beste für sie im Sinn hatte. Doch die Schwere des Geheimnisses, das sie aufgedeckt hatten, machte es ihm schwer, irgendetwas für bare Münze zu nehmen.

Nach einer langen, angespannten Stille nickte Eamon schließlich. „Ich werde tun, was ich kann, um die Mission zu unterstützen, aber ich muss informiert werden. Ich kann nicht für etwas kämpfen, wenn ich es nicht verstehe."

In Lysandras Augen spiegelte sich Erleichterung. „Einverstanden. Ich werde so viel wie möglich teilen, im Rahmen des Zumutbaren. Wir stecken alle zusammen in dieser Sache und müssen als Einheit zusammenarbeiten, wenn wir Erfolg haben wollen."

Als Eamon sich zum Gehen umdrehte, fühlte er eine Mischung aus Entschlossenheit und Unsicherheit. Die Konfrontation hatte den Nebel in seinem Kopf etwas gelichtet, aber auch neue Fragen aufgeworfen. Das Artefakt war ein mächtiges, gefährliches Geheimnis und der Weg vor ihm war voller Gefahren.

Eamon trat zurück in die kühle Nachtluft. Die Sterne am Himmel schienen ihm wenig Trost zu spenden. Er wusste, dass die Mission wichtiger denn je war und dass die Entscheidungen, die sie trafen, ihr Schicksal bestimmen würden. Als er von Lysandras Zelt wegging, konnte er das Gefühl nicht abschütteln, dass ihre Reise gerade erst begann und dass die wahre Natur ihrer Suche noch immer in Dunkelheit gehüllt war.

Unausgesprochene Offenbarungen

Die kleine, runde Hütte, in der sich die Ältesten der Insel versammelten, war schwach von flackernden Öllampen beleuchtet. Die Luft im Inneren war erfüllt vom Duft brennenden Salbeis, einem Reinigungsritual, das seit Jahrhunderten durchgeführt wurde, um böse Geister abzuwehren. Amelia saß an dem niedrigen Holztisch und hatte die Hände fest im Schoß gefaltet, während sie darauf wartete, dass die Ältesten sprachen. Die Last dessen, was sie erlebt hatte, lastete schwer auf ihr, und für einen Moment fühlte sie sich wieder wie ein Kind, das vor seinen Großeltern sitzt, um eine Missetat zu erklären.

Die Älteste unter ihnen, Elena, saß Amelia direkt gegenüber. Ihr faltiges Gesicht war eine Maske der Ruhe, aber in ihren Augen lag ein tiefes Verständnis, das Amelia das Gefühl gab, als würde ihre Seele untersucht. Links von Elena saß Isak, ein grauhaariger Fischer, der mehr Jahre auf See als an Land verbracht hatte, und rechts von ihr saß Maren, eine ruhige Frau, die für ihre Weisheit und tiefe Verbundenheit mit den alten Traditionen der Insel bekannt war.

„Wir sind froh, dass du sicher zurück bist, Amelia", begann Elena mit sanfter, aber klangvoller Stimme. „Der Ozean hat sich verändert und wir wissen, dass das auf das zurückzuführen ist, was du getan hast."

Amelia nickte mit zugeschnürter Kehle. Sie hatte sich darauf vorbereitet, ihre Reise in den Abgrund zu schildern und jedes Detail mitzuteilen, doch jetzt, da sie hier war, schienen ihr die Worte im Hals stecken zu bleiben. Wie sollte sie nur erklären, was sie gesehen hatte? Wie sollte sie den Schrecken, die Schönheit, die überwältigende Macht der Sirenen in Worte fassen?

„Der Fluch ist gebrochen", sagte sie schließlich, ihre Stimme kaum mehr als ein Flüstern. „Der Abgrund ... er stellt keine Bedrohung mehr dar."

Isak beugte sich vor, seine verwitterten Hände ruhten auf dem Tisch. „Und die Sirenen? Was ist mit denen?"

„Sie sind frei", antwortete Amelia und sah ihm in die Augen. „Sie waren durch den Fluch gebunden, aber jetzt ... haben sie Frieden gefunden."

Stille breitete sich im Raum aus, während die Ältesten ihre Worte aufnahmen. Sie waren alle mit den Geschichten der Sirenen aufgewachsen, deren Warnungen von Generation zu Generation weitergegeben wurden. Zu hören, dass diese einst gefürchteten und verachteten Kreaturen nun von ihrem dunklen Schicksal befreit waren, war fast zu viel, um es zu begreifen.

Maren, die bis jetzt geschwiegen hatte, meldete sich zu Wort. „Da ist noch mehr, nicht wahr, Amelia? Wir können es in deinen Augen sehen. Du hast mehr als nur eine Geschichte mitgebracht."

Amelia zögerte, ihr Puls beschleunigte sich. Sie wusste, was Maren wissen wollte – sie wusste, dass die Ältesten die Verbindung spüren konnten, die sie mit den Sirenen geknüpft hatte. Aber wie konnte sie es ihnen erklären? Wie konnte sie ihnen sagen, dass sie den Schmerz der Sirenen gespürt hatte, ihre Sehnsucht, ihre Liebe zum Meer und all seinen Geheimnissen? Wie konnte sie die Wahrheiten offenbaren, die sie in den Tiefen entdeckt hatte, Wahrheiten, die ihr Verständnis der Welt erschüttert hatten?

„Da ist noch mehr", gab Amelia mit zitternder Stimme zu. „Aber ... es ist schwer zu erklären. Was ich dort unten erlebt habe ... übertraf alles, was ich mir hätte vorstellen können."

Elena streckte die Hand über den Tisch und legte sie beruhigend auf Amelias. „Du musst nicht alles erzählen, wenn du noch nicht bereit bist. Wir sind einfach dankbar, dass du zu uns zurückgekehrt bist."

Amelia war von Elenas Freundlichkeit ergriffen. Sie wollte ihnen alles erzählen und ihr Wissen loswerden, aber etwas hielt sie davon ab. Vielleicht war es die Angst, dass sie es nicht verstehen würden, oder das Wissen, dass manche Wahrheiten geheim gehalten werden sollten und nur denen bekannt waren, die sie erlebt hatten.

„Die Insel ist jetzt sicher", sagte sie mit festerer Stimme. „Das ist, was zählt."

Die Ältesten tauschten Blicke, und es fand ein stummes Gespräch zwischen ihnen statt. Schließlich nickte Isak. „Ja, das ist es. Und dafür schulden wir Ihnen unseren tiefsten Dank."

Amelia lächelte knapp und angespannt. „Ich habe es nicht allein geschafft", sagte sie und dachte an die Sirenen und daran, wie ihre Stimmen sie durch die Dunkelheit geleitet hatten. „Das Meer hat mir geholfen. Und sie auch."

Elena kniff die Augen zusammen. „Die Sirenen?"

Amelia nickte. „Sie sind nicht das, was wir dachten. Sie waren gefangen, genau wie wir. Aber jetzt sind sie frei."

Elena lehnte sich in ihrem Stuhl zurück, ihr Gesichtsausdruck war nachdenklich. „Vielleicht ist es an der Zeit, dass wir unser Verständnis der alten Legenden überdenken. Die Welt verändert sich, Amelia, und wir müssen bereit sein, uns mit ihr zu verändern."

Maren nickte zustimmend. „Wir müssen einen Weg finden, die Insel zu schützen, ohne auf Angst zurückzugreifen. Der Ozean ist unser Leben, unsere Verbindung zur

Welt da draußen. Wir können es uns nicht leisten, im Widerspruch zu ihm zu stehen."

Amelia fühlte, wie bei ihren Worten eine schwere Last von ihren Schultern fiel. Sie verstanden vielleicht nicht ganz, was sie durchgemacht hatte, aber sie waren bereit, ihr zu vertrauen und darauf zu vertrauen, dass sie das Richtige getan hatte. Es war mehr, als sie sich erhofft hatte.

„Danke", sagte sie mit dankbarer Stimme. „Dass du an mich geglaubt hast."

Elena lächelte sanft. „Du hast dich bewährt, Amelia. Die Insel ist sicher und dafür sind wir dir ewig dankbar."

Als das Treffen zu Ende ging, begannen die Ältesten, die praktischen Aspekte des zukünftigen Schutzes der Insel zu besprechen. Amelia hörte zu und trug bei, wo sie konnte, doch ihre Gedanken schweiften bereits wieder zum Meer und zu den Sirenen ab. Es gab noch so viel, was sie nicht verstand, so viel, was sie lernen wollte. Doch für den Moment wusste sie, dass sie getan hatte, was sie konnte.

Als sie die Hütte verließ und zurück ins Sonnenlicht trat, spürte Amelia, wie sich ein Gefühl der Ruhe über sie legte. Auf der Insel herrschte Frieden, und zum ersten Mal seit langer Zeit auch bei ihr.

Ein Flüstern im Wind

Die Sonne begann langsam zum Horizont zu sinken und warf lange Schatten über die Insel. Amelia ging den vertrauten Pfad entlang, der zu ihrem Lieblingsplatz an den Klippen führte, wo die Wellen tief unten gegen die Felsen schlugen. Das rhythmische und ewige Rauschen des Ozeans war für sie immer eine Quelle des Trostes gewesen. Heute jedoch fühlte es sich anders an – tiefer, resonanter, als ob das Meer selbst versuchte, zu ihr zu sprechen.

Sie erreichte den Rand der Klippen und setzte sich auf das kühle, feuchte Gras, ihre Beine baumelten über dem Rand. Von hier aus konnte sie die weite Wasserfläche sehen, die sich bis zum Himmel erstreckte, die Grenze zwischen ihnen verschwamm im schwindenden Licht. Der Ozean war für sie immer ein Mysterium gewesen, voller Geheimnisse und Geschichten, die darauf warteten, entdeckt zu werden. Aber jetzt, nach allem, was sie durchgemacht hatte, fühlte es sich an, als wäre sie ein Teil dieses Mysteriums, auf eine Art und Weise mit dem Meer verbunden, die sie sich nie hätte vorstellen können.

Eine sanfte Brise wehte vom Wasser herüber und brachte den salzigen Geruch des Meeres und noch etwas anderes mit sich – etwas Schwaches, fast Unmerkliches, aber für ihre Sinne unverkennbar. Amelia schloss die Augen und atmete tief ein, sodass der Wind über sie hinwegwehte. Das Gefühl war sowohl beruhigend als auch beunruhigend, als streifte die Brise die äußersten Ränder ihres Bewusstseins und weckte Erinnerungen, an die sie sich nicht unbedingt erinnern wollte.

Dann hörte sie es: ein Flüstern, so leise, dass man es für den Wind hätte halten können. Aber Amelia wusste es besser. Sie hatte diese Stimme schon einmal gehört, tief unter den Wellen, im Herzen des Abgrunds. Es war die Stimme der Sirenen, die sie erneut riefen.

Ihr Herz schlug schneller, und sie öffnete die Augen, um den Horizont nach Anzeichen von Bewegung abzusuchen. Der Ozean war ruhig, seine Oberfläche war unberührt, abgesehen vom sanften Steigen und Fallen der Wellen. Doch das Flüstern blieb bestehen und wurde mit jedem Augenblick deutlicher, bis es Worte formte – Worte, die ihr einen Schauer über den Rücken jagten.

„Amelia... komm zu uns..."

Die Stimme war von eindringlicher Schönheit, erfüllt von einer Sehnsucht, die ihre Seele berührte. Es war dieselbe Stimme, die sie durch die Dunkelheit geführt und den Fluch gebrochen hatte. Doch jetzt schien sie anders – dringlicher, eindringlicher, als würden die Sirenen über die unendlichen Weiten des Meeres nach ihr greifen.

Sie stand auf, ihr Puls raste, während die Stimme weiter ihren Namen rief und sie ans Wasser winkte. Jeder Instinkt sagte ihr, dort zu bleiben und der Anziehungskraft der Sirenen zu widerstehen, aber die Verbindung, die sie zu ihnen fühlte, war zu stark, um sie zu ignorieren. Es war, als wäre ein Teil von ihr im Abgrund zurückgelassen worden, und dieser Teil drängte sie nun, zurückzukehren.

„Amelia... bitte..."

Die Bitte in der Stimme war unleugbar, erfüllt von einer Emotion, die ihr Zögern durchbrach. Sie trat vorsichtig einen Schritt näher an den Rand der Klippen heran, ihr Herz klopfte in ihrer Brust. Was wollten sie jetzt noch von ihr? Hatte sie nicht genug getan? Sie hatte sie befreit, den Fluch gebrochen, der sie jahrhundertelang gefesselt hatte. Aber die Sirenen waren noch nicht fertig mit ihr. Sie hatten ihr noch mehr zu zeigen, mehr zu enthüllen.

Amelias Gedanken rasten, während sie ihre Möglichkeiten abwägte. Sie könnte den Ruf ignorieren, von den Klippen weggehen und so tun, als hätte sie nichts gehört. Aber tief in ihrem Inneren wusste sie, dass das nicht möglich war. Die Verbindung, die sie mit den Sirenen teilte, war zu stark, zu tief in ihrem Wesen verwurzelt, um sie einfach beiseite zu schieben. Wenn sie nach ihr riefen, musste es dafür einen Grund geben.

„Amelia... vertrau uns..."

Die Worte waren wie eine sanfte Liebkosung, die ihre Ängste linderte, während sie gleichzeitig etwas tief in ihr weckten – Neugier, den Wunsch, mehr zu erfahren. Die Sirenen hatten ihr die Wahrheit über den Fluch gezeigt und sie durch die gefährlichen Tiefen des Ozeans geleitet. Sie hatten ihr das Leben gerettet. Und jetzt baten sie sie, ihnen erneut zu vertrauen.

Amelia holte tief Luft und traf ihre Entscheidung. Sie würde dem Ruf folgen, egal wohin er führte. Sie war zu weit gekommen und hatte zu viel gelernt, um jetzt umzukehren.

Mit einem letzten Blick auf die untergehende Sonne begann sie, den schmalen Pfad hinunterzugehen, der zum Strand führte. Der Klang der Sirenen wurde mit jedem Schritt lauter, ein melodisches Echo, das bis in ihre Knochen zu hallen schien. Der Wind frischte auf und wirbelte in einem Tanz aus Salz und Nebel um sie herum, als würde der Ozean selbst sie vorwärts treiben.

Als sie das Ufer erreichte, zögerte sie, das Wasser schwappte an ihre Füße. Der Ruf der Sirenen war jetzt stärker, eindringlicher, aber er war von einer Sanftheit gemildert, die ihre Nerven beruhigte. Was auch immer vor ihr lag, sie wusste, dass sie es nicht allein bewältigen musste.

„Amelia... wir warten..."

Diese Worte waren der letzte Anstoß, den sie brauchte. Sie holte tief Luft und watete ins Wasser. Die kühlen Wellen kamen ihr entgegen, als sie tiefer ins Meer vordrang. Der Himmel über ihr war in die Farben der Dämmerung getaucht, und die Sterne begannen durch das schwindende Licht zu blicken. Und als sie ins offene Wasser hinausschwamm, umgab sie das Flüstern der Sirenen und führte sie vorwärts.

Amelia schloss die Augen und gab sich der Anziehungskraft des Ozeans hin. Sie wusste nicht, wohin die Sirenen sie führten oder was sie ihr zeigen wollten. Aber sie wusste ohne Zweifel, dass sie ihnen folgen musste.

Denn die Antworten, die sie suchte – die Wahrheiten, die sie ans Licht bringen musste – lagen da draußen, in der Tiefe.

Der Abgrund winkt

Das Wasser war kälter, als Amelia erwartet hatte. Die Kälte drang durch ihre Kleidung und bis in ihre Knochen, als sie sich weiter vom Ufer entfernte. Die einst vertraute Landschaft der Insel verschwand hinter ihr, verschluckt von der hereinbrechenden Dunkelheit der Nacht. Sie konzentrierte sich auf den Rhythmus ihrer Schwimmzüge, das stetige Hin und Her des Ozeans unter ihr. Doch als sie tiefer ins Meer vordrang, begann die Ruhe, die sie am Anfang gespürt hatte, einem wachsenden Gefühl des Unbehagens zu weichen.

Die Stimmen der Sirenen hallten noch immer in ihrem Kopf wider, eine eindringliche Melodie, die mit den Wellen zu steigen und zu fallen schien. Sie führten sie, ihr Gesang war sowohl ein Trost als auch eine Warnung, trieb sie vorwärts und erinnerte sie gleichzeitig an die Gefahren, die vor ihr lagen. Sie hatte ihren Fluch gebrochen, sie von den Ketten befreit, die sie an den Abgrund gefesselt hatten. Aber was wollten sie jetzt? Was konnten sie noch mehr von ihr verlangen?

Die Antwort lag irgendwo in den Tiefen, in den schwarzen Gewässern, die sich endlos ins Unbekannte erstreckten. Der Gedanke jagte ihr einen Schauer über den Rücken. Sie hatte sich schon immer zum Ozean hingezogen gefühlt, war fasziniert von seinen Geheimnissen, aber bis jetzt hatte sie seine Macht nie wirklich verstanden. Er war mehr als nur ein riesiges Gewässer; er war lebendig, atmend und voller Geheimnisse, die man am besten in Ruhe ließ.

Und doch stürzte sie sich bereitwillig kopfüber in die Tiefen, geleitet von einer Kraft, die sie nicht völlig begreifen konnte.

Je weiter sie hinausschwamm, desto dunkler wurde das Wasser, und das Sonnenlicht verblasste, als die letzten Spuren des Tages hinter dem Horizont verschwanden. Die Sterne am Himmel spendeten nur wenig Licht, ihr schwaches Funkeln wurde von der endlosen Schwärze unter ihnen verschluckt. Amelia konnte den Grund nicht mehr sehen, der Meeresboden verlor sich in einer scheinbar endlosen Leere. Das Gefühl der Isolation war überwältigend, die Stille wurde nur durch das Geräusch ihres eigenen Atems und das gelegentliche Plätschern einer Welle unterbrochen.

Doch die Sirenen waren bei ihr, ihre Stimmen waren ständig in ihrem Kopf präsent und trieben sie weiter.

„Amelia ... du bist fast da ..."

Die Worte waren wie ein Rettungsring, der sie durch die Dunkelheit zog. Sie vertraute ihnen, obwohl ihr jeder Instinkt sagte, sie solle umkehren. Sie war zu weit gekommen, um jetzt aufzugeben. Was auch immer vor ihr lag, sie musste sich dem stellen. Die Sirenen hatten sie aus einem bestimmten Grund hierher gebracht, und sie musste verstehen, warum.

Plötzlich begann sich das Wasser um sie herum zu verändern. Die Wellen, einst sanft und rhythmisch, wurden unruhiger, ihre Bewegungen unregelmäßiger. Amelia spürte eine starke Strömung, die an ihr zog und sie in Richtung einer unsichtbaren Kraft in der Tiefe zog. Sie kämpfte darum, ihren Kopf über Wasser zu halten, denn die Anziehungskraft des Ozeans wurde mit jedem Augenblick stärker.

Panik überkam sie, als sie merkte, dass sie nicht mehr die Kontrolle hatte. Die Strömung war zu stark, zu gewaltig und sie zog sie nach unten. Sie trat und schlug um sich, versuchte, gegen den Sog anzukämpfen, aber es war sinnlos. Der Ozean hatte sie fest im Griff und ließ sie nicht los.

„Amelia ... wehre dich nicht ..."

Die Stimmen der Sirenen durchbrachen die Panik, ihr Ton war beruhigend, aber bestimmt. Sie sagten ihr, sie solle loslassen, sich der Strömung hingeben. Aber wie sollte sie das tun? Die Vorstellung, nachzugeben und zuzulassen, dass der Ozean sie in den Abgrund zog, war furchterregend. Doch tief in ihrem Inneren wusste sie, dass sie keine andere Wahl hatte. Die Sirenen hatten sie aus einem bestimmten Grund hierher gebracht, und sie musste ihnen vertrauen.

Amelia holte tief Luft und hörte auf zu kämpfen. Sie ließ ihren Körper schlaff werden und ließ sich von der Strömung mitreißen. Das Gefühl war erschreckend und befreiend zugleich, als würde sie in einem Traum schweben. Das Wasser schloss sich über ihrem Kopf, der letzte Streifen Himmel verschwand, als sie in die Tiefe sank.

Einen Moment lang herrschte nur Dunkelheit, die kalte Umarmung des Ozeans drückte sie von allen Seiten. Doch dann, gerade als sie dachte, sie wäre für immer verloren, kehrten die Stimmen der Sirenen zurück, stärker denn je.

„Amelia... wir sind hier..."

In der Ferne erschien ein schwacher Schimmer, ein sanftes, pulsierendes Licht, das die Dunkelheit durchschnitt. Es wurde heller, als sie hinabstieg, und erleuchtete das Wasser um sie herum in Blau- und Grüntönen. Die Strömung wurde langsamer und wurde zu einem sanften Sog, der sie zum Licht führte. Die Angst, die sie noch vor wenigen Augenblicken gepackt hatte, begann zu schwinden und wurde durch ein seltsames Gefühl des Friedens ersetzt.

Das Licht wurde heller und ließ die Umrisse der Gestalten im Wasser erkennen. Amelia kniff die Augen zusammen und versuchte, ihre Formen zu erkennen. Als sie scharf wurden, erkannte sie erschrocken, dass es nicht irgendwelche Gestalten waren – es waren die Sirenen.

Sie umringten sie, ihre Körper waren glatt und elegant, ihre Augen leuchteten in einem überirdischen Licht. Ihr Haar floss um sie herum wie Seetangranken und bewegte sich in einem hypnotischen Tanz mit der Strömung. Sie waren schöner, als sie es sich je vorgestellt hatte, ihre Präsenz war sowohl ehrfurchtgebietend als auch erschreckend.

„Amelia... willkommen..."

Die sprechende Sirene schwebte näher und blickte Amelia mit einer Intensität an, die sie erschauern ließ. Da war etwas in diesen Augen – etwas Uraltes und Mächtiges, eine Weisheit, die Zeit und Raum überdauerte.

„Warum hast du mich hierher gebracht?", fragte Amelia, ihre Stimme war kaum mehr als ein Flüstern.

Die Sirene lächelte, und ihre Lippen verzogen sich langsam und rätselhaft.

„Um dir die Wahrheit zu zeigen", antwortete sie und ihre Stimme hallte in Amelias Kopf wider. „Um zu enthüllen, was unter der Oberfläche liegt."

Bevor Amelia antworten konnte, wurde das Licht um sie herum noch heller und hüllte sie in ein warmes, strahlendes Leuchten. Die Stimmen der Sirenen erhoben sich zu einem harmonischen Chor, und ihr Gesang erfüllte sie mit einem Gefühl des Staunens und der Ehrfurcht.

Und dann explodierte das Licht, wusch die Dunkelheit, die Kälte und die Angst weg und ließ nur die Wahrheit zurück.

Eine Offenbarung unter den Wellen

Amelia schwebte in einem traumähnlichen Zustand, ihre Sinne waren überwältigt von der Helligkeit des Lichts und der beruhigenden Harmonie des Sirenengesangs. Es war, als wäre sie in eine andere Welt eingetreten, ein Reich verborgen unter den Wellen, wo Zeit und Raum keine Bedeutung mehr hatten. Sie fühlte sich schwerelos, als würde sie ungebunden und frei durch den Kosmos treiben.

Das Licht begann sich zu verändern, seine Helligkeit wurde sanfter und verwandelte sich in eine schimmernde Unterwasserlandschaft. Amelia blieb der Atem im Hals stecken, als sie den Anblick vor sich in sich aufnahm. Der Meeresboden war mit üppigen, wogenden Kelpwäldern bedeckt, deren smaragdgrüne Wedel wie Finger, die nach der Sonne greifen, zur Oberfläche ragten. Fischschwärme schossen durch das Wasser, ihre Schuppen fingen das Licht ein und streuten es in alle Richtungen, wodurch ein Kaleidoskop aus Farben entstand.

Was sie jedoch wirklich faszinierte, waren die Ruinen – alte Bauten, die schon lange vom Meer verschlungen worden waren. Steinsäulen ragten aus dem Sand, deren Oberflächen von Jahrhunderten der Gezeiten glattgeschliffen worden waren. Einst prachtvolle Tempel, die jetzt zerbröckeln und halb vergraben sind, waren mit Schnitzereien von vertrauten und fremdartigen Kreaturen geschmückt. Amelia konnte die Einzelheiten kaum erkennen, aber sie erkannte die Muster als die einer alten Zivilisation – einer Zivilisation, die in der Geschichte verloren gegangen war.

Die Sirenen umkreisten sie, ihre Bewegungen waren anmutig und fließend, während sie sie ins Herz der Ruinen führten. Amelia folgte ihnen, ihre Neugier war geweckt. Sie hatte sich schon immer zu den Geheimnissen der Vergangenheit hingezogen gefühlt, und diese Entdeckung kam ihr wie der Höhepunkt einer lebenslangen Suche vor.

Als sie sich einem großen, zentralen Tempel näherten, löste sich die Sirene, die zuvor mit ihr gesprochen hatte, von der Gruppe und schwamm auf eine massive Steintür zu. Sie legte ihre Hand auf die Oberfläche und die Schnitzereien begannen in einem sanften, goldenen Licht zu leuchten. Die

Tür öffnete sich langsam quietschend und enthüllte eine Kammer, die in ätherisches Licht getaucht war.

Amelia zögerte, eine Mischung aus Ehrfurcht und Beklommenheit durchströmte sie. Die Sirene drehte sich zu ihr um, ihre Augen funkelten ermutigend.

„Komm, Amelia", sagte sie leise. „Das ist es, was du sehen solltest."

Amelia holte tief Luft und schwamm durch die Tür in die Kammer. Das Licht im Inneren war fast blendend, aber als sich ihre Augen an die Dunkelheit gewöhnt hatten, konnte sie die Einzelheiten des Raumes erkennen. Die Wände waren mit aufwendigen Schnitzereien bedeckt, die Szenen aus dem Leben unter dem Meer zeigten – Meerjungfrauen und Meermänner, die in der Strömung tanzten, Delfine und Wale, die sich in Harmonie bewegten, und in der Mitte von allem eine Figur, die nur die Sirenenkönigin sein konnte.

Das Bild der Königin war majestätisch und eindringlich zugleich, ihre Augen waren erfüllt von einer Weisheit, die alle Zeitalter überdauerte. In ihren Händen hielt sie eine leuchtende Kugel, deren Licht in einem Rhythmus pulsierte, der Amelias Herzschlag entsprach.

Als sie sich der Gestalt näherte, spürte Amelia eine seltsame Anziehungskraft, als würde die Kugel nach ihr rufen. Sie streckte die Hand aus, ihre Hand zitterte, und in dem Moment, als ihre Finger die Oberfläche berührten, schoss eine Energiewelle durch ihren Körper.

Visionen überfluteten ihren Geist – Erinnerungen an eine längst vergangene Zeit, als die Sirenenkönigin über die Tiefen des Ozeans herrschte. Sie sah den Aufstieg und Fall eines alten

Reiches, die Freude seines Volkes und die Tragödie, die es heimgesucht hatte. Sie war Zeugin des Augenblicks, in dem die Königin das ultimative Opfer brachte und sich und ihre Verwandten an den Abgrund band, um die Welt darüber vor einem großen Übel zu beschützen.

Amelia schnappte nach Luft, die Last dieser Offenbarung lastete schwer auf ihr. Die Sirenen waren nicht immer die verführerischen Verführerinnen der Legende gewesen; einst waren sie Wächterinnen gewesen, Beschützerinnen des Gleichgewichts zwischen Land und Meer. Aber etwas war schrecklich schiefgegangen, und ihre edle Mission war zu dem Fluch verdreht worden, der sie jahrhundertelang gefangen hielt.

Das Licht der Kugel wurde intensiver und Amelia fühlte eine tiefe Verbindung zur Sirenenkönigin – eine Verbindung, die Zeit und Raum überwand. Die Stimme der Königin hallte in ihrem Kopf wider, sanft und voller Trauer.

„Du hast uns befreit, Amelia, aber unsere Aufgabe ist noch nicht beendet. Das Böse, das wir einst in Schach gehalten haben, erwacht erneut. Du bist der Schlüssel, um seine Rückkehr zu verhindern."

Amelias Herz klopfte wie wild, als ihr die ganze Last ihrer Verantwortung auflag. Sie war aus einem bestimmten Grund hierhergebracht worden, geleitet von Kräften jenseits ihres Verständnisses. Die Sirenen hatten sie auserwählt, ihr Erbe weiterzuführen und die Welt vor einer Dunkelheit zu beschützen, die erneut aufzusteigen drohte.

„Aber wie?", flüsterte sie, und ihre Stimme zitterte vor Unsicherheit. „Was kann ich tun?"

Der Blick der Sirenenkönigin wurde sanfter und das Licht der Kugel wurde zu einem sanften Glühen.

„Vertraue auf dich selbst, Amelia. Die Antworten werden mit der Zeit kommen. Jetzt musst du diesen Ort verlassen und dich auf das vorbereiten, was vor dir liegt. Die Tiefen des Ozeans bergen viele Geheimnisse, aber sie bergen auch große Macht. Du musst lernen, sie zu nutzen, wenn du Erfolg haben willst."

Die Vision begann zu verblassen und Amelia spürte, wie die Verbindung abbrach. Sie versuchte, sich festzuhalten, aber die Stimme der Sirenenkönigin entfernte sich, wie ein Flüstern, das der Wind mit sich trug.

„Denken Sie daran, Amelia ... das Schicksal beider Welten liegt in Ihren Händen."

Das Licht verschwand und Amelia fand sich in den Ruinen wieder. Die Sirenen beobachteten sie mit ernster Miene. Die Schwere dessen, was sie gesehen hatte, blieb in ihrem Kopf, die Echos der Worte der Königin hallten in ihrer Seele wider.

Sie wusste jetzt, dass ihre Reise noch lange nicht zu Ende war. Der Abgrund hatte seine Geheimnisse preisgegeben, aber er hatte ihr auch einen neuen Weg eröffnet – einen, der sie auf eine Art und Weise auf die Probe stellen würde, die sie sich noch nicht vorstellen konnte.

Nach einem letzten Blick auf die Ruinen drehte sich Amelia um und begann den langen Weg zurück an die Oberfläche zu schwimmen. Ihr Herz war schwer angesichts der Gewissheit, was kommen würde. Die Sirenen folgten ihr, ihr

Gesang war eine eindringliche Melodie, die sie für immer begleiten würde.

CHAPTER 13

Epilog: Die ewige Wache

Kehre an die Oberfläche zurück

Amelia durchbrach die Wasseroberfläche und schnappte nach Luft, als der Nachthimmel sie mit einer Decke aus Sternen begrüßte. Die kalte, salzige Luft füllte ihre Lungen, ein starker Kontrast zu den dichten, feuchten Tiefen, aus denen sie gerade aufgetaucht war. Jeder Atemzug war mühsam, ihr Körper schmerzte von der Anstrengung ihrer Reise durch den Abgrund. Aber sie war am Leben – am Leben und frei von der erstickenden Anziehungskraft der Tiefe.

Das vertraute Geräusch der Wellen, die gegen das Ufer schlugen, drang an ihre Ohren, und sie drehte den Kopf und suchte nach der Küste. Da war er, der Strand, den sie vor gefühlten Ewigkeiten verlassen hatte, und der jetzt sanft im Mondlicht leuchtete. Sie begann zu schwimmen, ihre Glieder waren schwer, aber entschlossen, und trieben sie dem Ufer entgegen. Jeder Schwimmzug brachte sie dem Sand näher, der

Sicherheit, aber auch einer Realität, die sich seltsam weit weg anfühlte.

Als Amelias Füße endlich den Sandboden berührten, stolperte sie und wäre vor Erschöpfung beinahe zusammengebrochen. Sie zwang sich, weiterzugehen, und das Wasser wich von ihren Beinen zurück, als sie in Richtung trockenes Land watete. Der Sand war kühl und angenehm unter ihren Füßen, eine willkommene Abwechslung zu dem kalten, drückenden Wasser, das sie hinter sich gelassen hatte. Sie brach am Ufer zusammen, ihr Körper sank in den Sand und ließ die Wellen sanft an ihre Beine schwappen, während sie in den Himmel starrte.

Die Sterne blinzelten auf sie herab, gleichgültig gegenüber ihrem Kampf, ihr Licht kalt und fern. Doch in diesem Moment fand Amelia Trost in ihrer Beständigkeit. Die Welt über den Wellen hatte sich nicht verändert, auch wenn sie es getan hatte. Sie war nicht mehr dieselbe Person, die sich in den Abgrund gewagt hatte. Der Ozean hatte sie verändert, sie auf eine Weise berührt, die sie gerade erst zu verstehen begann.

Die Geräusche der Nacht umgaben sie – das rhythmische Rauschen der Wellen, die fernen Rufe der Seevögel, das Rauschen des Windes in den Dünen. Es war friedlich hier, weit entfernt von den Gefahren und Geheimnissen der Tiefe. Doch als sie dort lag, konnte Amelia das Gefühl nicht abschütteln, dass sie immer noch beobachtet wurde, dass der Ozean sie noch nicht wirklich aus seinem Griff befreit hatte.

Sie schloss die Augen und ließ die kühle Nachtluft ihren geschundenen Körper beruhigen. Ihre Gedanken wanderten zurück in die Tiefe, zu den eindringlichen Melodien der Sirenen, die noch immer schwach in ihren Ohren widerhallten. Ihr Lied war sowohl ein Köder als auch ein Führer gewesen, der sie durch die Dunkelheit geführt und ihr Geheimnisse offenbart hatte, die sie kaum begreifen konnte. Und jetzt, am Ufer, war ihre Anwesenheit noch da, eine Erinnerung daran, dass der Ruf des Ozeans niemals völlig ignoriert werden konnte.

Amelia öffnete die Augen und blickte auf den dunklen Horizont, wo der Himmel auf das Meer traf. Die weite Wasserfläche war jetzt ruhig, die Oberfläche wurde kaum von der sanften Brise bewegt. Aber sie wusste, dass der Ozean unter dieser ruhigen Oberfläche voller Leben und Geheimnisse war, voller Gefahren, die sie jederzeit in die Tiefe ziehen konnten. Die Sirenen waren immer noch da draußen, beobachteten und warteten, und ihr Gesang war eine ewige Präsenz in ihrem Hinterkopf.

Mit einem tiefen Atemzug stemmte sich Amelia aus dem Sand. Ihr Körper protestierte, ihre Muskeln schrien vor Erschöpfung, aber sie ignorierte den Schmerz. Sie hatte den Abgrund überlebt, und sie würde auch das hier überleben. Die Reise war noch nicht vorbei – weit gefehlt. Die Sirenen hatten ihr ihre Geheimnisse anvertraut, und nun lag es an ihr, zu entscheiden, was sie mit diesem Wissen anfangen wollte.

Als sie da stand, warf der Mond einen langen Schatten hinter ihr, der sich bis zum Meer erstreckte. Sie blickte ein letztes Mal zurück und spürte die Last des Blicks des Meeres auf ihrem Rücken. Dann, mit einem letzten, entschlossenen Atemzug, wandte sie sich vom Meer ab und begann den langen Weg nach Hause, wohl wissend, dass das Meer und die Sirenen darin immer ein Teil von ihr sein würden.

Die letzte Versammlung

Amelia ging den schmalen Pfad hinauf, der zu der abgeschiedenen Klippe führte. Der steinige Pfad kam ihr unter den Füßen bekannt vor, ein Pfad, den sie schon oft gegangen war, aber heute Abend fühlte er sich anders an. Der Wind peitschte durch ihr Haar und trug den Geruch von Salz und Seetang mit sich, und das ferne Rauschen der Wellen unter ihr erinnerte sie an die stets wachsame Gegenwart des Ozeans. Sie zog ihre Jacke fester um sich, als könnte sie sie vor der Last des Wissens schützen, das sie nun mit sich herumtrug.

Vor ihnen stand eine kleine Gruppe von Gestalten in einem lockeren Kreis, ihre Gesichter wurden vom sanften Schein einer Laterne erhellt, die in der Nachtbrise flackerte. Dies waren ihre treuen Freunde, diejenigen, die sie unterstützt und an sie geglaubt hatten, selbst als sie an sich selbst gezweifelt hatte. Ihre Augen richteten sich auf sie, als sie näher kam, eine Mischung aus Erleichterung und Besorgnis in ihren Blicken. Sie war zurück, aber sie konnten spüren, dass sie nicht mehr dieselbe war.

„Amelia", begrüßte Finn sie als Erster und trat vor. Seine Stimme war fest, aber die Sorge war in seinen Augen deutlich zu erkennen. Er war immer der Pragmatische gewesen, der Anker, der sie auf dem Boden hielt, wenn ihre Gedanken zu chaotisch wurden. „Du hast es geschafft."

„Das habe ich", antwortete sie, und ihre Stimme trug die Last des Abgrunds. Sie lächelte ihn leicht an, obwohl es ihre Augen nicht erreichte. „Es ist vorbei ... für jetzt."

Die anderen drängten sich um sie, ihre Fragen hingen in der Luft, unausgesprochen, aber greifbar. Lila, ihre beste Freundin seit Kindheitstagen, legte ihr tröstend eine Hand auf die Schulter. „Was ist da unten passiert?" Lilas Stimme war sanft, erfüllt von der Art von Mitgefühl, die nur jemand aufbringen konnte, der sie wirklich kannte.

Amelia zögerte und suchte nach den richtigen Worten, um die Schwere dessen auszudrücken, was sie erlebt hatte. Wie konnte sie die Unermesslichkeit der Geheimnisse des Ozeans erklären, die uralte Macht der Sirenenkönigin, die eindringliche Schönheit ihres Gesangs? Wie konnte sie ihnen das empfindliche Gleichgewicht verständlich machen, das entstanden war, den schmalen Grat, auf dem sie nun zwischen zwei Welten wandelte?

„Ich habe sie getroffen", begann Amelia mit fester, aber leiser Stimme. „Die Sirenenkönigin. Sie ... sie hat mir Dinge gezeigt. Mir Dinge erzählt, die ich –" Sie hielt inne und schluckte den Kloß in ihrem Hals hinunter. „Dinge, die wir wissen müssen, auf die wir uns vorbereiten müssen."

Die Gruppe verstummte, die Last ihrer Worte lastete auf ihnen. Sogar der Wind schien zu verstummen, als hielte die Welt um sie herum den Atem an und wartete darauf, dass sie fortfuhr.

„Was für Dinge?", fragte Max, der Jüngste der Gruppe. In seiner Stimme klangen Neugier und Angst zugleich. Er war schon immer derjenige gewesen, der Grenzen austestete und das Unbekannte suchte, aber jetzt schien sogar er zögerlich.

„Dinge über den Ozean, über die Sirenen", sagte Amelia und wählte ihre Worte mit Bedacht. „Dort unten gibt es eine uralte Macht, etwas, das älter und gefährlicher ist, als wir es uns je vorgestellt haben. Die Sirenenkönigin ist ihre Wächterin, aber ... sie ist instabil. Sie wurde gestört und ist jetzt erwacht."

Finn runzelte die Stirn, während er sich bereits die Konsequenzen vor Augen führte. „Wach? Was meinst du?"

Amelia seufzte und fuhr sich mit der Hand durch das feuchte Haar. „Es bedeutet, dass das Gleichgewicht zwischen unserer und ihrer Welt fragil ist. Die Sirenen ... sie sind nicht nur Mythos oder Legende. Sie sind real und sie beobachten uns. Wenn wir nicht aufpassen, wenn wir zu weit gehen, werden sie nicht zögern, ihre Leute zu beschützen."

Schweres Schweigen breitete sich in der Gruppe aus, als ihnen die Tragweite von Amelias Worten bewusst wurde. Sie alle hatten die Geschichten gehört, die Legenden, die über Generationen weitergegeben wurden, aber es nun bestätigt zu hören, zu wissen, dass diese Mythen wahr waren ... das war fast zu viel, um es zu begreifen.

Lila drückte Amelias Schulter und ihre Stimme zitterte vor Angst und Entschlossenheit. „Also, was machen wir jetzt?"

„Wir bereiten uns vor", antwortete Amelia mit fester Stimme. „Wir lernen alles, was wir über den Ozean und die Sirenen wissen können. Wir finden einen Weg, das Gleichgewicht zu bewahren und sowohl unsere als auch ihre Welt zu schützen. Die Sirenenkönigin hat mir dieses Wissen anvertraut und wir dürfen sie nicht enttäuschen."

Die Gruppe nickte, eine stille Zustimmung zwischen ihnen. Sie wussten, dass dies erst der Anfang war, dass die bevorstehende Reise voller Gefahren und Ungewissheit sein würde. Aber sie wussten auch, dass sie jetzt nicht mehr umkehren konnten. Der Ozean hatte seine Geheimnisse preisgegeben und es lag an ihnen, diejenigen zu beschützen, die die unter den Wellen lauernden Gefahren nicht sehen konnten.

Als der Wind auffrischte und die ferne, eindringliche Melodie des Sirenengesangs mit sich trug, blickte Amelia auf den dunklen Ozean hinaus. Die Wellen glitzerten im Mondlicht, riesig und endlos, und in ihren Tiefen verbargen sie unsagbare Geheimnisse. Die bevorstehende Reise würde nicht einfach werden, aber sie wusste, mit ihren Freunden an ihrer Seite würden sie alles bewältigen können, was der Ozean für sie bereithielt.

Die unsichtbare Bedrohung

Amelia lag wach in ihrem Bett und starrte an die Decke, während ihr die Ereignisse der Nacht durch den Kopf gingen. Die Stille im Zimmer, die nur gelegentlich vom Knarren des alten Hauses unterbrochen wurde, konnte das Unbehagen, das an ihr nagte, nicht lindern. Sie konnte immer noch die Anziehungskraft des Ozeans spüren, seine unsichtbaren Strömungen, die an ihr zerrten, sogar hier, meilenweit vom Ufer entfernt. Die Stimme der Sirenenkönigin hallte in ihren Gedanken wider, ihre Worte waren eine kryptische Warnung, die Amelia ruhelos und misstrauisch machte.

Das Haus war dunkel, bis auf den schmalen Streifen Mondlicht, der durch die Vorhänge fiel und lange Schatten durch das Zimmer warf. Die vertraute Umgebung war kein Trost für sie. Sie kam ihr fremd vor, als wäre die Welt, in die sie zurückgekehrt war, irgendwie anders, befleckt durch das Wissen, das sie jetzt in sich trug. Sie hatte immer eine Verbindung zum Meer gespürt, aber jetzt fühlte sich diese Verbindung eher wie ein Fluch als ein Geschenk an.

Ein leises Rascheln vor ihrem Fenster erregte ihre Aufmerksamkeit und riss sie aus ihren Gedanken. Sie setzte sich auf, und ihr Herz setzte einen Schlag aus, während sie angestrengt lauschte. Das Geräusch war schwach, wie das Flüstern des Windes in den Blättern, aber es war zu absichtlich, zu fehl am Platz in der stillen Nacht.

Amelia rutschte aus dem Bett, ihre nackten Füße liefen lautlos über den Holzboden. Sie näherte sich vorsichtig dem Fenster, alle Sinne in höchster Alarmbereitschaft. Sie spähte durch die Vorhänge und blickte in den Hof unter ihr, während sich ihre Augen an das schwache Licht gewöhnten. Zuerst sah sie nichts, nur die dunklen Silhouetten der Bäume, die sich im Wind wiegten. Doch dann bewegte sich ein Schatten und glitt mit unnatürlicher Anmut über den Boden.

Ihr stockte der Atem. Die Gestalt war kaum zu erkennen und verschmolz beinahe nahtlos mit der Dunkelheit. Sie bewegte sich mit einer Geschmeidigkeit, die ihr einen kalten Schauer über den Rücken jagte, ihre Gestalt veränderte sich und wogte wie Wasser. Sie konnte keine klaren Züge erkennen, aber ihre Präsenz war unverkennbar – eine kalte, bösartige Energie, die ihr die Nackenhaare zu Berge stehen ließ.

Die Gestalt hielt inne, als hätte sie ihren Blick gespürt, und für einen Moment befanden sich die beiden in einem stummen Patt. Amelias Herz klopfte in ihrer Brust, Angst und Adrenalin strömten durch ihre Adern. Sie hatte der Sirenenkönigin in ihrem eigenen Reich gegenübergestanden, aber das hier ... das hier war etwas anderes, etwas, auf das sie nicht vorbereitet war.

Die Gestalt setzte sich wieder in Bewegung und glitt mit unheimlicher Zielstrebigkeit über den Hof. Sie bewegte sich auf die Grundstücksgrenze zu, wo die Bäume dichter wurden und der Pfad zu den Klippen begann. Amelia verspürte den überwältigenden Drang, ihr zu folgen, um zu sehen, wohin sie ging, aber die Angst hielt sie zurück. Sie wusste, dass es besser war, sich dem Unbekannten nicht ohne Plan zu stellen, besonders jetzt, da sie verstand, wie gefährlich die Geheimnisse des Ozeans sein konnten.

Stattdessen sah sie zu, wie die Gestalt in den Schatten verschwand und von der Nacht verschluckt wurde. Im Hof war es wieder still, das einzige Geräusch war das ferne Krachen der Wellen gegen die Klippen. Doch die Unruhe blieb, eine Erinnerung daran, dass der Ozean weit über die Küste hinausreichte.

Amelia trat vom Fenster zurück, ihre Gedanken rasten. Die Warnung der Sirenenkönigin hallte in ihren Gedanken wider, bedrohlicher denn je. *Hüte dich vor den Schatten, denn sie verbergen mehr, als das Auge sehen kann.* Was hatte sie entfesselt, als sie sich in den Abgrund wagte? Welche unsichtbaren Kräfte waren durch ihr Eindringen erwacht?

Sie ging zurück ins Bett, obwohl an Schlaf jetzt nicht mehr zu denken war. Die Last der Geheimnisse des Ozeans lastete schwer auf ihr und machte ihr das Atmen schwer. Sie hatte gedacht, die Sirenenkönigin wäre die größte Bedrohung, der sie sich stellen musste, aber jetzt war sie sich nicht mehr so sicher. Die Schatten bargen ihre eigenen Gefahren und sie waren viel näher, als sie gedacht hatte.

Als sie dort lag und in die Dunkelheit starrte, wurde Amelia klar, dass ihre Reise noch lange nicht zu Ende war. Der Ozean hatte sie in seinen Klauen und würde sie nicht so leicht loslassen. Was auch immer in den Schatten lauerte, es war hinter ihr her und sie musste bereit sein. Die Sirenenkönigin hatte ihr das Wissen anvertraut, beide Welten zu beschützen, aber jetzt lag es an ihr, einen Weg zu finden, dies zu tun.

Die Nacht zog sich hin, lang und bedrückend, während Amelia wach lag und ihr Kopf voller Möglichkeiten und Ängste war. Die Gestalt im Hof war eine Warnung gewesen – ein Zeichen, dass die Macht des Ozeans nicht auf die Tiefen beschränkt war. Sie war hier, in ihrer Welt, und sie beobachtete sie. Die Wahrheit der Sirenen war viel komplexer, als sie gedacht hatte, und die wahre Herausforderung fing gerade erst an.

Das vergessene Tagebuch

Am nächsten Morgen fühlte sich Amelia, als hätte sie kaum geschlafen. In ihren Träumen war die schattenhafte Gestalt heimgesucht worden, deren fließende Bewegungen sich in ihrem Kopf wiederholten, immer gerade außer Reichweite. Die Erinnerung daran blieb, als sie sich auf den Tag vorbereitete, und legte einen Schatten auf ihre Gedanken. Sie brauchte Antworten, etwas, das ihr in diesem wachsenden Meer der Ungewissheit Halt gab.

Nach einem schnellen Frühstück begab sich Amelia in das kleine Arbeitszimmer, das einst ihrem Großvater gehört hatte. Der Raum war vollgestopft mit alten Karten, nautischen Instrumenten und Regalen voller verwitterter Bücher, jedes einzelne davon ein Zeugnis der lebenslangen Obsession ihres Großvaters mit dem Meer. Amelia hatte sich ihm immer verbunden gefühlt und geglaubt, dass sie seine tiefe Liebe zum Meer geerbt hatte. Aber jetzt fragte sie sich, ob sie auch seine Geheimnisse geerbt hatte.

Sie näherte sich dem großen Eichenschreibtisch, der die Mitte des Raumes dominierte. Hier hatte ihr Großvater unzählige Stunden verbracht, über seinen Diagrammen gebrütet und sich Notizen in sein Tagebuch gemacht. Amelia war immer von seiner Arbeit fasziniert gewesen, aber er war zurückhaltend gewesen und hatte ihr nur Bruchstücke seiner Forschungen verraten. Nach seinem Tod hatte sie das Haus und alles darin geerbt, aber sein Arbeitszimmer hatte sie nie vollständig erkundet. Jetzt fühlte es sich an, als wäre die Zeit gekommen, sich mit den Geheimnissen zu befassen, die er hinterlassen hatte.

Amelia öffnete die Schreibtischschubladen und durchsuchte alte Papiere und verblasste Fotos. Es gab Notizen über Gezeiten, Skizzen von Meereslebewesen und Seiten voller Beobachtungen über das Verhalten des Ozeans. Aber erst in der untersten Schublade fand sie, wonach sie suchte – ein in Leder gebundenes Tagebuch, dessen Einband durch jahrelangen Gebrauch abgenutzt war. Das Tagebuch ihres Großvaters.

Sie zog es heraus und verspürte eine seltsame Mischung aus Vorfreude und Beklommenheit. Das Tagebuch war dick und mit der sorgfältigen Handschrift gefüllt, an die sie sich so gut erinnerte. Dies war der Schlüssel zum Verständnis des Erbes, das ihr Großvater ihr hinterlassen hatte, und vielleicht auch der Schlüssel zum Verständnis der Ereignisse, die sich jetzt um sie herum abspielten.

Amelia setzte sich an den Schreibtisch und hatte das Tagebuch vor sich aufgeschlagen. Die Seiten waren voll mit Notizen, Skizzen und Gedanken, alles in der unverwechselbaren Handschrift ihres Großvaters. Sie begann zu lesen und überflog die Einträge mit den Augen, in der Hoffnung, etwas zu finden, das Licht auf die schattenhafte Gestalt und die Warnung der Sirenenkönigin werfen würde.

Die ersten Einträge waren genau das, was sie erwartet hatte – Aufzeichnungen über Gezeiten, Beschreibungen von Seeexpeditionen und Berichte über seltsame Vorkommnisse auf See. Doch je weiter sie las, desto mehr änderte sich der Ton. Die Notizen wurden kryptischer, die Sprache dringlicher. Ihr Großvater hatte begonnen, über etwas zu schreiben, das er „die tiefe Macht" nannte, eine Kraft im Ozean, die sich jeder Erklärung entzog.

Amelias Herz schlug schneller, als sie auf einen Eintrag stieß, in dem die Sirenen erwähnt wurden. Ihr Großvater war ihnen begegnet, genau wie sie. Der Eintrag beschrieb eine Reise, die er vor vielen Jahren unternommen hatte, während der sein Schiff durch ihren Gesang vom Kurs abgebracht worden war. Er war nur knapp mit dem Leben davongekommen, aber die Erfahrung hatte ihn verändert. Er war von den Sirenen besessen und davon überzeugt, dass sie die Wächter von etwas Uraltem und Mächtigem waren, etwas, das das Gleichgewicht zwischen der natürlichen Welt und dem Unbekannten stören konnte.

Beim Lesen stieß Amelia auf Notizen über einen Pakt, eine fragile Vereinbarung zwischen den Sirenen und jenen, die sich in ihr Territorium wagten. Der Pakt hatte das Gleichgewicht über Generationen hinweg bewahrt, doch ihr Großvater fürchtete, dass er schwächer werden könnte. Seine letzten Einträge waren voller Warnungen und forderten jeden, der das Tagebuch fand, auf, vorsichtig zu sein und den Ozean und seine Kräfte zu respektieren.

Amelias Hände zitterten, als sie den letzten Eintrag erreichte, der nur eine Woche vor dem Tod ihres Großvaters datiert war. Die Handschrift war zittrig, als wäre sie in Eile geschrieben worden. Er hatte einen Schatten erwähnt, etwas, das ihm seit seiner letzten Begegnung mit den Sirenen gefolgt war. Er glaubte, es sei ein Vorbote des Endes des Pakts, ein Zeichen, dass die tiefe Macht erwachte und dass die Sirenen sie nicht länger eindämmen konnten.

Ihr stockte der Atem. Der Schatten – konnte es dieselbe Gestalt sein, die sie im Hof gesehen hatte? Die Verbindung war unverkennbar, aber was bedeutete sie? War die Gestalt eine Warnung oder etwas noch Unheilvolleres?

Amelia schloss das Tagebuch, während ihre Gedanken rasten. Ihr Großvater hatte mehr gewusst, als er je zugegeben hatte, und nun trat sie in seine Fußstapfen, gefangen im gleichen Netz aus Geheimnissen und Gefahren. Aber sie durfte sich nicht von der Angst aufhalten lassen. Die Sirenenkönigin hatte ihr Wissen anvertraut, und es war ihre Verantwortung, das Gleichgewicht zu schützen, vor dem ihr Großvater gewarnt hatte.

Als sie im Arbeitszimmer saß, umgeben von den Überresten des Lebenswerks ihres Großvaters, verspürte Amelia einen neuen Sinn für Zielstrebigkeit. Der Schatten mochte ein Omen sein, aber er war auch eine Herausforderung – eine Prüfung ihrer Entschlossenheit. Sie würde sich allem stellen, was als Nächstes kommen würde, bewaffnet mit dem Wissen, das ihr Großvater ihr weitergegeben hatte, und sie würde einen Weg finden, die Dunkelheit in Schach zu halten.

Das Geschenk der Sirene

Als Amelia den Strand erreichte, war der Wind stärker geworden, und die Wellen schlugen mit einer Kraft gegen das Ufer, die ihre turbulenten Gedanken widerspiegelte. Der Himmel war stahlgrau und versprach Regen, aber sie war zu beschäftigt, um sich darum zu kümmern. Das Tagebuch hatte ihr ein Gefühl der Dringlichkeit vermittelt, ein Gefühl, dass die Zeit knapp wurde und sie Antworten brauchte.

Sie ging den vertrauten Weg entlang, der Sand war kühl unter ihren Füßen, der Geruch von Salz lag in der Luft. Der Strand war verlassen, wie so oft zu dieser Tageszeit, und dafür war sie dankbar. Sie brauchte Einsamkeit, um alles zu verarbeiten, was sie gelernt hatte, und um den Weg zu verstehen, der nun vor ihr lag.

Als sie den Rand des Wassers erreichte, hielt sie inne und starrte auf die unendliche Weite des Ozeans. Er war sowohl schön als auch furchteinflößend, eine Naturgewalt, die man weder zähmen noch verstehen konnte. Die Sirenen waren da draußen, irgendwo, und warteten. Aber worauf? Und warum war der Schatten zu ihr gekommen, hier in die Welt der Menschen?

Sie dachte an ihre Begegnung mit der Sirenenkönigin zurück, an die kryptische Warnung, die ihr mehr Fragen als Antworten hinterlassen hatte. *Hüte dich vor den Schatten.* Die Worte hallten in ihrem Kopf wider und wurden mit jedem Augenblick lauter. Da fehlte etwas, ein Teil des Puzzles, das ihr entgangen war. Und dann, fast als Antwort auf ihre unausgesprochene Frage, begann sich das Meer zu regen.

Die Wellen wurden größer und heftiger und schlugen mit ohrenbetäubendem Getöse gegen das Ufer. Amelia trat einen Schritt zurück, ihr Herz klopfte, als das Wasser zurückging und sich vom Strand entfernte, als ob es von unsichtbarer Hand gezogen würde. Voller Ehrfurcht beobachtete sie, wie das Meer einen kleinen Felsvorsprung freigab, der unter den Wellen verborgen war, dessen Oberfläche glatt war und im schwindenden Licht glänzte.

Amelias Puls beschleunigte sich. Sie war schon tausendmal an diesem Strand entlanggegangen, aber so etwas hatte sie noch nie gesehen. Der Felsvorsprung sah uralt aus, verwittert von der unerbittlichen Kraft des Meeres, und doch lag ihm eine gewisse Mystik inne, als hätte er auf sie gewartet. Von einer unerklärlichen Anziehungskraft angezogen, näherte sie sich den Felsen, ihre Füße platschten durch das seichte Wasser, das noch da war.

Als sie sich dem Felsvorsprung näherte, fiel ihr etwas auf – ein Lichtschimmer zwischen den Felsen. Sie kniete nieder und wischte den nassen Sand und das Seegras beiseite. Darunter kam eine kleine, kunstvoll geschnitzte Kiste zum Vorschein. Sie war aus dunklem Holz gefertigt und in die Oberfläche waren Symbole eingraviert, die ihr sowohl vertraut als auch fremd waren. Ihr stockte der Atem, als sie die Muster erkannte. Sie ähnelten den Mustern, die sie im Tagebuch ihres Großvaters gesehen hatte, Zeichen, die mit den Sirenen in Verbindung gebracht wurden.

Mit zitternden Händen hob Amelia die Schachtel hoch, deren Gewicht für ihre Größe überraschend war. Die Luft um sie herum schien kälter zu werden, der Wind peitschte durch ihr Haar, als sie vorsichtig den Deckel öffnete. Darin, eingebettet in ein Bett aus weichem, feuchtem Stoff, befand sich eine Halskette – ein Anhänger aus poliertem Stein, geformt wie eine Träne und in einem ätherischen Licht glühend. Der Stein war anders als alles, was sie je gesehen hatte, seine Oberfläche changierte in Farben, die sich wie Flüssigkeiten zu bewegen schienen.

Amelias Finger berührten den Anhänger und ein Energiestoß durchströmte sie, so stark, dass es ihr den Atem raubte. Bilder blitzten in ihrem Kopf auf – ein riesiger, dunkler Ozean, eine Gestalt, die am Ufer stand, beobachtete und wartete. Der Schatten.

Der Anhänger pulsierte vor Leben, als würde er auf ihre Berührung reagieren, und sie wusste ohne Zweifel, dass dies das Geschenk der Sirene war. Er war für sie hier zurückgelassen worden, verborgen unter den Wellen, und wartete auf den Moment, in dem sie ihn am meisten brauchen würde. Aber wofür war er? Welche Macht besaß er und warum hatten die Sirenen beschlossen, ihn ihr zu geben?

Die Fragen schwirrten ihr durch den Kopf, aber sie hatte keine Zeit, sich damit zu beschäftigen. Der Ozean begann wieder zu steigen, die Wellen brachen näher, als wollten sie sie drängen, fortzugehen. Sie umklammerte den Anhänger, schloss die Schachtel und klemmte sie sicher unter ihren Arm, während sie zurück zum Ufer eilte.

Als sie den sicheren Strand erreichte, war der Felsvorsprung wieder unter den Wellen verschwunden und hinterließ keine Spur seiner Existenz. Amelia stand da, ihr Herz raste, der Anhänger lag warm in ihrer Handfläche. Die Sirenen hatten ihr eine Waffe oder vielleicht einen Schild gegen die Dunkelheit gegeben, die sie bedrohte. Aber warum? Was war die wahre Natur dieses Geschenks und wie sollte sie es nutzen?

Als die ersten Regentropfen fielen, drehte sich Amelia um und ging zurück zum Haus. Ihr Kopf schwirrte vor neuen Möglichkeiten. Der Schatten war da draußen und wartete in den Kulissen, aber sie war nicht länger schutzlos. Das Geschenk der Sirene war ein Zeichen – ein Versprechen, dass sie in diesem Kampf nicht allein war. Was auch immer die Dunkelheit geplant hatte, sie würde bereit sein.

Der Regen wurde stärker, als sie den Pfad erreichte, der zu den Klippen hinaufführte, aber Amelia bemerkte es kaum. Sie hielt den Anhänger fester, seine Wärme war eine stetige Beruhigung. Der Ozean hatte seine Geheimnisse, aber sie auch. Und jetzt, mit dem Geschenk der Sirenen in der Hand, würde sie die Wahrheit aufdecken, die in den Tiefen verborgen lag – koste es, was es wolle.